Alice, der Klimawandel und die Katze Zeta

MARGRET BOYSEN

Alice, der Klimawandel und die Katze Zeta

Edition Rugerup

P I K

1. Auflage 2016

Herstellung, Layout, Satz: Hermann Zanier, Berlin
Gesetzt aus der Celeste Pro und der Gill Sans Nova
Druck und Bindung: Pustet, Regensburg
Printed in Germany

ISBN 978-3-942955-52-2

www.pik-potsdam.de
www.edition-rugerup.de

Inhalt

Vorwort

Man kann die »Bibliothek der Wahrheit« von vielen Seiten betreten. Sie ist nicht nur der geheimnisvolle, farnüberwucherte Ort, wo die Protagonistin Alice ihren ganz persönlichen gordischen Knoten löst, sie ist auch ein Sinnbild für die Art und Weise, wie am Potsdam-Institut für Klimafolgenforschung (PIK) – dem Schauplatz dieses Buches – seit über 25 Jahren gearbeitet wird. Hier ist jenes schrecklich in den Ohren kitzelnde Wort »Interdisziplinarität« keine Parole für Lippenbekenner und Schaufenster-Dekorateure: Wissenschaftler aller Fachrichtungen wirken eng zusammen, um sich einem höchst problematischen Gegenstand zu nähern – dem Klimawandel.

Es liegt in der Natur der Sache, dass »Wahrheiten« über den Klimawandel immer nur vorläufig sind, und auch Alice wird von der »Bibliothek der Wahrheit« immer wieder vor die Tür gesetzt, mitten in die Gegenwart hinein. Denn der Klimawandel ist ein offener Prozess, der täglich vom Verhalten der Menschheit mitbestimmt wird. Die öffentliche Wahrnehmung von Wissenschaft ist aber weitgehend eine andere: Die Natur verhalte sich bitte wohlgeordnet und vorhersehbar. Und die Forschung funktioniere bitte schön so glatt, kühl und exakt wie die von der Wissenschaft bereitgestellte Technik, welche die Moderne hervorgebracht hat. Selbstverständlich muss sie auch noch endgültige Beweise liefern. Gleichzeitig wird heute kurioserweise die entgegengesetzte Auffassung vertreten, die spätestens mit dem Irrlicht der »Falsifizierung« in die Welt getreten ist, das der Philosoph Karl Popper um 1930 angezündet hat: Alle gelehrten Aussagen haben ein Verfallsdatum, das unerbittlich näher rückt, wenn nur emsig beobachtet und gemessen wird.

Dieses Vorwort will jedoch keine Debatte darüber anstoßen, ob es eine Wahrheit gibt oder nicht. Sondern zum Ausdruck bringen, dass eine Annäherung an die Klimawirklichkeit mit wissenschaftlichen Methoden im Mittelpunkt dieses Buches steht: Weil man künftige Entwicklungen weder exakt bestätigen noch ausschließen kann, aber trotzdem einen rationalen Umgang mit dem omnipotenten Risiko der Erderwärmung finden muss.

Eine Antwort auf diese Herausforderung ist die von Hans Joachim Schellnhuber vor über zwanzig Jahren ins Leben gerufene »Erdsystemanalyse«, mit der unter anderem nicht-lineares Verhalten in komplexen Netzwerken untersucht wird. Die Natur macht eben doch Sprünge und bringt Einmaligkeiten hervor! Dies weiß auch die mathematisch-metaphorische Katze Zeta. Sie kann Alice auf unterhaltsame Weise erklären, warum man trotz aller Forschungsunsicherheiten zu ziemlich guten Gefahrenabschätzungen kommen kann. Und was an der in Gang gesetzten Erderwärmung so höchst gefährlich werden könnte.

Was die für Laien schwer vorstellbare Klimamodellierung betrifft, werden Sie gleich Bekanntschaft mit einer arithmetischen Adelsgesellschaft machen: Prinz Karbon, Lady Celsius, Eddy Beaufort – um nur die zu nennen, die der bulgarische Illustrator Iassen Ghiuselev auf die Vorderseite des Buches gebannt hat. Die Figuren, denen Alice in der Welt der Computersimulationen begegnet, versinnbildlichen, wie Klimaforschung funktioniert. Alice reist mit ihnen aber auch durch Emotionen wie unbeabsichtigte Schuld, Mitgefühl, Verführung und Verrat. Wieder zurück in der Welt von Wissenschaft und Politik, gerät das Mädchen in den Dschungel gefährlicher Klimarhetorik. Kann sie am Ende mithilfe einer wissenschaftlichen Formel aus dem Gefängnis fliehen? Dort sitzt sie zusammen mit dem berühmten Lichtforscher Albert Abraham Michelson. Die Geschichte von Wissenschaftsgiganten wie Michelson, Einstein und Schwarzschild ist tatsächlich mit dem Potsdamer Telegraphenberg und seinen phantastischen Gebäuden verbunden. Deshalb wurden sie zu Zaungästen in meiner Erzählung.

Das PIK ist nicht nur ein Ort, an dem es herausragende Forschung, viele Kaninchen und wunderbare Wissenschaftsdenkmäler gibt, es ist auch seit 16 Jahren mein Arbeitsplatz, an dem ich mit Abstand die interessanteste Zeit meines Lebens verbringen durfte. Dies verdanke ich zum einen der großen Gestaltungsfreiheit, die man mir gewährt, zum anderen aber der Unermüdlichkeit der hier arbeitenden Wissenschaftler, deren Forschung dieses Buch inspirierte. Viele ihrer Resultate sind im Text mit einer hochgestellten Zahl gekennzeichnet und in der Bibliographie dieses Buches aufgeführt.

Die Namen der Wissenschaftler, die ich in der Danksagung scheinbar schnöde aufliste, sind mehr als nur Etiketten für mich. Fast jeder Name ist eine Tür zu Erinnerungen an gemeinsame Stunden aufregender Gespräche über ihre Forschung und wie diese auf richtige Weise in eine unterhaltsame Form gegossen werden kann.

Hinab ins Kaninchenloch

Es gibt nichts Schöneres als die sanften Schattengefechte der Grashalme an einem warmen Sommertag. Doch wie kann man eine duftende Wiese genießen, wenn man mit einer ganzen Schulklasse unterwegs ist? Alice saß zusammen mit zwei Dutzend Mitschülern im Potsdamer Wissenschaftspark zu Füßen des Zeigertelegrafen. Dessen sechs Arme wirkten wie zu schmal geratene Holzjalousien, welche man aus einer verfallenen Sommervilla ausgebaut hatte. Es waren bewegliche Arme, die mit Kurbeln und Stricken in viele verschiedene Stellungen gebracht werden konnten, und jede Kombination stand für einen Buchstaben oder eine Ziffer: So erklärte es ihnen jedenfalls Herr Sandbinder, der Physiklehrer der Klasse.

»Wie vergnüglich wäre es doch, wenn *er* alle Sätze mit dem Flügelmast signalisieren müsste«, flüsterte Alice und malte sich belustigt die entsprechende Pantomime aus. Denn gleich nachdem Sandbinder ihnen nach anstrengendem Fußmarsch empor zum Telegraphenberg mit seinen berühmten Himmelsobservatorien eine Pause zugestanden hatte, begann er, die Schüler zu langweilen: Mit den wissenschaftlichen Glanzleistungen und genialen Gelehrten, die diesem Ort im Laufe der Jahrhunderte ihren Stempel aufgedrückt hatten: Hartmann und die Entdeckung der interstellaren Materie; Schwarzschild und seine Formel für den Strahlungstransport in Planeten-Atmosphären; Michelson, dessen Versuch, die Lichtausbreitung zu enträtseln, im

Keller des Astrophysikalischen Observatoriums so grandios gescheitert war. Und schließlich Schellnhuber, der vorschlug, die Erderwärmung auf 2 Grad zu begrenzen, und der das PIK, also das Potsdam-Institut für Klimafolgenforschung, gründete.

»Dieses Institut hat wesentlich zur Rettung der Erde vor dem Erwärmungskollaps beigetragen«, erklärte Herr Sandbinder pathetisch und zeigte auf das gelb-rot gestreifte Backsteingebäude vis-à-vis. Alice schaute genauer hin und verlor sich sofort in den märchenhaften Zügen des Baus: Matte Sterne glänzten auf den azurblauen Kachelfriesen unterhalb der Dächer, aus denen drei anmutige Kuppeln herausragten.

»Bevor die Klimaforscher das Gebäude nutzten, wurden dort Ende des 19. Jahrhunderts Astronomie und Physik zum ersten Mal auf der Welt zusammengebracht – ein phantastischer wissenschaftlicher Fortschritt«, triumphierte der Lehrer. »Nun ist es jedoch ein Wissenschaftsmuseum. Noch zehn Minuten Pause, dann gehen wir hinein.«

Die Schüler nahmen diese Ankündigung mit resigniertem Entsetzen zu Kenntnis.

»Aber zunächst würde mich noch interessieren, um was es sich beim Telegraphenberg geologisch handelt«, fuhr Sandbinder erbarmungslos fort. »Weiß das jemand?« Sein erwartungsvoller Blick durchpflügte die ermatteten Gesichter. »Keiner?« Er seufzte. »Wir sitzen auf einer Endmoräne der letzten Eiszeit, dem sogenannten Weichselglazial. Weiß denn wenigstens noch einer, wann unsere jetzige Warmzeit, das Holozän, einsetzte?« Wieder schaute er prüfend in die Runde, wieder verzog sich keine Miene. Mit der monotonen Stimme eines Eiferers – immun gegen das Desinteresse seines Publikums – erläuterte er nun die zahlreichen Segnungen des Holozäns, das vor etwa 12.000 Jahren begann. Man könne gar nicht hoch genug wertschätzen, dass sich damals der *Homo sapiens* endgültig gegenüber dem Neandertaler in Europa durchzusetzen vermochte. Aber Anfang des 21. Jahrhunderts, da hätte es für die »weisen Menschen« rabenschwarz ausgesehen ... Rhabarber, Rhabarber ...

Alice hörte schon längst nicht mehr zu. Sie durchkramte ihre Tasche nach einem Apfel und bemerkte plötzlich ein weißes Kaninchen zwischen den Büschen, das, als hätte sich jemand einen Scherz erlaubt, eine karierte Weste trug. Zunächst war Alice zu schläfrig, um sich zu wundern. Aber als das Kaninchen auch noch eine goldene Uhr aus der Jackentasche zog, ganz offensichtlich die Tageszeit ablas und zu jammern begann, dass es zu früh sei, war sie im Nu hellwach. So ein Kaninchen hatte sie noch nie gesehen! In die linke Tasche ließ es die dicke goldene Uhr gleiten, in die rechte stopfte es ein fettes Löwenzahnblatt. Dann hoppelte es, ohne große Eile erkennen zu lassen, hinter den nächsten Busch. Während der Lehrer eine Karte der Umgebung auffaltete und die Schüler bat, sich näher um ihn zu versammeln, stand Alice auf und lief dem Kaninchen hinterher. Gerade noch sah sie seine weißen Ohren in einem Erdloch verschwinden. Neugierig trat Alice an das Loch heran. Doch es war gefährlicher, als sie erwartet hatte: Der sandige Rand bröckelte, die Grassoden rutschten unter ihren Füßen weg, und sie glitt an Baumwurzeln vorbei in einen breiten, mit Dämmerlicht gefüllten Tunnel.

Entweder war der Tunnel sehr tief, oder Alice fiel sehr langsam, denn ihr blieb während des Falls genügend Zeit, sich umzusehen. Die

Wände waren wie Schinken gestreift, nur dass die Streifen nicht aus Muskelfleisch und Fett, sondern aus braunen und gelben Sanden bestanden, in denen hier und da Tonlinsen oder Findlinge steckten. Doch bevor Alice über das Gestein nachdenken konnte, fiel sie bereits an Regalen vorbei, in denen jede Menge Bücher und allerhand merkwürdige alte Geräte standen, mit denen sie nichts anzufangen wusste. Schließlich griff sie nach einem Glas mit der Aufschrift *Weichselkirschen,* doch zu ihrer Enttäuschung war es leer. Dann endeten auch die Regale, und sie wurde von einem kalten Windstrom angesaugt.

›Ich muss in einen Lüftungsschacht gerutscht sein‹, überlegte Alice, da schlug sie auch schon auf dem Boden auf und saß mit dem leeren Kirschglas in der Hand in einem fensterlosen Raum vor einer Reihe schrankhoher Computer. Sie blickte sich nach dem Kaninchen um und konnte gerade noch beobachten, wie es durch eine offene Tür in einen dunklen Gang verschwand.

Es war nicht schwierig, das seltsame Wesen einzuholen, denn es hoppelte, den Blick fest auf seine inneren Sorgen geheftet, in langsamen Zickzackbewegungen durch den Flur.

»Hoffentlich komme ich nicht zu früh, hoffentlich komme ich nicht zu früh«, murmelte es gebetsmühlenartig und stoppte hin und wieder, um sich die Schnurrhaare glatt zu streichen. Alice folgte ihm vorsichtig, denn unter keinen Umständen wollte sie das Tier erschrecken und damit riskieren, allein in diesem trostlosen Flur zurückzubleiben. Also blieb sie ihm gerade so dicht auf den Fersen, dass sie nicht von ihm entdeckt wurde, bis sie beide, treppauf, treppab, ganghierlang, gangdalang, durch eine sich automatisch öffnende Tür ins Freie schlüpfen konnten. Nun erkannte Alice, dass sie sich im Keller des Gebäudes mit dem Sternenfries befunden hatten.

Vielleicht hätte Alice auch bemerkt, dass der Rasen vor dem Backsteingebäude plötzlich vertrocknet war, wäre sie nicht so emsig damit beschäftigt gewesen, weiterhin dem weißen Kaninchen zu folgen, dem beim Verlassen des Hauses die schöne goldene Uhr aus der Tasche gerutscht war. Denn Alice war ein anständiges Mädchen und wollte dem Kaninchen die Uhr unbedingt wiedergeben. Also tat sie es dem Weißfell gleich und huschte durch den Haupteingang an der Turmseite erneut in das seltsame Gebäude.

›Dieses Kaninchen muss es wirklich sehr uneilig haben‹, dachte Alice, ›denn es hätte ja statt des Tunnels auch gleich den Haupteingang des Hauses nehmen können!‹

Bei den Klimaforschern

Während das Kaninchen sich in verhaltenem Zickzackkurs der Treppe zum nächsten Stockwerk näherte, wurde Alice von einer jungen Frau angehalten. »Schönen guten Tag. Darf ich nach dem Anliegen deines Besuches fragen?«

»Ich suche nur die Kkkasse«, stotterte Alice, die erst vor Kurzem gelernt hatte, dass das Gebäude als Wissenschaftsmuseum genutzt wurde.

»Wieso willst du Eintritt zahlen? Dies ist ein Forschungsinstitut«, sagte die Frau freundlich, »aber sagen, was du bei uns möchtest, müsstest du schon.«

Alice war es peinlich zuzugeben, dass sie einem weißen Kaninchen mit karierter Weste nachstellte, und so sagte sie mehr aus Verlegenheit als aus Interesse: »Ich würde gerne wissen, woran Sie hier forschen.«

»Kein Problem«, entgegnete die Frau und hielt sogleich einen großen, schlanken Mann an, der mit einer Kaffeetasse an ihnen vorbeischlurfte. »Matthias, hättest du Zeit, der jungen Dame unsere Arbeit zu erklären?«

Matthias stoppte etwas unwillig. Aber als er die hübsche Alice erblickte, zwinkerte er ihr entzückt zu. »Na ja, ein Modelllauf ist gerade abgeschlossen und ich warte auf die Ergebnisse – da hätte ich ein wenig Zeit ...«

Alice fragte sich, ob der Mann seinen Trainingsanzug für den Modelllauf trug, oder ob dies Mode bei den Wissenschaftlern war, sagte aber nichts. Im Augenwinkel konnte sie indes beobachten, wie das weiße Kaninchen auf der Treppe am Ende des Korridors langsam eine Stufe nach der anderen bezwang.

»Wir sind ein Leibniz-Institut«, erklärte der Mann, ohne Alice direkt anzusehen. Und als wenn er dies schon tausendmal erzählt hätte: »Leibniz-Institute forschen zu Fragestellungen von gesamtgesellschaftlichem Interesse und haben den Auftrag, Bürger und Entscheidungsträger über ihre wissenschaftlichen Ergebnisse zu informieren.«

»Das ist eine seltsame Aufgabe für ein Museum«, sagte Alice schüchtern und etwas nervös, da das Kaninchen aus ihrem Blickfeld verschwunden war und es außerdem Zeit wurde, zu ihrer Schulklasse zurückzukehren.

»Aber nein, wir sind doch kein Museum! Das Potsdam-Institut für Klimafolgenforschung befasst sich mit den Auswirkungen des Klimawandels auf die Natur und die Gesellschaft. Kennst du Charles Keeling und seine berühmte Mauna Loa-Messkurve?«

Alice schüttelte den Kopf.

»Dann komm mal mit in mein Büro, ich zeig sie dir.« Sie liefen den Gang über gelb-rote Ziegelsteinmosaike entlang auf eine offene Holztür zu. Durch hohe Fenster fiel das Sonnenlicht auf waghalsig aufgeschichtete Papier- und Büchertürme. Mit gezieltem Griff zog Matthias ein abgewetztes blaues Buch aus dem höchsten Stapel und schlug eine Grafik auf. »Schon vor 1900 hat man erkannt, dass das Erdklima aufgrund von menschlichen und natürlichen Aktivitäten schwankt. Eine große Rolle spielt dabei das Spurengas Kohlendioxid. Allerdings konnte man anfangs nicht belegen, dass der Mensch den Kohlendioxidgehalt der Luft erhöht und so zur Erwärmung der Erdatmosphäre beiträgt. Erst Keeling gelang es in einer Reihe von Messungen, die natürlichen Schwankungen von Kohlendioxid und den menschbedingten Anstieg sauber voneinander zu trennen. Er fand unter anderem heraus, dass die CO_2-Aufnahmefähigkeit der Meere temperaturabhängig ist, und konnte sagen, wie viel Kohlendioxid sie speichern. Er erkannte, dass kaltes Meerwasser, zum Beispiel in La Niña-Phasen, das CO_2 besser aufnimmt als warmes und dass die Belaubung der Nordhalbkugel im Frühjahr für eine geringere CO_2-Konzentration in der Luft sorgt – hier, das siehst du an den gleichmäßigen Schwingungen!« Matthias deutete auf die Kurve im Buch. »Vor allem aber zeigt die Keeling-Kurve einen Anstieg der CO_2-Konzentration seit den 1950er-Jahren. Während der CO_2-Gehalt vor der industriellen Revolution um die 275 ppm betrug, überstieg die CO_2-Konzentration an der Mauna Loa-Messstation auf Hawaii im Frühjahr 2013 erstmals den Wert von 400 ppm – ppm bedeutet übrigens millionstel Teile.«

Alice schaute den Wissenschaftler mit großen Augen an. Für einen Unterschied von 125 millionstel Teilen sollte man ein ganzes Forschungsinstitut brauchen? Und was sollte schlimm daran sein, wenn es ein bisschen sommerlicher auf der Erde würde?

»Wir arbeiten vor allem mit Denkfiguren und mathematisch-physikalischen Modellen – weil man das Klima nicht anfassen kann, sondern es nur in Form von Wetter erleidet«, fuhr der Forscher fort.

»Arbeiten Sie mit Wachs?«, fragte Alice, die nicht mehr ganz bei der Sache war, weil sie sich gerade fragte, ob ihre Schulklasse wohl auf sie warten würde, »oder mit echten Models?«

Matthias musste ein Lachen unterdrücken. »Nein, kein Laufsteg, kein Wachsfigurenkabinett. Aber ich will dir etwas verraten: Unsere Erdsystemmodelle, mit denen wir untersuchen, wie die Erdatmosphäre mit den Ozeanen, den Pflanzen und Gesteinen zusammenwirkt und, ja, sogar von astronomischen Vorgängen beeinflusst wird, sind so spannend, dass ich dafür jeden Krimi aus der Hand lege!«

»Ach ja?«

»In unseren Modellen kannst du dir die Erde ansehen wie durch ein Makroskop!«[1]

Alice konnte hören, wie begeistert der Wissenschaftler davon war, und das war doch recht seltsam, denn alle Menschen, die sie kannte, fanden es gut, Dinge vergrößert statt verkleinert zu sehen. Verwundert, aber auch neugierig, schaute sie ihn an.

»Ich sehe die Erde also verkleinert?«

»Oh ja! Und du siehst nur, was für das Klima der Erde wichtig ist: die Meere und Landmassen, Sonne und Regen ... Jeder Teil des Erdsystems wird von mathematischen Gleichungen beherrscht, welche ihre Reiche wie Könige regieren. Doch die Könige dösen nicht einfach vor sich hin. So wie das Klima sich verändert, haben sie jede Menge Aufgaben, und es herrscht ständig Trubel.«

»Trubel? Das würde ich zu gerne sehen!«, rief Alice, die sich den ganzen Vormittag gelangweilt hatte, und sah sich erwartungsvoll um.

»Du kannst gerne einmal in ein Modell hineinklettern.« Der Wissenschaftler deutete auf seinen Computerbildschirm.

»Ist das nicht gefährlich?«, fragte Alice nachdenklich. Sie hatte sich ein umgedrehtes Fernglas vorgestellt und merkte nun, wie dumm diese Idee gewesen war.

»Aber nein«, erklärte der Wissenschaftler freundlich, »erinnere dich nur immer daran, dass ein Modell in Wirklichkeit aus Gleichungen besteht. Wenn du dich nicht einmischst, kann dir auch nichts passieren!«

»Ich schaue nur zu«, versprach Alice, nun wild entschlossen, ein Abenteuer zu erleben.

»Aber denk dran«, mahnte Matthias, »um dich in den Modellen fortzubewegen, musst du von Gitterbox zu Gitterbox gehen, denn die Computer rechnen das Erdklima in mehr oder weniger großen Würfeln nach.«

Doch Alice, die bereits Kopf und Arme durch den Computerbildschirm gesteckt hatte, hörte ihn schon nicht mehr.

«Warte, nimm lieber einen Mantel mit!«, rief der Wissenschaftler ihr nach. Aber Alice und ihr blaues Kleid waren schon im Bildschirm verschwunden. Matthias strich sich nachdenklich über das Kinn. Hoffentlich war es wirklich so ungefährlich in den Modellen, wie er annahm. Besonders das Eiszeitmodell war zwar geräumig, aber das Tempo, mit dem alle Vorgänge gerechnet wurden, war doch recht rasant.

In der Modellwelt

Obschon Alice darauf vorbereitet war, alles verkleinert zu sehen, war sie nicht darauf gefasst, so groß zu sein. Sie staunte nicht schlecht, als sie bis zu den Hüften in grauen Wolken verschwand. Noch dazu hatte sie sich das Modell wesentlich farbenfroher vorgestellt; eine tiefstehende, schwindsüchtige Sonne ließ selbst den Himmel über den Wolken eintönig blassblau erscheinen.

»So eine schlechte Aussicht«, schimpfte sie und bückte sich, um durch die Lücken der Wolkendecke einen Blick auf die Landschaft zu erhaschen. Doch auch hier sah sie nichts weiter als flache Schneewehen und winzige Krüppelbüsche, über welche die weichen grauen Schatten der Wolken flogen. Gerade wollte sie einen winzigen Busch aus dem Boden reißen, um ihn aus der Nähe zu betrachten, als sie eigenartige Schritte hörte. Nicht gleichmäßig knirschend, wie man es im Schnee erwarten würde, sondern unregelmäßig und wischend. ›Das‹, dachte sie aufgeregt, ›können nur Rechenschritte sein!‹ Doch was ihr entgegenkam, ähnelte weder einer Gleichung noch einer Zahl, sondern einer Schachfigur mit einer leuchtenden Krone auf dem Kopf. Selbst wenn Alice nicht die Mutigste in ihrer Klasse war – vor dieser Figur hatte sie keine Angst! Ihr war sogar wohler bei dem Gedanken, nicht allein in diesem öden, grauen Modell zu sein. Je näher die Figur rückte, desto stärker glich sie einem echten König.

Alice räusperte sich höflich: »Guten Tag, könnten Sie mir vielleicht sagen, wo ich bin?«

»Als Erstes musst du dich verbeugen, auch wenn du etwas größer bist als ich. Sonst spreche ich nicht mit dir.«

Alice verbeugte sich gutmütig.

»Außerdem muss ich dich zuerst ansprechen. Also schweig und warte, bis ich gesprochen habe!« Mit einer umständlich wirkenden Armbewegung rückte er seine Krone zurecht und fuhr mit bedeutender Stimme fort: »Ich bin der Sonnenkönig, und dies ist die Verfassung!«

»Dass Sie König sind, habe ich mir gedacht. Aber welche Verfassung meinen Sie?«, fragte Alice beherzt.

»Sei nicht dumm!« Er tippte auf das Buch, das er im Arm hielt. »Diese Verfassung natürlich, die Verfassung von Milanković. Sie ist immerhin so alt wie die Erde!« Und nach einer kleinen Pause fügte er murmelnd hinzu: »Auch wenn sie erst seit wenigen Millionen Jahren Beachtung findet.«

»Und wer war dieser Milanković?«, fragte Alice und blickte neugierig zu dem Buch.

»Milutin Milanković befasste sich mit der veränderlichen Umlaufbahn der Erde um die Sonne und mit der veränderlichen Neigung der Erdachse. Beide Schwankungen sind zusammen mit der Änderung des Kohlendioxidgehalts der Luft verantwortlich für die Eiszeiten.[2|3] Das sollte jeder wissen.«

»Könnten Sie mir vielleicht sagen, wie spät es ist?«, fragte Alice nun wieder etwas schüchterner.

Der Sonnenkönig räusperte sich. »Warum schaust du nicht auf deine Uhr? Gerade in einem Eiszeitmodell, wo alles so schnell geht, ist das sehr nützlich!«

Alice schaute auf die wunderliche goldene Uhr des weißen Kaninchens. Auf ihrem Ziffernblatt waren 120.000 Jahre aufgemalt, und die längsten Zeiger bewegten sich so schnell, dass sie wie Schatten über die Uhr rasten. Der kürzeste und dickste Zeiger, den Alice für einen Stundenzeiger gehalten hätte – wäre da nicht dieses seltsame Ziffernblatt gewesen, – schien sich gar nicht zu bewegen.

»Oh ja, ach so«, stammelte Alice, »es ist ... 50.000 Jahre vor ... äh ... heute.«

»Das ist keine vernünftige Zeitangabe!«, sagte der Sonnenkönig streng.

»Aber eine andere habe ich nicht«, bemerkte Alice irritiert.

»Es ist 4,5 Milliarden Jahre nach Erdentstehung – spätes Pleistozän«, behauptete der Sonnenkönig. »Wir befinden uns gerade mitten in der Weichseleiszeit.«

»Dann hätte ich wohl besser einen Mantel mitnehmen sollen«, seufzte Alice. »Oder ... könnten Sie nicht die Sonne etwas stärker scheinen lassen?«

»Liebes Kind«, sagte der König, nun schon etwas weniger streng, da er sah, wie Alice fröstelte, »ich bin König von Sonnes Gnaden: Ich darf weder die Naturgesetze noch die Verfassung, noch die Kraft der Sonne ändern. Aber ich kann dich trösten: Die Milanković-Gesetze sehen vor, dass es schon in 30.000 Jahren wieder wärmer auf der Nordhalbkugel wird.«

»Das ist aber eine lange Zeit!«

»Ganz im Gegenteil, du hast Glück«, antwortete der Sonnenkönig, »dieses Modell braucht nur einen Tag, um eine Eiszeit von 100.000 Jahren zu rechnen, und die erste Hälfte ist schon um ...«

»Selbst ein einziger Nachmittag bei dieser Kälte kommt mir endlos vor!«

»Es tut mir leid, kleines Mädchen, aber die Sonneneinstrahlung auf der Nordhalbkugel nimmt zunächst weiterhin ab, und die Schneedecke wird noch dicker. Die Sommer sind zu kurz und die schräg einfallenden Sonnenstrahlen zu schwach, um den Schnee zu schmelzen. Die Eiszeit geht erst zu Ende, wenn sich die Erdbahnparameter so ändern, dass auch die Sommer auf der Nordhalbkugel wieder deutlich wärmer und länger werden. Das ist zumindest die verfassungsrechtliche Vorgabe. Viel geostrategisches Geschick ist nötig, damit eine Eiszeit auch im Modell endet. Nur wenn die Wissenschaftler alles richtig machen, wird das Eis zehnmal so schnell gehen, wie es gekommen ist.«

Alice verstand nicht ganz, was der König meinte, wollte das aber nicht zugeben. Deshalb fragte sie: »Und was machen Sie, bis es so weit ist?«

»Oh, ich habe alle Hände voll zu tun! Ständig muss ich die Sonneneinstrahlung neu berechnen und das Ergebnis an die Gitterboxen weitergeben. Außerdem muss sehr viel geredet und getanzt werden, damit neue Allianzen entstehen und bewährte erhalten bleiben. Das bedeutet zahlreiche Audienzen und Konferenzen.«

»Das ist sicherlich sehr mühselig«, warf Alice ein.

»Zum Glück muss ich mich nicht mehr alle paar Minuten mit Prinz Karbon treffen, um seine Kohlendioxid-Werte zu übernehmen; das war wirklich lästig.« Er seufzte.

›Der arme König‹, dachte Alice, ›ständig hat er zu tun.‹

»Ich habe wirklich viel um die Ohren«, sagte der Sonnenkönig, als wenn er Alice' Gedanken lesen könnte. »Aber so schlimm ist es nun auch wieder nicht. Es kommt mir sehr zupass, dass der Großherzog von Albedo meiner Erstgeborenen, der Eisprinzessin, hinterherläuft, denn ich muss ihn zum Mitregieren bewegen ...«

»Aber kann die Sonne denn nicht wenigstens ein bisschen höher steigen? Es ist wirklich nicht besonders freundlich hier«, drängte Alice, so höflich sie konnte.

»Tut mir leid, in diesem Modell gibt es nun mal kein Wetter. Alles ist Durchschnitt. Die Sonneneinstrahlung, der Niederschlag ... Nun geh mir aus dem Weg. Es müssen noch viele Gleichungen gelöst werden.« Während der letzten Worte war der helle Schein seiner Krone blasser und blasser geworden.

»Bitte, nehmen Sie mich mit«, rief Alice rasch.

»Das kann ich nicht. Ich werde an allen Ecken und Enden gebraucht und darf nicht herumtrödeln. Geh nur einfach an das Ende der Box, dann siehst du schon weiter!«

»Aber ich habe noch so viele Fragen«, wandte Alice ein. »Warum gibt es keine Regenbögen hier?«

Doch der König war schon verschwunden.

Unterwegs in der Eiszeit

An jeder Trennlinie zwischen den Gitterboxen stießen unterschiedliche Landschaftsmuster aneinander – so wie bedruckte Stoffe an einer Kleidernaht. Doch es machte keinen großen Unterschied, in welcher Box sich Alice befand, so spärlich war das Inventar des Eiszeitmodells. Bis auf ein paar Flüsse, die sich wie dünne blaue Bindfäden durch die Ebene schlängelten, oder Seen, die wie winzige Pfützen anmuteten, wirkte die Landschaft grau und karg.

›Wie trostlos‹, dachte Alice, ›keine Blumen, keine Vögel und noch nicht einmal eine richtige Sonne! Ich habe nicht die geringste Ahnung, in welche Richtung ich überhaupt gehe!‹

Die Landschaft war in der Tat so eintönig, dass sie sich bald schon nicht mehr die Mühe machte, unter die Wolken zu schauen. Stattdessen fiel sie in einen verträumten Trott. Gerade als sie in Gedanken mit ihrer Familie am Mittagstisch saß, stieß sie mit dem Fuß gegen etwas Hartes: Sie lugte unter die Wolken, doch sah nichts als abermals Wolken, aus denen es so heftig schneite, dass man die Grenze zur schneebedeckten Erde nur noch raten konnte. Nun hob sie den Kopf und sah in einiger Entfernung einen Gebirgskamm aus dem Wolkenmeer ragen. Es waren die Alpen, verschneit, wunderschön und gerade einmal doppelt so hoch wie sie selbst. Sie trat ein paar Kilometer nach vorn und versuchte hinüberzuklettern, doch da, wo die Felsen freilagen, waren sie scharfkantig, und da, wo sie mit Schnee und Eis bedeckt waren, furchtbar rutschig.

Enttäuscht drehte Alice um. »Wenn es in der anderen Richtung ebenso beschwerlich ist, dann kehre ich zu den Klimaforschern zurück«, entschied sie. »Von dem angeblichen Trubel ist hier ohnehin nichts zu bemerken, und ich wüsste auch nicht, was ich hier lernen sollte!«

Doch kurz nachdem sie den Ausgangspunkt ihrer Reise wieder erreicht hatte, verspürte sie einen Windzug. Eine gigantische Eisskulptur zeichnete sich im Dunst ab. Sie war so groß, dass Alice ein paar Schritte zurückweichen musste, um ihren Kopf und die schlanken, bläulich schimmernden Arme zu sehen. Die Beine der Skulptur wurden von einem Kleid aus dichten Lagen funkelnder Schneekristalle umspielt, und der eisige Wind ihres heranrauschenden Rockes trieb Alice eine Fuhre Eis und Schnee ins Gesicht. Sie hustete und prustete, aber dann, als der Wirbel sich gelegt hatte, stand sie starr vor Verzauberung.

»Sie müssen die Eisprinzessin sein«, stammelte Alice benommen.

»Wer sonst sollte ich sein? Aber untersteh dich, mir überflüssige Komplimente zu machen. Ich nehme nur gefrorene!« An der Stimme der Eisprinzessin konnte man hören, wie eingebildet sie war. Und genauso selbstbewusst, wie sie angefangen hatte, fuhr sie fort: »Bemerkte Lady Celsius unlängst doch tatsächlich, dass mein Kleid zum Dahinschmelzen schön sei. Was für ein entsetzlicher Fauxpas! Man sollte sehr aufpassen, welche Komplimente man macht. Das gilt auch für dich: Einem unverfroren den Tod zu wünschen, ist ein sehr zwiespältiges Lob.«

»Aber ich wollte Ihnen gar kein Kompliment machen«, erwiderte Alice, und als ihr auffiel, wie ungeschickt das war, fügte sie schnell hinzu: »Ich meine, ich wollte nur meinen bewundernden Blick über Ihr Kleid streifen lassen.«

»Der Großherzog von Albedo hat es mir geschenkt! Stell dir vor, bis auf die Rückenpasse aus Atlas-Schnee ist es aus reinstem Neuschnee. Ich kenne kein Kleid, das die Wärme der Sonne besser zurückwirft als dieses! Je kälter es ist, desto größer und schöner wird es. Und je schöner und größer es ist, desto kälter wird es.«

Alice war enttäuscht, dass die schöne Prinzessin so hochnäsig war, und fand wohl deshalb schnell ihre Fassung wieder.

»Das Kleid wird kälter? Wozu tragen Sie es dann? Ich wünschte, ich hätte ein warmes Kleid!«

»Ach, du armes, dummes Ding«, urteilte die Eisprinzessin herablassend. »Nicht das Kleid, der Norden wird kälter. Und du brauchst ein schönes Kleid und kein warmes, wenn du auf den Schneeball gehen willst.«

»Aber ich habe gar keine Einladung«, antwortete Alice verunsichert.

»Das macht nichts. Hauptsache, du kannst tanzen.«

»Das hoffe ich«, entgegnete Alice kleinlaut. Und bei sich dachte sie, dass ihr vom Tanzen vielleicht wärmer würde. »Ist es schwer?«, fragte sie die Eisprinzessin und betrachtete nachdenklich ihre eigenen Füße.

»Im Gegenteil: Es ist sehr einfach. Alle tanzen im Kreis: mal links, mal rechts herum, mal vor und mal zurück, je nachdem, ob es wärmer oder kälter ist.«

»Das klingt aber eher kompliziert«, gab Alice zu bedenken.

»Der Kohlendioxidfürst und die Lady Celsius eröffnen den Ball – wenn sie überhaupt pünktlich sind; das kann man nie ganz genau vorhersehen. Aber eines muss man ihnen lassen: Sie kennen stets den neuesten Trend – wo war ich stehen geblieben?«

»Sie wollten den Tanz erklären.«

»Ach ja, richtig. Also, am Anfang drehen sich die beiden schnell, dann immer langsamer, manchmal links herum, manchmal rechts herum.« Die Eisprinzessin machte eine Armbewegung, um die Drehungen anzudeuten, aber zu Alice Enttäuschung wirkten ihre Bewegungen abgehackt wie die einer Marionette. »Meistens führt er, manchmal auch sie. Mal tanzen sie im Rhythmus, mal im Logarithmus ... Sie gehören dem Luftadel an – wenn sie tanzen, schweben sie förmlich über dem Boden. Dann tanzen alle: Der Großherzog von Albedo, die Regenkönigin, der Herzog von Wellington, der Graf der Winde ... Ich tanze erst mit dem Großherzog von Albedo, dann mit Lord Waterlow, und während ich eine kleine Runde mit meinem armen, alten Vater, dem Sonnenkönig, drehe, tanzt Lord Waterlow mit Lady Celsius ... – die Musik stand fest, aber die Choreographie ist lange ausgeklügelt worden ... Auch mein grässlicher Schwapp-Schwager, der Ozean, kommt hin und wieder zum Ball, dann aber auf zuverlässigste Weise zu spät. Bevor ich von *ihm* etwas über Tiefenwasserauftrieb oder die neuesten Meeresströmungen erfahre, haben es bereits alle vom Wind gehört – oder von Prinz Karbon – so nennen wir den Kohlendioxidfürsten. Wenn ich dem Prinzen etwas Neues erzählen möchte, sagt er jedes Mal, das sei doch Schnee von gestern ...« Sie setzte ein beleidigtes Gesicht auf.

»Ich mag den Ozean«, erklärte Alice. »Wir fahren immer in den Ferien dorthin.«

»Oh, er ist furchtbar. Er ist groß und träge und beschwert sich ständig über seine kalten Füße. Ich glaube, er weiß selbst nicht, wo er seinen Kopf hat!«

Nach einer Weile – die Eisprinzessin schien vergessen zu haben, dass Alice vor ihr stand – fügte sie knirschend hinzu: »Aber ich sollte nicht so harsch über ihn urteilen – er überlässt mir schließlich immer so viel Wasser, wie mir zusteht.«

Alice, die noch immer unentschlossen war, ob sie zum Schneeball gehen sollte, warf der Eisprinzessin einen herausfordernden Blick zu: »Und welche Rolle spielen die Modellierer?«

Die Eisprinzessin zuckte mit den Schultern.

»Davon verstehe ich nicht viel. Der Großherzog von Albedo behauptet immer, das Eis spiele eine sehr wichtige Rolle, und wer sollte es besser wissen?« Sie lächelte, geschmeichelt von der Vorstellung, dass der Großherzog ihr den Hof machte. »Er sagt, die Wissenschaftler hätten die Zusammensetzung von Luftbläschen aus 800.000 Jahre alten Eisbohrkernen untersucht. Daher wüssten sie auch, dass Prinz Karbon einen wichtigen Part tanzt ... Es ist ein Witz, dass ausgerechnet er über den Schnee von gestern spottet!«

»Gibt es auch einen geheizten Ballsaal?«

Es war unschwer zu erkennen, dass der Eisprinzessin diese Frage außerordentlich missfiel. »Es gibt Rockkonzerte, wenn du das meinst. Aber die Vulkane und Gesteine tanzen am liebsten mit sich selbst. Sie nennen es den Karbonat-Silikat-Walzer[4] – frag mich nicht, was das heißt!«

»Bitte nehmen Sie es mir nicht übel, Prinzessin, aber ich glaube, ich würde Euren Tanz nur durcheinander bringen.«

»Da könntest du recht haben. Pass nur schön auf, dass du nicht vom Eis überfahren wirst, es wäre schade um dein blaues Kleid!«

Alice war beunruhigt: »Aber Sie wollen mich doch hoffentlich nicht zerdrücken?«

»Ich? Gott bewahre, nein. Aber die große Eisfront, mein Liebchen, sie rückt auf uns zu. Während einer Kaltzeit ist das immer so, das

Eis schiebt sich in den Süden vor. Ja, schau mich nicht so entsetzt an, mach lieber, dass du die Box verlässt!«

Genau in diesem Moment bebte der Boden, und ein riesiger Eispanzer schob sich in die Gitterbox. Zum Glück kam er einige Meter entfernt von Alice zum Stillstand. Zwar war er kaum höher als sie, aber aufgrund der hohen Rechengeschwindigkeit des Modells sehr schnell.

»Wie weit reicht denn das Eis«, fragte Alice nervös, »und warum ruckt es so seltsam?«

Die Eisprinzessin lachte klirrend. »Ach, was bist du nur für ein dummes junges Ding! Ich kann doch nicht jede Minute den Eisfluss neu berechnen. Da würde das Modell ja Jahre laufen! Aber nun muss ich los.« Ihre Stimme verhärtete sich. »Es ist alles andere als ein Vergnügen, sich mit dir zu unterhalten.«

»Aber warum denn?«, fragte Alice.

»Dein heißer Atem ...«

»Dann gehe ich jetzt«, antwortete Alice verlegen, aber das war nicht nötig, denn bevor sie den Satz zu Ende gesprochen hatte, hatte die Eisprinzessin sich bereits davongerechnet.

Alice schüttelte den Kopf. Gab es etwas Seltsameres, als als Riesin in einem Rechenmodell unterwegs zu sein und sich mit mathematischen Gleichungen zu unterhalten? Offenbar funktionierten sie nach einer strengen inneren Logik – und wirkten doch wie ungezogene Kinder oder verrückt gewordene Erwachsene. Und dann diese schöne, aber sonderbare Uhr des Kaninchens! Nach ihr war es 40.000 Jahre vor Christi Geburt; und sie war schon über 10.000 Jahre im Modell, obwohl der dicke kleine Zeiger nicht einmal einen Viertelkreis durchquert hatte. »Es ist keine Zeit mehr zum Grübeln«, gab Alice sich selbst zu bedenken. »Wenn das Eis weiterhin so schnell auf mich zurückt, *muss* ich über die Alpen klettern, oder ich werde zerquetscht ..., aber klettern würde ich wirklich äußerst ungern.« Sie hob den Kopf. »Die einzige Lösung ist, in Richtung Nordsee zu wandern und von dort aus nach Süden!

Lord Waterlow

In den nächsten Minuten sah Alice nichts als grauweiße Landschaft. Endlich, nach über tausend Kilometern schneebedeckter Ebene, erreichte sie das Meer. Dort stand Lord Waterlow, bekannt für seinen Fleiß und seine trockene Art, mit dem Rücken zu Alice und notierte mit ruckartigen Bewegungen den Wasserstand, den er von seiner langen gelben Messlatte ablas, in einem roten Notizbuch. Bei alldem pfiff er vergnügt vor sich hin. Er war mit 2,5 Kilometern fast so groß wie Alice, aber schmal wie eine Blockflöte. Als Alice ihn ansprach, sackte er in sich zusammen wie eine fallengelassene Marionette. »Haben Sie mich erschreckt! Wo kommen Sie denn her?«, fragte er, nachdem er sich wieder berappelt hatte.

»Ich heiße Alice. Ich komme aus Potsdam und suche die Nordsee.«

Lord Waterlow stutzte. »Wenn Sie aus Potsdam kommen, dann sind Sie bereits über die Nordsee hinweggelaufen. Nun befinden Sie sich auf dem Stück Land, das später einmal England heißen wird.«

»Wie kann das sein?«, fragte Alice, »Ich bin zwar sehr groß, aber ich habe trockene Füße!«

»Gestatten? Mein Name ist Lord Waterlow.« Der schlanke Mann deutete eine hölzerne Verbeugung an. »Ich messe den Wasserstand und kann Ihnen garantieren, dass Sie an der Atlantikküste stehen. Seit Beginn der Eiszeit sinkt der Meeresspiegel kontinuierlich – und zwar weltweit. Über 70 Meter ist er schon gesunken. Ist das nicht phantastisch? Die südliche Nordsee ist bereits trocken gefallen – sonst wären

Sie jetzt nicht hier. Landgewinn, Landgewinn! Herzog von Wellington wird sich schwarz ärgern«, rief er so fröhlich, dass Alice gar nichts Übles daran finden konnte.

»Ach herrje! Bis zum Atlantischen Ozean wollte ich gar nicht. Ich wollte nur ein kleines Stück nach Westen gehen und dann nach Süden, damit das Eis mich nicht überfährt.«

»Sehr weise«, antwortete Lord Waterlow eher teilnahmslos, nun wieder abgelenkt durch seine Messungen.

»Wo ist das Wasser denn hin?«

»Na, ins Eis natürlich! Haben Sie nicht selbst eben vom Eis gesprochen?« Lord Waterlow machte wieder ein paar Schritte vorwärts, und da erst fiel Alice auf, dass er mit den Schuhen im Wasser stand und nasse Hosensäume hatte. Es schien ihn gar nicht zu stören und auch nicht, dass Alice ihm nicht antwortete.

›Nun begreife ich den Clou, er hält *low* für *loo*‹, dachte Alice.

»Warum messen Sie das Wasser da, wo es trockenfällt? Das ergibt doch keinen Sinn«, bemerkte Alice. Aber Lord Waterlow studierte mit fiebrigen Augen sein Notizbuch, und es schien fast so, als ob er die arme Alice vergessen hätte.

Plötzlich aber antwortete er doch: »Mache ich nicht«, sagte er gelangweilt und ging noch ein paar Schritte weiter ins Wasser, bis er in der nächsten Gitterbox stand. Alice, die nicht den Eindruck hatte, dass ihre Unterhaltung schon beendet sei, nahm die Schuhe in die Hand und folgte ihm. Aber just in dem Moment, als sie über die Gitterboxlinie stieg, plumpste sie ins Wasser! Zum Glück war sie eine Wasserratte! Nur ihre Schuhe, die sie loslassen musste, um zu schwimmen, versanken augenblicklich. Lord Waterlow blickte sich nicht einmal um; er stand, ohne eine Miene zu verziehen, im Wasser und war kein bisschen nasser als zuvor. Da begriff Alice, dass er gewachsen war und, egal wie tief er ins Wasser ging, immer nur nasse Hosensäume bekam. Alice hingegen war gleich groß geblieben und natürlich pudelnass. Zum Ufer brauchte sie allerdings nicht mehr zu schwimmen: Die Zeit verging so schnell, dass das Wasser sich zurückzog und sie auf dem Trockenen saß. Auch nach ihren Schuhen brauchte sie nicht mehr zu angeln, denn sie lagen neben ihr auf der Erde.

Das fliegende Schwein

Nach dem Reinfall mit Lord Waterlow, der keine große Gesprächsbereitschaft gezeigt hatte, setzte Alice ihren Weg fort. Frierend und mit nassen Schuhen in der Hand stapfte sie gen Süden. Doch die Reise in der Modellwelt der Klimaforscher verlief keineswegs so, wie Alice es sich vorgestellt hatte. Die Personen, denen sie begegnete, waren sonderbar, und auch die Landschaft weckte keine Heimatgefühle in ihr.

Sie war bereits eine ganze Weile gelaufen, und der Schnee ging langsam in Nieselregen über, da hörte sie unter der Wolkendecke die Stimmen zweier zankender Frauen. Vorsichtig legte sie sich auf den Boden. Die beiden waren für Alice nur so groß wie Puppen und so sehr in ihren Streit vertieft, dass sie nicht merkten, wie Alice sich bis auf eine Armeslänge an sie heranschob. Die eine Frau hatte rote Locken, die hochgesteckt und mit bunten Schleifen und Spangen festgehalten waren. Sie trug ein nachtblaues Seidenkleid, dessen raffinierter Faltenwurf verschiedene Mode-Epochen zitierte. Auf ihrem Oberteil waren Formeln und Sternbilder aufgestickt, während der Rock mit Blumen, Schmetterlingen und leuchtenden Mineralien verziert war. Über den Schultern trug sie eine Pelzstola aus Tausenden von Fellstückchen, von dem keins dem anderen glich.

Die zweite Frau besaß blondes, glattes Haar, das wohl bis zum Boden gereicht hätte, wenn sie es sich nicht zweimal um den Hals gewickelt und das Ende in die Tasche ihres Kittelkleides gestopft hätte.

Gerade wollte Alice sich bemerkbar machen, da riss die blonde

Frau der lockigen eine Blume aus der Hand. »Wenn es nach dir ginge«, rief sie zornig, »wären wir den ganzen Tag mit der Erschaffung von Blumen beschäftigt, aber Regen hätten wir nie!«

»Und so lang es nur nach deiner Nase geht«, schimpfte die andere, »haben wir weder Tag noch Nacht! Die Gebirge sehen aus wie Schuhschachteln und die Seen wie Waschlappen. Schau dich doch um, wie öde es hier ist!«

Da musste Alice ihr recht geben. Aber sie nahm an, dass die Modellierer sich bei allem etwas gedacht hatten. Also sagte sie nur mild und freundlich: »Einen wunderschönen guten Tag, liebe Damen.«

Die beiden hielten den Atem an und musterten Alice erstaunt – soweit Alice' waagerechte Lage dies zuließ.

Die blonde Frau fand zuerst die Fassung wieder: »Ich bin keine Dame«, entgegnete sie empört. »Ich bin Ultra Simplicia. Und das ist meine Schwester, Ultra Sophistica.« Sie deutete auf die rothaarige Frau.

»Wieso haben Sie beide denn den gleichen Vornamen?«, fragte Alice.

»Heißen Sie denn etwa nicht ›Ultra‹?«, riefen die beiden wie aus einem Munde.

Alice schüttelte den Kopf.

»Sie Arme«, sagte die Frau im Kittelkleid, »dann können wir uns nicht mit Ihnen abgeben. ›Ultra‹ bedeutet, dass einem etwas so wichtig ist, dass man sich mit Leib und Seele dafür einsetzt.«

»Ihr könntet mich ›Ultra Alice‹ nennen«, schlug Alice vor.

»Nein, wie furchtbar! Dann setzen Sie sich nur für sich selber ein?«

»Ganz recht«, konterte Alice trotzig. »Für wen sollte ich mich in dieser langweiligen Landschaft denn sonst einsetzen?«

»Da siehst du es!« Ultra Sophistica warf ihrer Schwester erneut einen vorwurfsvollen Blick zu.

Plötzlich hörten sie ein schweres Schnaufen, und ein Tier, so groß wie die Schwestern, tauchte vor ihnen auf. Es besaß einen kräftigen Korkenzieherrüssel, zwei ebenso kräftige Flügel und einen geschuppten Rücken. Eigentlich erinnerte es an ein Hausschwein, aber Alice wollte auf keinen Fall beleidigend sein, also fragte sie höflich:

»Wer bist du? Gehörst du vielleicht auch zu den Ultras?«

Das Tier schlug mit den Flügeln und schnaubte: »Nein, ich bin ein EMIC.«

»Ein Emik?«, wiederholte Alice verwundert.

»Ja, ein EMIC: ein Earth System Model of Intermediate Complexity.[5] Ein Kompromiss. Ein Stachelschwein ohne Stacheln auf dem Rücken, aber mit Flügeln.« Es demonstrierte seine Flügel, indem es sie auf und ab schlug, und die beiden Schwestern, die immer noch in ihren Streit vertieft waren, erschraken.

»Wozu bist du hier?« fragte Alice.

»Ohne mich würde man so große Zeiträume wie Eiszeiten und ihre vielen Komponenten nur schwer modellieren können. Dafür muss das Modell auf Boxen reduziert werden und darf nicht zu komplex sein. Ich stehe also in der Mitte zwischen detailliert-komplexen und konzeptionellen Modellen.«

»Das ist mir zu hoch«, klagte Alice.

»Du hast hier nichts zu suchen!«, schalt Sophistica, die offenbar mehr von dem verstand, was das EMIC erzählte.

Aber das EMIC zeigte sich unbeeindruckt: »Ich streite mich nicht. Ich fliege.« Mit diesen Worten hob es ab und verschwand.

Auch Alice verließ die zankenden Schwestern. Sie hätte ein paar Blumen einem fliegenden Schwein vorgezogen, aber beeindruckend fand sie das EMIC doch. Schade, dass es davongeflogen war. Es wäre sicher ein guter Vermittler zwischen den streitenden Frauen gewesen. Plötzlich wurde sie sehr müde. Wann nur, wann würde es endlich einmal wieder Nacht werden? Längst hätte es dunkel sein müssen! Doch die Uhr zeigte nur, dass es noch 32.000 Jahre bis zu ihrem eigenen Geburtstag waren. Sie stolperte noch eine Weile vor sich hin, bis sie eine grasbedeckte Ebene fand, sich hinlegte und auf der Stelle einschlief.

Das Ende der Eiszeit

Während Alice schlief, vergingen im Eiszeitmodell viele tausend Jahre. Auf der Nordhalbkugel stand das Ende der Eiszeit bevor. Doch Alice wusste nichts davon. Sie träumte von Kirschbäumen und Vogelnestern, von ihren Klassenkameraden und davon, dass sie das EMIC ihren Eltern vorstellte. Das Modelltier zeigte ihrer Mutter, wie man einen guten Apfelkuchen in nur fünf Minuten backte.

Als Alice erwachte, strich ein weicher Wind durch das Modell. Sie setzte sich auf und nahm in der Ferne eine Gruppe von Gestalten wahr. Neugierig machte sie sich auf den Weg und konnte bald schon erkennen, dass es sich um zwei Männer und eine Frau handelte. Der eine Mann war dunkelhäutig und in schwarze Seide gekleidet, der andere blass und staubig und ständig in Bewegung. Er war eher liederlich angezogen: Sein einst vornehmes, weißes Hemd schaute ihm aus der Hose, seine Manschetten waren offen, und überhaupt saß das Hemd schief, als wenn es falsch zugeknöpft worden wäre. Seine Pluderhosen flatterten im Wind wie Fahnen, und seine Haare, die so staubig waren, dass man ihre eigentliche Farbe nicht erkennen konnte, standen in alle Richtungen ab.

Die Frau verbarg ihr Gesicht fast vollständig hinter einem Fächer, der die gleiche Farbe hatte wie ihre eisblauen Augen. Sie trug ein Flamencokleid mit unzähligen an lodernde Flammen erinnernden Volants – Alice musste genau hinsehen, um sicher zu sein, dass ihr Rock nicht tatsächlich brannte! In ihrem braunen glatten Haar steckte eine hellblaue Blume. Sie sah aus wie eine Eisrose, und es schien fast so, als wenn sie beim Schmelzen gefror und beim Gefrieren schmolz. Alice rieb sich die Augen. Sie hätte gerne mehr über diese wunderliche Rose gewusst, doch die drei kamen ihr zuvor:

»Wer bist du?«, fragten sie Alice wie aus einem Munde.

»Du musst ein Stück vom Himmel sein«, mutmaßte der Dunkelhäutige und lächelte. Seine Zähne blitzen wie Diamanten.

»Einsperren müsste man den, der dich so zugerichtet hat«, bemerkte die Frau trocken und hielt kurz ihren eisblauen Fächer still.

»Gestatten?«, fragte der staubige Herr mit den wirren Haaren und hielt Alice die Hand hin. »Ich bin Eddy Beaufort, Graf der Winde.« Er rüttelte an Alice' Arm wie der Sturm an einem Ast. »Dieser dunkelhäutige Herr« – er deutete auf den Mann neben sich – »ist der Kohlendioxidfürst. Man nennt ihn auch Prinz Karbon oder Prinz Ip. Und diese hübsche Dame mit den geröteten Wangen ist Lady Celsius, unsere Temperaturfürstin.« Eddy Beauforts Stimme besaß mindestens Windstärke 5 und wirbelte Alice die Haare durchs Gesicht. Dann musterte Eddy aufmerksam Alice' blaues Kleid: »Dein Kleid erinnert mich an eine Glockenblume. Oh, wie lange habe ich keine Glockenblumen mehr geläutet!«

»Ich heiße Alice. Ich habe mich hier von meiner Wanderung ausgeruht.«

»Dann bist du keine Gleichung. Eine Gleichung wandert nicht einfach so durch die Gegend«, antwortete Prinz Karbon und strich sich nachdenklich das Kinn. »Aber was bist du dann?«

Alice erzählte ihre Geschichte nicht von Anfang an. Sie begann mit der Verfolgung des Kaninchens, denn das, und was danach geschah, fand sie unerklärlich genug.

»Du bist ganz bestimmt keine Gleichung«, stellte auch Eddy Beaufort fest, »du bist eine Novelle. Aber welcher Zeit gehörst du an? Dem Präteritum?«

»Das weiß ich leider selbst nicht so genau«, antwortete Alice verlegen.

»Du bist sehr konfus. Ich habe noch nie etwas so Unlogisches und Inkonsequentes wie dich getroffen«, sagte Lady Celsius.

»Ich möchte nicht unhöflich erscheinen«, entgegnete Alice, deren Selbstbewusstsein inzwischen etwas gewachsen war, »aber Gleichungen, die sich wie Personen gebärden, sind viel unlogischer als ein von Natur aus unlogischer Mensch. Und ist es nicht auch inkonsequent, dass eine Gleichung, die eigentlich immer Teil eines Rechenvorgangs sein sollte, hier herumsteht?«

»Wir stehen nicht herum, meine Liebe – wir warten auf das Königliche Paar!«, erklärte Lady Celsius empört. »Also streiche bitte dein Kleid glatt!«

Schuldbewusst sah Alice an sich herunter. In der Tat hatte ihr Kleid durch die Reise schon etwas gelitten. Und dennoch wirkte diese Aufforderung höchst seltsam. Erstens wirbelte Eddy alles, was nicht niet- und nagelfest war, mit seiner Stimme und seinen ausladenden Armbewegungen durcheinander, zweitens sah das Kleid von Lady Celsius, selbst wenn Eddy keinen Wind machte, kein bisschen ordentlicher aus als ihres! Ganz zu schweigen von Eddy Beauforts Kleidung! Natürlich wollte Alice *das* nicht sagen. Gehorsam strich sie ihr Kleid glatt, doch je länger sie es glatt strich, desto strenger blickte die Temperaturfürstin sie an.

›Seltsam, offenbar wird man hier umso strenger behandelt, je liebenswürdiger man sich verhält‹, grübelte Alice. Gerade überlegte sie, ob sie sich dagegen verwahren sollte, da sagte Eddy: »Ja, Glockenblumen, junge Mädchen und Himmel müssen immer adrett aussehen.«

Jetzt begriff Alice, dass hier für jeden andere Regeln galten, und schwieg.

Inzwischen war das Königspaar zum Greifen nah gerückt. Alice war sehr enttäuscht von der Königin: Grau und wässrig kam sie daher, ihre Schleppe ein Wasserfall, der kleine Pfützen auf dem Boden hinterließ. Der Sonnenkönig jedoch strahlte noch schöner als bei ihrer ersten Begegnung. Voller Stolz verkündete er: »Ich, der Sonnenkönig und Ihre Majestät, die Regenkönigin Hydrologica die 614te, geben hiermit die Geburt des neuen grünen Prinzen Folio, dem zukünftigen Thronfolger des Landes, bekannt.«

»Sagte er neuer Prinz oder grüner Prinz?«, fragte Alice den Grafen der Winde.

»Beides«, hauchte dieser vorsichtig in Windstärke 2, sodass Alice nur einen leichten Zug im Gesicht spürte. »Aber Ihre Durchlaubt wird schnell herangewachsen sein und den Einfluss seiner eisigen Schwester von Tag zu Tag schrumpfen lassen.«

»Dies ist der Anfang vom Ende!«, jubelte Prinz Karbon, ergriff Lady Celsius bei der Taille und schwang sie durch die Luft.

»Was meint er damit?« Alice schaute nervös zu Eddy Beaufort.

»Er meint, dass nun die Eiszeit in die Knie gezwungen wird.«

»He, blas nicht so«, schimpfte Alice, »du reißt mir ja den Kopf ab!«

»Entschuldige«, wisperte Eddy nun wieder vorsichtiger, »keine böse Absicht. Brauchst du einen Kamm?«

»Schon gut«, sagte Alice und strich sich übers Haar. »Sag mir lieber, warum sich Prinz Karbon so freut.«

»Die beiden gehören dem Luftadel an – das heißt, sie können besser tanzen, wenn es wärmer ist.«

»Thermodynamik. Alles Thermodynamik«, mischte sich Prinz Karbon lachend ein.

»Außerdem hat es ihnen gar nicht gefallen, dass die Eisprinzessin und der Großherzog von Albedo ihnen während der Eiszeit die Show gestohlen haben«, fügte Eddy Beaufort verschmitzt hinzu. »Denn je kälter es ist, desto mehr Kohlendioxid wandert in die Ozeane, und die Luft wird wegen des verminderten Treibhauseffektes noch kälter. Positive Rückkopplung nennt man das.«

Der Prinz nickte. »Oh ja, viel passiert während der Eiszeit: Der Meeresspiegel sinkt und gibt große Teile der Kontinentalschelfe frei. Durch die stärkere Verwitterung gelangt mehr Gesteinsstaub in die Ozeane. Das düngt sie und begünstigt das Wachstum von Plankton, welches Kohlendioxid bindet …«

»Und die Winde verlagern sich natürlich auch«, ergänzte Eddy Beaufort, »mit Folgen für die Ozeanströme.«

Alice kratzte sich am Kopf. »Was beendet die Eiszeit denn genau? Die veränderte Thronfolge?«

»Das ist sehr kompliziert«, antwortete Eddy Beaufort und wirbelte die Arme wie Windräder herum. »Komplizierter als der Beginn einer Eiszeit, wo im Wesentlichen nur der CO_2-Gehalt unter eine kritische Grenze sinkt.« Er schielte kurz zu Prinz Karbon herüber, der jedoch keine Miene verzog.

»Und die Sonneneinstrahlung zu gering wird«, ergänzte Lady Celsius. Aber das Ende der Eiszeit – ewiges Proben! Um das zu verstehen, haben die Modellierer wieder und wieder die Choreografie geändert. Bis sie wussten, wer mit wem wann tanzen muss. Hach, war das lästig! Am Anfang wurde den Tänzern manchmal schwindlig, weil sie sich zu schnell drehten; dann kippten sie einfach um und rissen andere mit zu Boden. *Mir* ist das zum Glück nie passiert!«

Eddy zuckte mit den Schultern und grinste.

Alice konnte sich gut vorstellen, wie Eddy alle zu Boden riss. Aber wie es den anderen Figuren mit ihren abgehackt wirkenden Bewegungen gelingen sollte, einen schönen Tanz aufzuführen, war ihr nicht ganz klar.

Der Windgraf wollte gerade zu weiteren Ausführungen ansetzen, da unterbrach ihn Prinz Karbon: »Komm endlich zur Sache, wir müssen weiterrechnen!«

»Schon gut, schon gut«, beschwichtigte ihn Eddy mit einem leichten Säuseln und fuhr etwas ernsthafter fort: »Temperatur und Kohlendioxidgehalt der Atmosphäre sind natürlich sehr wichtig, aber auch Verdunstung, Niederschlag, das Staubaufkommen, die Albedo, aufströmendes Tiefenwasser, Ozeanchemie und Eisphysik sowie die Lage der Kontinente und das Wachstum der Pflanzen ... und nicht zu vergessen der Wind.«

Bei den letzten Worten blähte sich Eddy Beaufort auf und drehte sich um die eigene Achse wie ein Tornado. Dann schnappte er Alice und wirbelte sie ebenfalls im Kreis herum. »Und so tanzen wir mal mit dem und mal mit diesem und haben viele, viele Proben, bis der Tanz den Test für die Bühne der Evolution bestanden hat«, rief er fröhlich. Als er die arme Alice wieder abgesetzt hatte, erklärte er mit ernster Stimme: »Zum Glück brauchen wir uns nur nach den Gleichungen der Modellierer richten und müssen nicht die Naturgesetze selbst verantworten. Der holozäne Korridor zum Beispiel, der jetzt vor uns liegt, unterliegt seinen eigenen zeitspezifischen orbitalen Zwängen.«[3|6]

»Hat dieser Korridor wenigstens Fenster?«, fragte Alice, die überhaupt nichts mehr von dem begriff, was der Graf der Winde ihr da erklärte. Aber sie hoffte, dass dieser nicht mehr antworten würde, denn sie fand seine Erläuterungen sehr langatmig und seine Pirouetten sehr gefährlich. Ganz zu schweigen von seinen windigen Ansichten. Zu ihrer Erleichterung schienen die drei Figuren nun ganz mit sich selbst beschäftigt. Während Alice in ihre Schuhe schlüpfte, feierten sie die Aussicht auf den nächsten Ball.

Auf der Höhe des späteren Belgiens traf Alice Lord Waterlow wieder. Er schien noch weniger in der Stimmung, sich mit ihr zu unterhalten, als zuvor.

»Mein Name ist ruiniert! Das Wasser steigt!«, krächzte er wie ein alter Rabe und fuchtelte dabei hektisch mit seinem Wasserstandsmesser herum. Alice hätte zu gerne gewusst, ob Lord Wellington in der Nähe war und jetzt ebenso triumphierte wie Lord Waterlow damals. Aber als er nach längerem Warten nicht auftauchte, zog sie weiter. Mit einem Mal erblickte sie auch die Eisprinzessin, die am Ufer stand und große, eckige Tränen weinte.

»Oh, wie zerschlissen und schmutzig mein Kleid ist. Schau dir die Eisschilde an, wie sie kleiner werden und zerklüften!« Sie blickte selbstmitleidig an sich herunter. »Ich bräuchte *dringend* ein neues Kleid!« Die Tränen der Eisprinzessin waren so groß, dass sie einen Ozeandampfer hätten wegspülen können.

»Ach, liebe Eisprinzessin, hör doch bitte auf zu weinen«, bat Alice und weinte aus Mitgefühl gleich mit.

Die Eisprinzessin sah sie entsetzt an: »Aber ich muss weinen! Weinen ist meine einzige Chance! Nur Süßwassertränen können die warme Ozeanströmung aus dem Süden noch aufhalten![7] Eis ist aus Süßwasser, und Süßwasser ist Gift für die Strömung!«

Alice runzelte die Stirn: »Wie kann etwas giftig sein, wenn es mit einem ganzen Ozean verdünnt wird?«

»Ich frage mich, was du überhaupt in der Schule gelernt hast! Süßwasser ist leicht, Salzwasser hingegen dicht und schwer und sinkt nach unten, insbesondere, wenn es kälter wird.«

Alice überlegte, ob sie beim Baden diese Weisheit jemals gebraucht hätte, aber ihr fiel nichts dazu ein. Sie schaute auf ihre tränendurchnässten Schuhe und fragte sich, *wer* hier das Mitgefühl verdiente. Seitdem sie in der Modellwelt war, hatte sie ständig nasse Füße.

Die Eisprinzessin fuhr fort: »Wenn das warme Wasser den Norden nicht erreicht, kann es auch nicht abkühlen! Also kann es auch nicht absinken und in den Süden zurückfließen. Die Strömung gerät ins Stottern oder reißt ab. Deswegen erleidet der Ozean jedes Mal einen kleinen Kreislaufzusammenbruch.[8] Mir soll es recht sein, denn mir geht es dann umso besser.« Ihre Augen funkelten.

›Sie hat wirklich ein kaltes Herz‹, dachte Alice, ›aber was kann man auch anderes erwarten.‹

Plötzlich huschte ein Lächeln über das Gesicht der Königstochter: »Es sieht so aus, als würde der gute alte Heinrich wieder mal Eisbrocken ins Meer schubsen!«[7]

»Wo denn? Ich sehe gar nichts«, sagte Alice.

»Das ist ja auch ein paar tausend Kilometer weiter westlich von hier!«

»Und wer ist dieser Heinrich?«

»Er ist so eine Art ... ja, gute Frage ... so eine Art Geologe. Er rechnet nicht wie wir, sondern handelt anhand von Paläodaten. Und da er sich nicht in die Karten schauen lässt, kommen seine Events immer recht überraschend ... Alle denken, nun sei Tauwetter, aber dann wirft er noch einmal Gletschereis ins Meer. Sind es viele Milliarden Tonnen davon, bringt es die Kälte zurück!«

»Der arme Prinz Folio«, wollte Alice gerade sagen, aber hielt sich noch rechtzeitig die Hand vor den Mund.

Die Königstochter hörte eh nicht mehr zu. Sie hatte sich abgewandt und schrie so laut, als wolle sie auch außerhalb des Modells Gehör finden: »Einen Schneeball, ich fordere sofort einen Schneeball!« Dann rauschte sie davon. Auch Alice musste das Weite suchen, denn das Wasser stand ihr bereits bis zu den Knien, und es wurde binnen wenigen Augenblicken erneut bitterkalt. Es war so, wie die Eisprinzessin es beschrieben hatte: Die warmen Meeresströme des Südens erreichten den Norden nicht mehr ...

Alice legt Feuer

Kurz nachdem die Eisprinzessin die Gitterbox verlassen hatte, betrat der legendäre Großherzog von Albedo das Feld. In seinen blendend weißen Umhang gehüllt, die breite Hutkrempe tief ins Gesicht gezogen, rannte er Alice fast über den Haufen. Gerade noch rechtzeitig kam er zum Stehen.

»Verflucht noch mal, wer bist du denn? Und was lungerst du hier wie ein nasser Schmetterling in der Landschaft rum?« Seine sonore Stimme donnerte auf die frierende kleine Alice herab. »Du musst dich mit Schnee bedecken!«

»Das hilft mir auch nicht«, erklärte Alice, die glaubte, der Großherzog demonstriere autoritäre Fürsorglichkeit. Doch sie hatte sich geirrt.

»Dies ist eine Anordnung, kein Ratschlag!«, rief er missbilligend. »Schließlich muss in jeder Gitterbox die Formel stimmen! Eine irreguläre Variable wie du stört die Gleichungen.«

Eingeschüchtert senkte Alice die Augen. Zum einen hatte sie noch nie zuvor jemand als »irreguläre Variable« beschimpft, zum anderen blendete sein Umhang. Außerdem flößten seine holzschnittartigen Gesichtszüge ihr Angst ein. Doch dann erinnerte sie sich an das Versprechen des Wissenschaftlers, dass ihr nichts zustoßen könne. Sie fasste sich ein Herz und fragte so selbstsicher, wie sie konnte: »Wollen Sie nach Süden und den armen kleinen Prinz Folio blenden, weil er nun der Thronfolger ist?«

Der Großherzog, der Alice' gesenkten Blick als Demutsgeste deutete, hielt inne. Plötzlich kniete er sich mit einem Bein auf die Erde und ergriff Alice' Hände: »Wie kommst du denn darauf?«

»Na, weil Sie sich doch so gut mit der Eisprinzessin verstehen.«

»Aber ich bitte dich! Die Liaison mit der Eisprinzessin ist rein rechnerischer Natur! Sobald Prinz Folio die Nordhalbkugel mit Grün bedeckt hat, werde ich ihm genauso helfen, wie ich vorher ihr geholfen habe. Dann werde ich ausrechnen, wie viel Wärme der Sonne von der begrünten Erdoberfläche aufgesogen wird und diese veränderte Strahlungsbilanz kraft meines Amtes implementieren. Solange aber Schnee liegt, muss ich dafür sorgen, dass Wärme ins Weltall zurückgeworfen wird. Das verlangen die Strahlungsgesetze, und deswegen trage ich diesen Mantel. Seine Oberfläche ist eine Art Rechenspiegel.« Stolz strich er über das Revers seines Mantels und fuhr wichtigtuerisch fort: »Ich bin Gefolgsmann der Erdoberfläche, doch mit großem Einfluss! Nun muss ich allerdings weiter« – der Großherzog erhob sich – »zur Eisprinzessin.« Er lächelte, und Alice wandte ihren Blick zur Seite, denn seine Zähne blendeten stärker als die von Prinz Karbon, obwohl sie nicht aus Diamant zu sein schienen.

»Sie war eben noch hier«, antwortete Alice, die sich des Eindrucks nicht erwehren konnte, dass der Großherzog doch ein wenig parteiisch war.

Alice war froh, dass der Herr von Albedo sich verabschiedet hatte, und hoffte, erst einmal niemanden mehr zu treffen. Sie fand es ziemlich schwierig, sich mit Leuten zu unterhalten, die so wirkten, als wenn sie Gefühle hätten, in Wirklichkeit aber nur Gleichungen verkörperten. Außerdem war sie hungrig und fror. Ohne sich viel zu erhoffen, kramte sie in ihren Taschen. Neben ein paar zerbröckelten Keksen fand sie eine Streichholzschachtel.

›Wenn ich doch nur Holz für ein Feuer hätte‹, dachte sie sehnsüchtig und wanderte ein kleines Stück nach Süden, in der Hoffnung, dort einen Wald finden. Und sie hatte Erfolg: Die Bäume wuchsen ihr geradezu in die Arme! Bereits nach einer guten Stunde ihrer eigenen Zeit – im Modell war dies ein Zeitraum von 4000 Jahren – hatte sie einen passablen Holzhaufen aufgeschichtet, der im Nu brannte. Dann allerdings, als Alice das Feuer nicht mehr brauchte, weil es wärmer und trockener in Europa wurde, hatte sie ihre liebe Not, es zu löschen. Der Wald, der in Sekundenschnelle von allen Seiten nachwuchs, geriet ebenfalls in Brand, und mir nichts, dir nichts war Alice von einem Feuerring umgeben. Die Bäume reichten das Feuer von Ast zu Ast, und die Flammen breiteten sich im Handumdrehen weiter aus, als sie blicken konnte. Panisch schaute sie sich um, womit sie das Feuer löschen könnte, doch sie entdeckte weder einen Eimer noch Wasser in ihrer Nähe. Nun konnte sie nur noch an sich selber denken. Aber wo sollte sie hin? Verzweifelt schaute sie nach oben. Und so kam es, dass Alice 5000 Jahre vor ihrer Geburt eine Luke über ihrem Kopf entdeckte, auf der in luftigen Lettern »Lund – Potsdam – Jena« geschrieben stand.

›Das klingt nach einer soliden Bahnverbindung‹, dachte sie. ›Aber was immer es auch heißen mag – ich klettere hindurch.‹

Vom Eis zum Mais

»Man landet nicht alle Tage in einem Maisfeld«, murmelte Alice und hielt sich den Kopf. »Ja, es kommt eher recht selten dazu! Wenn man dann noch die passende Größe hat, um sich einen Maiskolben zu pflücken, hat man sogar richtig Glück!« Doch immer, wenn Alice sich einen Kolben abbrechen wollte, entglitt er ihr, und sie hielt nur Luft in der Hand. Die Maispflanzen rauschten und wogten von links nach rechts, sodass sie gar nicht so recht sehen konnte, wo die eine Pflanze anfing und die andere aufhörte, aber vor allem knisterten sie unheimlich. Alice wusste nicht, ob es ihr Kopf war, der knisterte, denn immerhin war sie ja kopfüber im Maisfeld gelandet, oder ob es der Mais war oder gar ein Rudel Wildschweine. Ängstlich drehte sie sich im Kreis.

Auch jemand anderes glaubte, Eindringlinge vernommen zu haben, als Alice im Maisfeld aufgeschlagen war, und das war der Bauer des Feldes, der nun herbeigeeilt kam, um mit kräftigen, behaarten Armen die Maispflanzen auseinanderzubiegen. Erschrocken wich Alice zurück. Vor ihr stand ein stämmiger, rotgesichtiger Kerl in grünen Latzhosen.

»Oh«, rief er, »und ich dachte, ich hätte Wildschweine im Mais!« Er kratzte sich das Kinn. »Ich hätte nicht gewusst, wie ich mir ein Gewehr herbeirechnen soll – geschweige denn eine Kugel.«

»Vielen Dank, dass Sie nicht auf mich schießen«, sagte Alice und machte vorsichtshalber einen Knicks. »Ich habe mich verlaufen.«

Der Bauer schaute verdutzt auf sie herab. Dann lachte er schallend.

Als er endlich aufgehört hatte, fragte er: »Verlaufen? Wo wolltest du denn hin? Dieses Feld ist 50 × 50 Kilometer groß, und es gibt keinen Quadratzentimeter in diesem Modell, der nicht bepflanzt ist.«

»Um ehrlich zu sein – ich habe Hunger. Fänden Sie es sehr unhöflich, wenn ich mir etwas Mais pflücken würde?«

»Den rohen Mais würde ich nicht essen. Aber gleich nebenan liegt ein Erdnuss-Acker, da kannst du dir Erdnüsse ausgraben, so viel du willst. Nur beeilen musst du dich, und schnell sein musst du auch, denn in ein paar Minuten ist das Jahrhundert vorbei.« Er zog ein Taschentuch hervor und wischte sich den Schweiß von der Stirn. Aber das Taschentuch war bereits nass und bewirkte gar nichts.

»Ich dachte, schnell sein und sich beeilen sind dasselbe.«

»Oh, nein. Man kann auf sehr schnelle Weise langsam sein, und auf sehr langsame Weise schnell. Beeilen musst du dich, weil der Modelllauf in ein paar Minuten beendet ist. Und schnell musst du sein, weil Erdnüsse ausgraben so schwierig ist wie Fische fangen. Alle paar Millisekunden wachsen neue, während die alten verschwinden. Das liegt an der Modellgeschwindigkeit. Am besten, du greifst einfach drauflos, auch wenn du nicht siehst, wonach, dann wirst du schon welche erwischen. Wenn du die Erdnüsse erstmal in der Hand hältst, verschwinden sie nicht mehr.«

»Und warum steht der Mais jetzt still?«

»Wenn ich rede, kann ich nicht rechnen. Ohne mich wächst hier gar nichts. Alles Mathematik, meine Kleine, al-les Mathematik. Und nun lass mich weiterrechnen, der Feierabend naht. Diese Hitze ... kaum mehr zu ertragen ...«

»Ich verstehe nicht, wozu das Rechnen gut ist, wenn man Mais und Nüsse nicht vernünftig ernten kann.«

»Niemand will hier irgendetwas ernten. Ich soll nur testen, wie die Ackerpflanzen auf den Klimawandel reagieren. Zweihundert Jahre lang wird es wärmer, zweihundert Jahre lang muss ich zwölf verschiedene Nahrungsmittel anbauen. Und für jedes Jahr das Wachstum neu berechnen.[9] So ist das«, schloss der Bauer seine Rede und rechnete leise murmelnd weiter, während ihm der Schweiß von der Stirn troff. Als Alice keine Anstalten machte fortzugehen, fügte er hinzu: »Es ist bereits so heiß, dass der Weizen nur noch daumenlang wird. Aber nun muss ich weiterrechnen. Wirklich, ich habe keine Zeit mehr für Erklärungen.«

Alice sah auf die rasenden Zeiger ihrer Uhr. Gerade noch zeigte sie das Jahr 2026 an, weniger Sekunden später schon das Jahr 2060.

»Entschuldigen Sie bitte …«, begann Alice.

»Bitte unterbrich mich nicht wieder«, sagte der Bauer genervt.

»Ich würde nur gerne wissen: Bin ich hier in Lund, Potsdam oder Jena?«

»Du bist in keiner dieser Städte. Man hat dieses Modell LPJ-Modell genannt, weil es an den Orten Lund, Potsdam und Jena entwickelt wurde.«[10]

»Ich würde noch gerne wissen, ob es hier irgendwo einen Garten gibt.«

»Das Modell ist der Garten. Es hat 60.000 Felder, über die ganze Welt verteilt. Jedes Feld ist 2500 Quadratkilometer groß und hat einen Gärtner, einen Bauern wie mich, wenn du so willst. Geh nun zum Erdnussfeld, es liegt hinter dir.« Mit diesen Worten drehte er sich um und verschwand im Mais.

Alice musste an ihre Großmutter denken und daran, wie lange diese dafür brauchte, einen winzig kleinen Garten zu bestellen. *Sie* musste rechen, nicht rechnen. Dann drehte Alice sich ebenfalls um und kämpfte sich in der entgegengesetzten Richtung durch den Mais. Zum Glück war das Erdnussfeld nicht weit entfernt. Gierig kniete sich Alice auf die Erde und tat, wie der Bauer ihr empfohlen hatte: Sie wühlte die Wurzeln einer Staude frei und griff einfach hinein. Es war eine mühselige Art der Ernte! Endlich, nach einer halben Stunde, war der schlimmste Hunger besiegt. Aber was nun? Ratlos ließ Alice ihren Blick über das Feld schweifen. Da fielen ihr in der Ferne zwei Türen auf.

Im Regenwald

Von der linken Tür war die grüne Farbe fast vollständig abgeblättert. Jemand hatte mit dem Messer das Wort »Regenwald« ins morsche Holz geritzt. Die rechte Tür glänzte in makellosem Lachsrot und trug die Aufschrift »KORALLENGARTEN« aus krustigen, weißen Majuskeln. Als Alice das Wort »Garten« entziffert hatte, jubelte sie und griff sofort nach der muschelverzierten Klinke. Zu ihrer Überraschung befand sich hinter der Tür jedoch kein Garten, sondern eine Diele mit einer weiteren Tür, die von einem Mann mit hervortretenden Augen und silbrig schimmerndem Schuppenhelm auf dem Kopf bewacht wurde.

Alice' Mut flog zu den Erdnussstauden zurück.

»Wer bist du?«, fragte der Wachmann streng und sah sie misstrauisch an. Er war zwar einen Kopf kleiner als sie, aber sah ziemlich ungemütlich aus. Ganz zu schweigen von der geschuppten Lanze in seiner Hand, deren Spitze mit den rotweißen Giftstacheln des Feuerfischs gespickt war. Alice holte tief Luft.

»Ich bin Alice«, rief sie mit gespieltem Selbstbewusstsein und versuchte, etwas verärgert zu klingen. »Alice vom Telegraphenberg. Ich habe eine sehr lange Reise hinter mir und würde jetzt endlich gerne in diesen Garten!«

»Du darfst hier nicht rein«, gab der Wachmann ungerührt zurück und versperrte sofort den Eingang mit seiner geschuppten Lanze. »Keiner, der ein saures Gesicht macht, darf hier hinein. Der pH-Wert des Meeres ist schon mächtig gesunken, seitdem die Menschen so viel Kohlendioxid in die Atmosphäre blasen. Ich habe strikte Anweisungen, jeden weiteren Schaden von den Korallen fernzuhalten. Akute Auflösungsgefahr!«[11]

»Ich kann auch freundlich schauen«, argumentierte Alice – was allerdings keinen Sinn hatte: Um freundlich auszusehen, war sie schlichtweg zu enttäuscht.

»Tut mir leid, wir können kein Risiko mehr eingehen«, knurrte der Wachmann.

›Dann probiere ich es eben mit der nächsten Tür‹, dachte Alice und warf dem fischhelmigen Knurrhahn zum Abschied ihren bösesten Blick zu.

Auch hinter der Regenwald-Tür stand ein Wachmann; dieser trug einen opulenten Federschmuck auf dem Kopf.

»Was willst du am Amazonas?«, fragte er mit nahezu reglosem Gesicht. Er hatte keine hervorstehenden Augen, aber sein Blick wirkte starr wie die Augen auf den Flügeln eines Tagpfauenfalters. Das brachte Alice auf eine Idee. Hatte sie der Großherzog von Albedo nicht auch für einen Schmetterling gehalten?

»Ich bin ein tropischer Tagfalter«, erklärte sie mit ernster Stimme, »der größte, der je gesichtet wurde.« Geschickt spannte sie den Rock ihres Kleides auf.

»Nun ja«, grübelte die Wache. »Du ähnelst in der Tat einem Tyndall-Falter. Allerdings bist du sehr groß und siehst schon ziemlich abgewetzt aus ...«

»Ich gehöre der südlichen Unterart des Tyndall-Falters an. Wir werden so groß, weil wir uns von Erdnüssen ernähren«, log sie und hielt dem Federwedelträger eine Nuss vor die Nase. »Wir sind größer, aber blasser als unsere hiesigen Verwandten …«

»Na gut, du darfst hinein«, murmelte der Wachmann, der nicht wusste, was er noch hätte entgegnen können, »aber die Nuss muss draußen bleiben!«

Kaum hatte Alice die Türschwelle überquert, wuchs sie auf die Größe eines Baumes heran. Sie konnte sich gerade so niederducken, dass ihre Haare sich nicht im Blätterdach des Waldes verfingen. Ob sie aber wirklich gewachsen war, oder ob die Bäume nicht eher zufällig eine ähnliche Größe besaßen wie sie, konnte sie nicht mit Sicherheit sagen. Jedenfalls hatte sie, wenn sie sich etwas streckte, einen sehr guten Überblick über die obere Etage des Waldes. Allerdings fragte sie sich, vor welcher Art von Schaden der Türsteher den Regenwald bewahren wollte, denn offenbar hatte er eine völlig falsche Vorstellung von dem Wald! Der Ausblick war alles andere als reizvoll: Kein Schmetterling, kein Vogel, kein Äffchen war zu sehen, und es gab weder Lianen noch Blumen. Der Himmel war gleißend hell, während unter den dichten dunklen Baumkronen drückende Hitze herrschte. Einem schrecklichen Einfall folgend, sie könne sich im Zeitalter der Dinosaurier befinden, warf Alice einen Blick auf die magische Uhr. Zu ihrer Erleichterung zeigte sie das Jahr 2050 an.

›Mitte des 21. Jahrhunderts würde ich aber einen schöneren Garten erwarten‹, dachte sie, von Erleichterung zu Enttäuschung taumelnd. Zum einen sahen die Bäume fast alle gleich aus. Zum anderen hatten viele von ihnen braune Blätter und waren ganz offensichtlich am Ende ihrer Kraft. Alice wollte gerade wieder umkehren, da raschelte es zu ihren Füßen. An einem Baumstamm lehnte, kaum höher als ihre Knie, ein alter, zu Tode erschöpfter Mann mit blättrigen Haaren und borkiger Haut. Mit vor Durst aufgesprungenen Lippen und fast unfähig zu sprechen, deutete er mit knorrigen Fingern auf die Baumkronen. Und mit einem Mal hörte auch Alice das traurige Wispern der Bäume:

»Es kommt zu wenig Regen bei uns an ... Die Bäume an der Küste betrügen uns. Wir verdunsten all unser Wasser, wir vertrocknen bei lebendigem Leib«, klagten sie mal einander ins Wort fallend, mal im Chor.

Die alte Baumriesin, die neben Alice stand, stöhnte und ächzte wie im Sturm: »Unsere Kinder sterben schon im Keimalter; ihre Wurzeln sind so verletzlich.« Alice stand still vor Staunen, und der Wunsch nach einem Garten wurde von dem Bedürfnis zu helfen verdrängt.

Nach und nach reimte sich Alice die Geschichte der Bäume zusammen: Sie bezichtigten den Wald an der Ostküste des Vertragsbruchs, weil er zu wenig Regen an sie weiterreichte. Der Grüne Mann war als Bote losgeschickt worden – da sie ja selbst leider nicht laufen konnten –, um dem Wald im Osten den Krieg zu erklären, doch er war erschöpft und unverrichteter Dinge zurückgekehrt.

»Ich bin wesentlich größer als der Grüne Mann«, beschwichtigte Alice die Bäume, deren Gewisper sich zu einem bösen Rauschen verdichtet hatte. »Und ich fühle mich noch frisch. Wenn ihr möchtet, laufe ich für euch zur Ostküste und rede dem Wald dort ins Gewissen.«

Als die Bäume das gehört hatten, ging ein Raunen durch ihr Blätterdach. »Wir würden uns freuen, wenn du keine Zeit mehr verlierst«, sagte die alte Bäumin. Alice hörte die Verbeugung in ihrer Stimme.

»Am besten ist, du schwimmst. Zu Fuß würdest du zu lange bis zur Küste brauchen und dich vielleicht auch verirren.« Nachdem Alice den Grünen Mann mit Wasser vom nahegelegenen Fluss versorgt hatte, löschte sie ihren eigenen Durst. Anschließend suchte sie am Ufer des Amazonas ein Versteck für ihre Schuhe.

Ob es hier wirklich keine Aligatoren gab?

Alice hatte noch nie zuvor die Chance erhalten, sich mit Haut und Haaren für etwas einzusetzen. Sie zögerte einen kleinen Augenblick, dann aber sprang sie ins Wasser und schwamm mit gleichmäßig kräftigen Zügen den trägen, braunen Fluss hinab ...

Es wurde eine anstrengende und langweilige Reise. Der Anblick des Ufers war wenig abwechslungsreich, und wenn er sich änderte, dann wegen breiten, von Menschenhand in den Wald geschlagenen Schneisen und Lichtungen, auf denen entweder Vieh weidete, oder verkohlte, noch schwelende Baumstämme von der letzten Brandrodung lagen.

›Ein wenig Regen würde dem Wald wirklich guttun‹, dachte Alice. Aber es regnete nicht.

Nach rund 2500 Kilometern ließen Alice' Kräfte allmählich nach. Sie war nun über eine Stunde geschwommen und hatte fast das Meer erreicht. Der Strom war breiter geworden, die Bäume am anderen Ufer wirkten klein wie Stecknadeln. Doch immerhin erschien der Wald hier grün und intakt: Sie war im östlichsten Teil des Amazonas-Gebietes angekommen.

»Hallo, Bäume des Ostens, hört ihr mich?« Alice bekam keine Antwort. Dunkel und unbewegt lag das Blätterdach über ihrem Kopf und die Stille stand dicht wie grünes Pressglas zwischen den Baumstämmen.

Gerade als sie dachte, ihre Mission sei umsonst gewesen, huschte ein in feuchte Lumpen gehüllter Mann mit langen, triefnassen Haaren durch die Gitterbox.

»Hallo«, rief Alice. »Ich suche jemanden, mit dem ich sprechen kann.«

Der Mann hob sein blasses, aber furchtloses Gesicht und sah Alice mit wässrigen Augen an. »Ja, wer bist denn du?« Jeder Buchstabe schien einzeln aus seinem erstaunten Mund zu tropfen.

»Ich bin Alice und komme in friedlicher Absicht.«

»Das will ich doch hoffen! Ich bin der Regenmann und friedlicher Absicht ohnehin. Was führt eine Riesin wie dich in unseren Wald?«

»Die Bäume aus dem Landesinneren haben mich geschickt, weil ich besser laufen kann als sie. Sie bräuchten dringend mehr Regen und lassen fragen ... ach, bevor ich um den trocknen Baum herumrede: Wenn Sie ein Regenmann sind, müssen Sie es sofort regnen lassen!«

»Es tut mir sehr leid, ich bin zwar ein Regenmann, aber ich verwerte auch nur die aus anderen Modellen eingespeisten Werte. Die kann ich nicht einfach ändern.«

»Sie müssen es regnen lassen!«, rief Alice aufgeregt. »Es ist wichtig! Sonst verdursten die Bäume im westlichen Amazonas-Wald! Sie sagen, ihr müsst einen Teil des Regens, den der Wind vom Meer auf das Land treibt, an sie weiterreichen, weil der Vertrag es so vorsieht!«

Der Regenmann machte ein verprasseltes Gesicht. »Ja, ja, das stimmt. Und das geschieht auch: Die Bäume verdunsten einen Teil des aufgenommenen Wassers, und der Wind trägt es mit dem Regen weiter, von Baum zu Baum ins Landesinnere. Wir nennen das die ›Regenwalze‹, oder auch den ›Fliegenden Fluss‹.«[12]

»Aber die Bäume behaupten ...« Alice deutete mit dem Kopf Richtung Westen, »es komme deutlich weniger Regen bei ihnen an als früher – und ihr seiet verpflichtet, ab sofort wieder mehr Regen zu schicken!«

»Hör zu«, brummte der Regenmann ärgerlich: »Dies ist nur ein Modell! Wenn es dir nicht passt, wie es ist, geh doch in ein anderes Modell! Es gibt auch Modelle, in denen der Amazonas-Regenwald nicht vertrocknet – oder sich zumindest wieder schnell erholt.«[13]

»Aber die Bäume im Westen können Ihnen doch unmöglich egal sein!«

»Sie sind mir nicht egal – aber ich kann nichts machen«, kommentierte der Regenmann. »Wir befinden uns in einem Vegetationsmodell. Es übernimmt die Niederschlagswerte aus Klimamodellen. Genau genommen aus neunzehn globalen Zirkulationsmodellen hintereinander. Die Wissenschaftler testen dann mit jedem der neunzehn Modelle die Wirkung von verschiedenen Erwärmungsszenarien auf den Wald.«[14]

Die Rede des Regenmanns wirkte wie ein hartnäckiger Landregen auf Alice und machte sie ganz schläfrig. »Na, jedenfalls, wie viel Niederschlag in den Gitterzellen ankommt, ist festgelegt – also reg dich nicht über mich auf!«, sagte er.

»Aber das erscheint mir völlig sinnlos«, antwortete Alice matt.

»Das ist Ansichtssache«, entgegnete der Regenmann.

»Ansichtssache? Dann ist alles Ansichtssache?« Jetzt regte sich Alice auf. »Wozu krieche ich von Modell zu Modell und schwimme über eine Stunde lang den Amazonas hinunter, wenn ihr nicht mal wisst, welches Szenario wahr ist?«

»Oh, du dummes, trockenes Ding! Es geht nicht um Wahrheit, sondern um Möglichkeiten! Jede mögliche Zukunft hat andere Konsequenzen für den Wald und die Menschen. Die Szenarien bieten im Idealfall nur eine Entscheidungshilfe.«

»Das verstehe ich nicht«, erwiderte Alice trotzig.

»Ist das nicht zum Verrücktwerden?«, schimpfte der Regenmann. »Pass auf, ich gebe dir ein anschauliches Beispiel. Nimm mal an, du möchtest für einen Monat Urlaub in einer Vollpension machen, willst aber auf keinen Fall an Gewicht zulegen. Nun stell dir vor, du könntest vorher im Modell testen, welche Kombination von Faktoren dafür am geeignetsten ist: Durch neunzehn verschiedene Türen werden dir einen Monat lang verschiedene Mahlzeiten gereicht: Durch Tür 1 Nudeln mit Parmesan, durch Tür 2 nur Nudeln und Kuchen, durch Tür 3 Eis und Gemüse, durch Tür 4 Obst und Fisch, und so weiter … – und diese ›Speisepläne‹, beziehungsweise ›Nährwerte‹ – treffen auf unterschiedliche Bewegungsszenarien. In einem Szenario bewegst du dich überhaupt nicht, in dem anderen eine Stunde pro Tag, in dem nächsten am Anfang gar nicht, aber am Ende viel, und so weiter und so fort. Ausgehend von den Modellergebnissen könntest du dann eine Entscheidung treffen, was du im Urlaub essen und wie viel du dich bewegen willst. Das Ganze läuft dann noch rasend schnell ab, weil du das Modell auf einem Parallelrechner arbeiten lässt.«

»Ist es immer so kompliziert, wenn Wissenschaftler in den Urlaub fahren?«, fragte Alice.

Einen Moment lang schwiegen beide.

Dann sagte Alice: »Ich habe noch nie in meinem Leben eine Entscheidungshilfe gebraucht, was den Amazonas-Wald betrifft.«

Als wenn ihre Worte eine geheime Zauberformel enthielten, die das Modell überflüssig machten, wurde es auf einen Schlag stockfinster und totenstill.

»Regenmann, sind Sie da?«, fragte Alice in die hohle Dunkelheit hinein, doch sie erhielt keine Antwort. »Was ist nur passiert? Warum sehe ich das Modell nicht mehr? Warum fühle ich nicht mehr, was unter meinen Füßen ist?« Vorsichtig streckte sie die Hände zu den Seiten und, als sie auch dort nichts fühlte, nach oben. Sie glaubte eine leichte Wölbung zu spüren, aber ganz sicher war sie sich nicht. »Ich falle nicht, ich schwebe nicht, aber ich bin da«, sagte sie zu sich selbst und wunderte sich, dass sie so ruhig blieb. Dann rief sie, noch etwas lauter und bestimmter: »Ich bin Alice« – als wenn ihr Name eine Strickleiter wäre, die aus der Dunkelheit führte. Aber es blieb, wie es war; sie war ein Mensch ohne Umgebung. Statt Panik stieg ein warmes, angenehm vertrautes Gefühl in ihr auf, das fast so alt sein musste wie sie selbst. Sie verstand es, ohne es ausdrücken zu können: Dieses Gefühl war das Integral ihrer frühsten und glücklichsten Erinnerungen. Es war zwar keine Strickleiter aus der Dunkelheit, aber wie ein innerer Rettungsring.

Wenige Augenblicke später hörte sie ein leises Rauschen, es dämmerte, ein Boden wuchs unter ihren Füßen, und der Regenmann tauchte wieder vor ihr auf. »Wir hatten einen Stromausfall«, erklärte er, »und der Strom des Notstromaggregates wurde offenbar für Wichtigeres gebraucht als für uns. Nun fahren die Forscher das Modell wieder hoch. Ich kenne das schon: Erst muss Speicherplatz initialisiert werden, dann wird Gitterzelle für Gitterzelle das Modell wieder aufgebaut, und dann wird mit einer kleinen zeitlichen Überschneidung weitergerechnet, als wäre nichts gewesen. Ich hoffe, du bist nicht in Panik geraten.«

»Ich habe mich gefühlt wie in einer warmen Null.«

»Ah, dann warst du vielleicht in einer leeren Menge.«

»Sie war aber nicht leer«, entgegnete Alice abwesend, denn sie wurde bereits wieder abgelenkt: Vor ihren Augen wuchs ein wunderschöner, gläserner Baum in die Höhe und vor ihren Füßen gläsernes Gras. »Was ist das für ein Ort?«

»Hier ist das organische Zentrum des Modells, das Herz. Die gläsernen Skulpturen sind Prototypen der Bäume. Siehst du, da wächst der zweite Idealbaum heran. Der eine Baum präsentiert die immergrünen Bäume, der andere die sogenannten regengrünen Bäume.«

»Sie sind wunderschön«, summte Alice.

»Siehst du das Wasser den Stamm hinaufsteigen? Und schau, da, in den Blättern ... dort wird mithilfe der Photosynthese Kohlendioxid in Kohlenhydrate umgewandelt.«

Alice betrachtete kleine Kolonnen winziger Zeichen, die zwischen Krone und Wurzel auf und ab strömten. »Oh, ich hätte nie gedacht, dass Moleküle so schön aussehen können!« Alice war entzückt.

Der Regenmann lächelte. »Dabei siehst du hier nur vereinfachte physiologische Vorgänge. Andere Modelle berücksichtigen sogar die Wettbewerbsfähigkeit verschiedener Baumarten bei Dürre und anderen Extremereignissen. Manche Bäume brauchen nämlich weniger Wasser als andere, weil sie in ihren Blättern mehr Kohlendioxid zu Zucker verwandeln können. Dadurch sind sie weniger anfällig gegen Trockenheit.«

»Dann verdunsten diese Bäume aber auch weniger Wasser, und die Regenwalze wird schwächer, oder?«

»Das kann ich dir leider nicht beantworten«, entgegnete der Regenmann und wrang sich die Haare aus, doch Alice hatte nicht den Eindruck, dass sie dadurch auch nur ein kleines bisschen trockener wurden. »Im ganzen Amazonas-Wald gibt es Prozesse, die noch besser verstanden werden müssen. Im Modell werden nur die wichtigsten Aktivitäten der Pflanzen sowie der Wasserhaushalt des Bodens betrachtet.«

»Wenn das alles so unsicher ist, brauchen wir uns ja keine Sorgen zu machen …«, unterbrach ihn Alice, die inzwischen stets einen starken Harndrang verspürte, sobald der Regenmann zu sprechen begann.

»Auf jeden Fall«, fuhr er fort, als wenn es die bekannteste Sache der Welt wäre, »ist das Amazonas-Gebiet auf der Weltkarte der gefährlichen Klimafolgen als Kippelement eingetragen.«[15]

»Wenn Sie mit den Modellen nichts vorhersagen können, dann sind sie eine ziemliche Zeitverschwendung, wenn Sie mich fragen. Es sollte doch wohl reichen zu wissen, dass der Wald gefährdet ist. Ich steige auch nicht in ein Flugzeug, von dem ich erfahre, dass es abstürzen könnte. Da ist es mir reichlich schnuppe, ob die Wahrscheinlichkeit dafür ›nur‹ 10 Prozent oder sogar 90 Prozent beträgt – ich würde auf keinen Fall meinen Hals riskieren!«

»Oh, wir reden hier nicht von 10 Prozent … Bereits 1 Prozent ist eine Katastrophe, wenn es um das Liebste geht, was man hat. Ich nehme nicht an, dass deine Mutter dich in einen Schulbus setzen würde, wenn sie wüsste, dass die Wahrscheinlichkeit eines Busunfalls mit tödlichen Folgen 1 Prozent betrüge. Wenn der Bus allerdings nur schmutzige Wäsche transportieren würde, nähme sie 1 Prozent Unglückswahrscheinlichkeit vermutlich in Kauf.«

»Aber die Frau des Busfahrers nicht.«

»Wir reden hier auch nicht davon, dass das Risiko null sein muss, sonst würdest du vermutlich nie das Haus verlassen. Es geht um die Schadenshöhe. Sie kann gegen unendlich streben, wenn der Verlust dramatische – oder gar traumatische – Folgen hat. Aber um abzuschätzen, ob die Erde an einem postdramatischen Belastungssyndrom leiden würde, wenn der Regenwald geopfert wird …«

Alice konnte sich kaum noch konzentrieren. Sie brauchte dringend eine Buschtoilette. »Könnten Sie sich bitte mal umdrehen«, bat sie und hockte sich hinter einen Baumstamm, um sich zu erleichtern.

»Aber gern … Ein Trauma ist schwer zu heilen. Und alles hat ein Gedächtnis, sogar das Wetter«,[16] fuhr der Regenmann unbeirrt fort. »Allerdings löst nur ein Regenmann Erinnerungen in Melancholie auf … und zwar durch Wiederholung eines immer gleichen Geräusches … und eines immer gleichen Musters … ach, wenn man mich nur ließe – aber hier bin ich ja lediglich ein unbedeutender Angestellter.«

Alice stöhnte innerlich. Ihm immer zuhören zu müssen, was für eine Strafe wäre das! Aber sie ließ sich nichts anmerken.

»Oh, ich halte Sie für unentbehrlich«, sagte sie freundlich, als sie wieder vor ihm stand. Als der Regenmann Alice' Kompliment vernahm, wurden seine Augen noch feuchter.

»Was ist überhaupt schlimm daran, wenn der Regenwald stirbt?«, fragte Alice, die sich nun wieder besser konzentrieren konnte.

»Der Regenwald fungiert als riesiger Kohlenstoffspeicher. Das heißt, er schenkt uns nicht nur Sauerstoff, er speichert auch Kohlendioxid. Und er beeinflusst seit Jahrhunderten das Klima in seinen Breiten. Wenn er sterben würde, gelänge viel zusätzliches CO_2 in die Atmosphäre. Übrigens sind Modellszenarien nicht das einzige Mittel, um die Anfälligkeit des Regenwaldes abzuschätzen. Wissenschaftler können auch anhand von Satellitenbildern sehen, dass ein extrem heißer Sommer dem Wald auf viele Jahre zusetzt. Die Frage lautet, wie gut der Wald sich erholen kann und wann die Hitze ihm so weit geschadet hat, dass er sich in eine Savanne oder Steppe verwandelt. Dazu müssen die Forscher wichtige Prozesse von unwichtigen unterscheiden ... Ich gebe zu, es ist ein wenig kompliziert.«

Während der Regenmann redete, starrte Alice fasziniert auf den Wasserfall, der aus seinem Mund stürzte und eine große Pfütze auf dem Boden hinterließ. Dann sagte sie: »Das ist doch nicht kompliziert: Ob ein Baum stirbt, hängt vom Regen ab. Und davon, ob die Menschen den Wald abholzen oder abbrennen.«

»Wieso abholzen?« Der Regenmann hob eine Augenbraue, woraufhin sich ein Nebenfluss auf seiner Schläfe bildete.

»Auf dem Weg hierher habe ich jede Menge breite Schneisen gesehen und ...«

»Dann sind es die Schneisen, die den Weitertransport des Regens verhindern!«, unterbrach der Regenmann sie nachdenklich. »Wenn diese Breschen die Regenwalze stören, die sich vom Meer ins Landesinnere bewegt ... Du weißt ja, ein Teil des Regens wird vom Blätterdach wieder verdunstet und mit dem Nordostwind weiter ins Land getragen ...«

»Wenn das Blätterdach intakt ist«, ergänzte Alice, die das alles schon wusste, »dann müssen Sie erst recht versuchen, den Bäumen zu helfen.«

Der Regenmann seufzte. »Wie kann man nur so stur sein! In den Modellen wird doch nur alles ausprobiert. Du kannst auch einfach hier sitzen bleiben, bis andere Modellläufe starten, dann lernst du sicherlich eine ganze Menge.«

Er musterte Alice von oben bis unten. »Aber öffne besser keine Tür mit der Aufschrift ›Doppel-‹ oder ›Mega-Dürre‹ – du siehst schon ziemlich erschöpft aus.«

Alice nickte selbstmitleidig. Außer den Erdnüssen hatte sie seit Stunden nichts gegessen.

»Irgendwo muss auch noch ein Sack mit der Aufschrift ›Katze‹ herumliegen«, erklärte der Regenmann. »Wir vermuten, dass er eine mathematische Beschreibung enthält, wann genau der Kipp-Punkt erreicht ist, wo aus dem ganzen Wald für immer eine Savanne wird. Du würdest allen einen großen Dienst erweisen, wenn du diesen Sack suchen gingest. Es könnte uns viele Monate des Modellierens und den Bäumen eine Menge Durst ersparen.«

›Klingt fast so, als wenn er doch unter dem Klimawandel leidet‹, dachte Alice. Doch sie sagte nichts. Sie dachte voller Sorge an die Bäume im Westen.

»Lieber Regenmann, wissen Sie, wie viel Zeit mir bleibt, um zurückzugelangen?«

»Nein, ich weiß nur, dass dieses Modell etwa eine Viertelstunde für hundert Jahre braucht. Mir ist die Zeit egal, denn Regen stirbt nie. Irgendwo im Wasserkreislauf bleibe ich immer. Hast du Angst um dein Leben?«

Alice schüttelte den Kopf. »Regenmann, ich kann nicht anders. Ich muss mich auf den Rückweg machen. Ich habe es den Bäumen und dem Grünen Mann im Landesinneren versprochen. Ich muss ihnen wenigstens alles erklären ...«

Alice war kaum eine Minute gegangen, da erreichte sie den Waldrand. Vor ihr lag eine endlose Grassavanne. Und kaum hatte sie innegehalten, da war der Wald, aus dem sie kam, ebenfalls zu Grasland geworden.

Wer ist schuld?

Der Wachmann, der in der Diele vor sich hindöste, hätte gerne erfahren, was Alice erlebt hatte. Aber ihr war wirklich nicht nach Reden zumute. Sie war hungrig und wollte zu den Feldern zurück, auf denen der Bauer mit seinen Versuchen beschäftigt war. Dort war, zu ihrer Überraschung, die Erde jedoch noch unbestellt, und der Bauer hatte Besuch: Neben ihm stand ein hochgewachsener Herr in einem zitronengelben Anzug.

»Hallo, Bauer, ich bin zurück«, rief Alice fröhlich.

»Ich erinnere mich an Besuch, ja, ... an ein hungriges kleines Mädchen, aber nicht an seinen Namen ...«

»Ich heiße Alice.« Und weil es vollständiger und sogar ein wenig vornehm klang, fügte sie hinzu: »Alice vom Telegraphenberg.«

Der Bauer und der Mann in Gelb, der, wie sich später herausstellte, Großgrundbesitzer war und beste Kontakte zur Außenwelt hatte, wechselten einen vielsagenden Blick.

»Wie kommst du überhaupt hierher?«, fragte der Fremde. »Ohne die Erlaubnis der Modellierer darf niemand in diese Welt.«

»Ich habe die Erlaubnis der Modellierer!«, entgegnete Alice so selbstbewusst wie möglich, denn der hochgewachsene Herr mit dem scharfen Mund schüchterte sie ein.

Der Großgrundbesitzer hob die Augenbrauen. »Soso, und du hattest den Auftrag, die Erde zu erwärmen?«

»Aber nein, wieso?«

»Nun, warum hast du denn vorhin die Luke des Eiszeitmodells aufgelassen?«

»Kkk-keiner hat mir ge-sagt, dass ich sie ... schlie-ßen muss«, stotterte Alice. »Ist etwas passiert?«

»Ist etwas passiert!« Der Großgrundbesitzer und der Bauer wechselten erneut einen Blick. »Du hast halb Mitteleuropa abgefackelt, den Kohlendioxid-Gehalt der Atmosphäre in die Höhe getrieben und diese Luft in unser Modell gelassen und fragst nun, ob etwas passiert ist? Was meinst du denn, warum die Erde sich erwärmt, he? Du hast das Pyrozän eingeläutet!«

Alice schluckte und war sprachlos.

»Und du bist schuld, wenn die Menschen unter Pyronoia leiden«, schimpfte nun auch der Bauer.

Alice fasste ihren ganzen Mut zusammen. »Das wollte ich wirklich nicht. Aber inzwischen habe ich dazugelernt. Und ich denke, Sie sollten den Wald nicht abholzen. Er ist wichtig für das Klima. Er nimmt Kohlendioxid auf und ...«[17]

Der Großgrundbesitzer brach in staubiges Gelächter aus.

»Wald ist nicht gleich Wald. Und überhaupt, was weißt du schon von Forstwirtschaft!« Er beugte sich zu Alice hinunter, sodass sein Gesicht ganz nah vor ihrem war, und schaute sie mit hochgezogenen Augenbrauen an: »Warum willst du denn den Wald erhalten? Willst du vielleicht, dass die Leute verhungern?«[18]

Alice schüttelte traurig den Kopf.

»Wir brauchen das Ackerland«, erklärte der Bauer gutmütig, »die Weltbevölkerung wächst, und die Extremereignisse nehmen zu.«

»So, und nun stör uns nicht weiter«, sagte der Großgrundbesitzer. »Wir haben nur zehn Minuten, um zu besprechen, was in der nächsten Dekade passieren soll.« Er wandte sich dem Bauern zu: »Bei steigenden Temperaturen werden wir wohl Hirse anpflanzen müssen.«

Doch Alice ließ nicht locker: »Sie müssen die Rodungen stoppen! Es ist ja fast kein Wald mehr zu sehen. Keiner kann in so einer Welt leben! Und ich bin mir sicher: Den Wald zu vernichten macht alles nur schlimmer!«

»Die Kleine bringt mich auf eine Idee«, sagte der Großgrundbesitzer zum Bauern. »Wir könnten eine Pappelplantage anlegen. Die Pappelwurzeln reichen tiefer als die von Mais und Raps. Und die Nachfrage nach Holzhackschnitzeln zur Ofenbefeuerung steigt. Das könnte sich rentieren.«[19] Zu Alice aber sagte er: »Sag mal, weißt du denn nicht, wie gefährlich der Wald ist? Ich glaube, ich stelle dir mal meine Tochter Emma vor.« Er wandte sich um: »Emma, wo steckst du? Komm raus, wir haben Besuch.«

Ein blasses Mädchen mit braunen Haaren und Stupsnase trottete in die Gitterzelle.

»Emma, erzähl diesem Mädchen doch mal, wie gefährlich der Wald ist!«

Emma sah Alice erstaunt an. »Ja, weißt du das denn nicht?«

Alice zuckte mit den Schultern. »Nein, die meisten Wälder hier sehen ziemlich langweilig aus. Aber da, wo ich herkomme, ist der Wald wunderbar ...«

»Du bist gut. Ich wünschte, der Wald wäre langweilig. Aber in dem dort ...«

Alice unterbrach sie spöttisch. »Gibt es einen tückischen Elefanten im Dunkeln?«

»Das weiß ich nicht. Auf jeden Fall gibt es Tanus und Peridexion, zwei sehr gefährliche Bäume.«

Alice blickte ungläubig zum Wald.

Dann holte Emma tief Luft: »Peridexion ist der gefährlichste. Sogar sein Schatten ist tödlich. Alle Tiere und Menschen machen einen großen Bogen um seinen Schatten. Selbst die Schlangen fürchten ihn.«

»Und Tanus?«, fragte Alice neugierig.

»Tanus hat weiße Äste. Er besiegt mit ihnen sogar Urus.«

Alice staunte. »Wer zum Teufel ist denn nun schon wieder Urus?«

Emma legte die Stirn in Falten. »Du kennst dich anscheinend überhaupt nicht aus! Urus ist ein mächtiger Hirsch. Er ist der König des Waldes. Mit seinen Sägehörnern kann er sogar Bäume fällen. Aber wenn Urus sich in den Zweigen von Tanus verfängt, kann er verhungern. Ein Zwerg namens Mir-selber-ich-selbst lebt zwar auf dem Baum, aber er kann ihm nicht helfen.«

»Hast du das schon mal beobachtet?«

»Nein. Ich darf nicht in den Wald. Aber mein Vater hat es gesehen.« Sie deutete auf den Großgrundbesitzer.

»Aber wir brauchen den Wald«, erklärte Alice. »Er atmet für uns Kohlendioxid ein und Sauerstoff aus – jedenfalls solange er wächst.«

»So? Davon weiß ich nichts. Ich weiß nur, Wald ist nicht gleich Wald. Kennst du den Baum der Wörter? Er wirft so viele Wörter ab, dass einem der Kopf schwirrt!«

»Nein. Ich war bisher nur in einem Wald ohne Worte.« Alice dachte an den Amazonas-Modellwald, denn dort gab es nicht viel, was einen Namen hätte tragen können. Langsam war sie die Unterhaltung leid. Alice wurde aus dem Mädchen einfach nicht schlau. Wollte es sie etwa veräppeln? Sie blickte sich um. »Ich glaub, ich geh dann mal weiter. Dahinten sehe ich einen kleinen Pfad. Ich würde gerne wissen, wo er hinführt.«

»Den solltest du nicht nehmen, sonst landest du genau im gefährlichsten Teil des Waldes«, rief Emma aufgeregt und schielte dabei zu ihrem Vater, der immer noch in sein Gespräch mit dem Bauern vertieft war. Dann fügte sie erklärend hinzu: »Mein Vater möchte nur nicht, dass du in die Hände von Terraristen gerätst.«

»Terraristen?«

»Ja, Erdverteidiger. Sie wollen, dass alles so bleibt, wie es ist. Keinen Krümel Boden darfst du anrühren.« Emma sah noch blasser aus als zuvor.

»Ich sehe mich schon vor«, entgegnete Alice, doch erste Zweifel stiegen in ihr auf.

»In der anderen Richtung gibt es viele interessante Türen und Wege, die sind nicht so gefährlich.«

Alice haderte mit sich. Doch schließlich gab sie sich einen Ruck. »Pah! Gefährlich – ein Modell. Mir kann nichts passieren«, sagte sie halblaut. Nun wollte sie erst recht in den Wald.

Emma trat der Schweiß auf die Stirn.

›Irgendetwas ist nicht in Ordnung mit ihr‹, dachte Alice.

Nun rief Emma so laut, dass die beiden Männer es hören mussten: »Du wirst es schon merken!« Als die beiden keine Notiz von ihr nahmen, flüsterte sie: »Wenn du doch nicht davon abzuhalten bist, in den Wald zu gehen, verrate ich es dir: Tanus und Peridexion gibt es nicht. Mein Vater möchte nicht, dass jemand den Pfad benutzt, weil er zur Bibliothek der Wahrheit führt.«

»Was für Bücher gibt es denn in dieser Bibliothek?«

»Alle möglichen. Das Buch der Erde zum Beispiel. Aber es ist ein sonderbarer Ort. Man kann nur lesen, was man weiß.«

»Was man weiß? Was für einen Sinn hat so eine Bibliothek?«

»Oh, das kann ich dir sagen. Man kann sie gemeinsam betreten – dann erfährt man auch das, was der andere weiß.«

»Na wenn schon, ich bin allein«, entgegnete Alice schnippisch.

»Bist du? Das sehe ich anders. Schließlich ist deine Phantasie bei dir. Wie ein bunter Schatten tanzt sie um dich herum.«

Alice schaute sich verwundert um.

»Ja, weißt du das denn nicht?«, fuhr Emma fort. »Du kannst mit oder ohne sie in die Bibliothek.«

»Mich von meiner Phantasie trennen, oh nein!« Alice verschränkte die Arme.

»Wenn du deine Phantasie mit in die Bibliothek nimmst, geht alles viel schneller – alles verbindet sich miteinander. Sie ist eine Abkürzung. Alles ist ein großes, dichtes Netzwerk.«

»Was verbindet sich miteinander, sag schon, was?« Alice wurde ungeduldig.

»Na, alles. Alles, was du je gelernt hast, verbindet sich zu einem großen Ganzen. Auch das, was du vergessen hast. Physik, Geologie, Musik, ... einfach alles. Mit etwas Pech ... brichst du unter deiner Erkenntnis zusammen. Allerdings kann dir deine Phantasie auch helfen, das Bedeutende vom Bedeutungslosen zu trennen.«

»Wie das?«

»Ich weiß es nicht. Das ist das Geheimnis der Phantasie.«

»Hm«, murmelte Alice, immer noch ungläubig. »So gut war ich in der Schule nun auch wieder nicht, dass ich Angst davor hätte zusammenzubrechen. Schnell einen Überblick zu haben, das muss phantastisch sein ... Komm doch mit«, sagte sie zu Emma, »zusammen erfahren wir mehr.«

Emma blickte zu ihrem Vater. Ihr Gesicht sah aus, als zerreiße ihr

Inneres in zwei Teile. »Ich habe nur ihn«, flüsterte sie, »den ich lieben kann.« Sie hielt den Atem an. Dann seufzte sie: »Nein, ich kann nicht. Ich bin nicht so mutig wie du. Wie soll ich hinterher leben? Was werde ich sehen? Nein.« Sie blickte Alice an und schluckte, als wenn ein Strohballen in ihrer Kehle steckte. »Hör zu«, fuhr sie fort, »ich war noch nie da unten. Ich weiß nur: Der Eingang soll bewacht sein. Von einem Deppen.«

»Na, dann kann das ja nicht weiter gefährlich sein.«

Emma ging näher an Alice heran. »Versteh doch«, flüsterte sie, »es ist ein besonderer Depp. Er ist da, um dich zu verwirren. Er kann dir an der Nasenspitze ansehen, was du wissen möchtest, und macht sich lustig darüber, bis du dich selbst für einen Narren hältst. Ihm musst du widerstehen.«

»Stimmt das diesmal wirklich?«, fragte Alice skeptisch.

»Ja, das stimmt wirklich«, antworte Emma leise. »Hinter dem Eingang siehst du dein Wissen in der Sprache, die du am besten verstehst. Die alten Ägypter betreten eine Papyrothek. Die ungebildeten Christen des Hochmittelalters sehen in Stein gemeißelte Skulpturen an Kirchenportalen und Säulen. Wie dein Wissen aussieht, weiß ich nicht, weil ich deine Welt nicht kenne.«

»Beschreib mir bitte genau, wie ich diese Bibliothek finde.«

»Es ist ganz einfach: Du folgst dem Pfad in den Wald. Nach etwa 200 Metern kommst du an eine steinerne Treppe. Die Stufen sind mit Moosen und Farnen bewachsen und von Büschen überwuchert. Seit der Wald von Ackerland umgeben ist, wird die Bibliothek nicht mehr oft benutzt. Die Treppe führt nach unten, denn die Bibliothek liegt unter der Erde. Rechts und links vom Eingang siehst du steinerne Skulpturen von Tieren, Pflanzen und Menschen. Wenn du durch die

Tür gegangen bist, hast du die Modellwelt verlassen, und keiner kann dir mehr folgen. Nun mach schnell, sie haben uns den Rücken zugekehrt.« Emmas Augen sahen traurig aus.

»Was ist?«, fragte Alice.

»Ich beneide dich – um deinen Mut.«

»Wird schon … gut«, sagte Alice ungelenk und drückte Emmas Hand.

»Ich mag dich«, entgegnete Emma, »viel Glück!«

›Ich mag dich auch‹, dachte Alice, aber es blieb ihr keine Zeit mehr, es auszusprechen.

Die Bibliothek der Wahrheit

Alice hatte sich durch die Farne gedrängt und stand nun vor dem Eingang der Bibliothek. Es war, wie Emma beschrieben hatte: Die Treppe führte zu einer schweren Holztür, die von steinernen Säulen flankiert wurde, und von den Säulen, aber auch von dem Bogen über dem Türsturz, blickten allerhand steinerne Figuren auf sie herab. Alice' Herz klopfte. Was würde sie erfahren? Auf der Uhr des Kaninchens zuckten die Zeiger auf der Stelle. Sollte sie es wirklich riskieren, die Modellwelt zu verlassen? Da sah sie den Deppen. Er kauerte in Lumpen gehüllt an eine der Säulen gelehnt und winselte. Sofort ergriff sie eine Welle des Mitgefühls.

»Was hast du?«, fragte sie ihn irritiert.

»Oh, ich bin ganz durcheinander«, jammerte er. »Ich weiß nicht, ob mir kalt oder warm ist.« Dann lachte er. »Du weißt doch«, schnurrte er schelmisch, »es gibt Molekühle und Molewärme. Aber es gibt auch die Nerven. Sie spielen gerne verrückt, wenn man glaubt, dass einem kalt ist, nicht wahr?« Er lächelte verlegen.

Alice dachte nach. Es war in der Tat gar nicht so einfach zu sagen, ob es kalt oder warm im Wald war. Dann fiel ihr ein, dass sie sich ja nicht davon abhalten lassen wollte, in die Bibliothek zu gehen.

Der Depp, der eben noch gelacht hatte, klagte erneut: »Oh, siehst du die Steinfratzen dort?« Er zeigte auf das Portal über dem Eingang. »Sie hatten schon so lange nichts mehr zu beißen. Sei doch so gut und hole den Löwen etwas Gras, ja?« Hätte der Depp nicht diesen Fehler gemacht und vergessen, dass Löwen keine Vegetarier sind, wäre sie sofort losgestürmt, um Gras zu holen. Zumal die Löwen jetzt, wo Alice sie ein zweites Mal anblickte, wirklich sehr, sehr traurig aussahen. Aber er hatte sich vergaloppiert. Und Emma hatte sie ja gewarnt.

»Ich will nichts mehr hören!«, rief sie bestimmt und machte einen großen Schritt an dem Deppen vorbei, der augenblicklich den Blick abwandte und verstummte. Als sie nach der Türklinke griff, flatterte ihr Herz. ›Jetzt‹, dachte sie ›erfahre ich, was ich wirklich wissen will.‹ Aber die alte Holztür klemmte. Das Herz hörte auf zu flattern. »Das ist lächerlich!«, schimpfte Alice laut.

Über das Gesicht des Deppen huschte ein schadenfrohes Grinsen. »Willst du meinen Rat hören?«, fragte er.

Alice sah ihn ärgerlich an.

»Dann gib auf!«, riet er. »Diese Tür führt nirgends mehr hin. Dahinter liegt eine eingestürzte, mit Sand gefüllte Kapelle. Wenn du die Tür öffnest, wird dir nichts als Erdreich entgegenkommen ... Du wirst auch noch sehen, dass alles sinnlos ist!« Er kicherte.

Plötzlich sah Alice ihren bunten Schatten an der Tür. Ermutigt stemmte sie sich mit der Schulter gegen das silbrige Holz. Mit einem einzigen Ruck gab die Tür nach, und vor ihr lag ein breiter Gang, der mit Leinwänden und lebensgroßen Bildern ausgekleidet war. Von der Decke hingen Kopfhörer, allerdings zu hoch für Alice. Hatte sie nicht gesagt, sie wolle nichts mehr hören? Aber fühlen wollte sie!

Rechter Hand erkannte Alice ihre Mitschüler auf dem Rasen vor dem Telegrafenmast. Eine merkwürdige Mischung aus Glück und Unglück flackerte über ihre Gesichter. Auch sich selbst erkannte sie – allerdings verschwommener als die anderen. Linker Hand hingegen erstreckte sich eine herrliche Streuobstwiese, und da Alice sich inzwischen daran gewöhnt hatte, die merkwürdigsten Barrieren zu durchbrechen, versuchte sie, einen Fuß durch die Leinwand zu stecken. Und tatsächlich, sie spürte, wie Gräser und Blumen ihre Wade kitzelten. Endlich ein Garten! Glücklich stieg sie mit dem ganzen Körper durch die Wand und bahnte sich einen Weg durch Wiesenkerbel und Glockenblumen, Malve, Mohn und Zichorie. Die Namen der Gräser kannte sie nicht, aber sie waren ihr so vertraut wie Familienangehörige, und jeder Rispe, die ihr in die Augen fiel, gab sie einen Namen: Nickerchen und Heufontäne, Silberschweif und Wiesenhaar, Honigtraum und Laternenbast, aber auch so ausgefallene Namen wie Schattentöter, Kornbegreifer und Wunschbanner.

Das Gefühl, in einer fremden Welt zu sein, wich mit jedem Namen, den sie vergab. So selbstversunken, so berauscht von der Schönheit dieser scheinbar endlosen Sommerlandschaft fühlte sie sich warm und himbeerfarben, ja, sie vermutete, dass in ihren Adern kein Blut, sondern nunmehr Himbeersaft floss und ihre Lungen mit himmelblauer Luft gefüllt waren, und das warme Sonnenlicht war so tief in ihre Muskeln gedrungen, dass diese aus hell gleißenden Fasern zu bestehen schienen.

Fast überlang dauerte dieser Augenblick des Glücks. Beinahe irritierte er schon, doch bevor sie von selbst aus ihrer glückseligen Benommenheit erwachte, hörte sie ein Auto den Feldweg entlangkommen. Am Lenkrad eines weißen Jeeps saß ein junger Mann mit engelsgleichem Antlitz, so freundlich, unschuldig und vertraut, als sei er aus dem Holz der Hoffnung geschnitzt, aus dem Marmor der Anmut geschlagen und der Geduld der Ewigkeit entlehnt. Es pulsierte die geheime Brandung der Rosen in ihm, eine Seele aus Wasser und Samt, ein Feuer aus Vergebung und Verführung. Alice fand keine

Worte für ihn, denn, ja, das erkannte sie, er war das erste Wort. Er war der Anfang.

Sie hob die Hand und winkte. Doch statt von ihr Notiz zu nehmen, hielt der Mann mit seinem Fahrzeug wenige Meter vor dem nächsten Kirschbaum und rief etwas in Richtung Baum. Jetzt erst nahm Alice die Kirschpflückerin wahr, die sich von ihrem Korb aufrichtete. Ihre Schürze war rot besprenkelt, ihr Gesicht hübsch und ernst. Alice fühlte einen kurzen, scharfen Stich in der Brust. Aber sie war neugierig. Sie wollte dazugehören! Statt enttäuscht davonzulaufen, ging sie näher an die beiden heran und lauschte. Der Mann hatte das Auto verlassen und stand jetzt mit der Frau unter dem Laubdach des Baumes. Alice konnte nicht viel verstehen, außer, dass er die Kirschpflückerin Eva nannte. Wie schön seine Stimme war! Ein Fluss, eine seidige Strömung, und dicht unter der Oberfläche ein Regen aus Lichtfunken!

Zu Alice' Erstaunen half der Mann Eva nicht bei der Arbeit, sondern sprach immer dringlicher auf sie ein. Dann trat er einen Schritt zurück und streckte ihr die Arme entgegen, und Eva, die eben noch verlegen gelächelt hatte, ließ sich in den Jeep helfen.

Alice, die inzwischen gemerkt hatte, dass sie unsichtbar war, nahm auf dem Rücksitz des Autos Platz, als handle es sich nicht etwa um ein privates Rendezvous, sondern um einen Film, in dem sich die besten Plätze im Film selbst befanden. Und ja, vermutlich war es auch eine Illusion, ein Film in ihrem Kopf, der auf alles, was sie wusste, ahnte oder fragte, zurückgriff. Und auf das, wonach sie sich sehnte.

Auf der Rückbank des Jeeps lagen zwei große weiße Flügel, die Alice' Verdacht nach der Herkunft des Mannes erhärteten. Aber warum hatte er seine Engelsflügel abgelegt? Störten sie ihn beim Autofahren, oder wollte er sie verbergen?

Alice hatte noch nie so ein hübsches Gesicht gesehen wie das dieses Engels. Sein Lächeln erhellte Evas Gesicht. Und als Eva zurücklächelte, lächelte Alice ebenso und wusste für einen Moment lang nicht mehr, wer sie war. Doch dann tat das Auto einen Ruck und fuhr los.

Der Mohn um sie herum schien zu glühen, die Wiesen zu Honig zu schmelzen, das Licht die Bäume einzufangen. Die Kirschflecken auf der Schürze von Eva leuchteten wie Länder auf einer Landkarte. Sie wirkten mitnichten wie ungewollte Flecken, sondern wie Orden, und auch Alice glühte und wünschte sich, sie hätte Kirschflecken auf dem Kleid, wünschte sich, die Ausgezeichnete zu sein, dachte, wie meilenweit Eva doch weg von ihr war, wie unerreichbar beide für sie waren. Und dennoch saß sie hier auf der Rückbank und fühlte sich erregt und schuldig, Zeuge dieser Szene zu sein, Zeuge von sich selbst zu sein. Vielleicht war es ja nicht wahr, dass die Welt allen gehörte, vielleicht gehörte sie jedem Einzelnen, dann wäre alles gut, und sie brauchte kein schlechtes Gewissen zu haben, sie dürfte hier sein. Was konnte sie dafür, dass sie unsichtbar war? Was konnte sie dafür, dass sie sich selbst erkannte?

Sie hielten wieder vor einem Baum, einem größeren, prächtigen, mit riesigen blendend weißen Blüten und silbrigen Blättern. Aber nein, was war das? Die Blüten waren in Wirklichkeit Plastikbecher, und die Blätter blinkende Löffel! Während der Engel Eva an der Hand um den Baum führte, las Alice die Aufschrift auf den Bechern: Kirschjoghurt! Es handelte sich um Kirschjoghurt! Dies war nicht der Baum der Erkenntnis, dies war der Baum des Fortschritts.

Alice war verblüfft, aber ganz tief in ihrem Inneren ahnte sie, dass sie es längst gewusst hatte. Tief in ihr drin saß ein Schuldgefühl, das einem Trotzgefühl glich, weil es wild, schön, verheerend und unschuldig zugleich war, und auf unverständliche Weise grausam.

Unterdessen war es Mittag geworden. Eva pflückte sich einen Joghurtbecher, und Alice, die ebenfalls großen Hunger verspürte, tat es ihr gleich. Doch sie pflückte nicht nur einen: Im Schatten des Baumes, unbemerkt von dem scherzenden Paar auf der anderen Seite des Stammes, schaufelte sie leise so viel Joghurt in sich hinein, wie sie nur konnte.

Schließlich legte sich eine große Mattigkeit über die Wiese und ihre Gäste.

»Du bist müde«, sagte der Engel mitfühlend zu Eva, »komm, ich zeige dir ein weiches Bett.«

Es wunderte Alice nicht, dass der schöne Engel die schöne Eva verführte; es war ja das, was sie erwartet hatte – aber sie hörte mit einem Mal einen Unterton, eine unaufrichtige Berechnung in seiner Stimme, die sie stutzig machte. Alice wurde schlagartig klar, dass es sich bei dem Engel um Luzifer handelte! Sie wollte Eva warnen, griff nach deren Arm, doch Eva spürte es nicht. Wenige Augenblicke später war sie mit dem Teufel auf und davon, und nur noch der Benzingeruch des Geländewagens hing in der Luft.

Alice hob einen leeren Plastikbecher auf. ›Öl‹, dachte sie. ›Er ist aus Öl!‹ Formeln blitzen in ihrem Kopf auf, Verkehrsströme, Frachtschiffe, Kraftwerke, Farbstoffe. Ja, es waren Öl und Kohle, die alle am Ende in Schwierigkeiten gebracht hatten. Alice wurde heiß und heißer, als wenn ihr Körper nachempfand, was im Buch der Erde geschrieben stand. Sie staunte. Ihr Wissen verband sich tatsächlich zu einer Geschichte! Und dies war die Geschichte vom – fast – verlorenen Paradies. Nicht der Baum der Erkenntnis, sondern die Art und Weise, wie die Menschen sich von der Natur emanzipiert hatten, brachte das Leben auf der Erde in Gefahr. Mithilfe des technischen Fortschritts und unter einem ungeheuren Einsatz von Ressourcen konnten Jahreszeiten überwunden werden: Feigen im Februar! In die Sonne fliegen, wann immer man wollte! Spaß und Unterhaltung, was immer einem einfiel! Heizungen und Ventilatoren, mit denen man die Umgebung temperieren konnte – das war der Traum vom Paradies im Paradies, der mithilfe des technischen Fortschritts wahr geworden war: Die Natur unter Kontrolle zu haben, selbst wenn sie dabei im wahrsten Sinne des Wortes entartete!

Nun erinnerte sich Alice auch wieder an das Theaterstück, das der Englischabschlusskurs in der Schulaula aufgeführt hatte: Dort bestrafte Gott Adam und Eva, indem er den Engeln befahl, die Sonneneinstrahlung zu ändern und die Erdachse schief zu stellen. Von da an blühten Blumen nicht mehr das ganze Jahr hindurch, sondern es gab Jahreszeiten: milde Tage, herrliche Tage, Laubfall und Schneeglöckchen – aber auch beißende Kälte und sengende Hitze ... Jedoch das, was in »Paradise lost« als Strafe definiert wurde, die Welt mit den Jahreszeiten, wie Alice sie kannte und liebte, Miltons – wie Alice nun wusste – milde Gottesstrafe war eigentlich das Paradies, nämlich nichts anderes als das Holozän, also die stabile Klimawelt nach der Eiszeit ... In Alice' Universum gab es dieses Paradies noch. Aber in der Welt der Wissenschaftler und des weißen Kaninchens, und auch in den Modellen, in denen Emma sich aufhielt, wurde die Erdoberfläche zu warm. Müde und ratlos ging Alice zu dem Baum zurück, der den einzigen Schatten weit und breit spendete. Ob sie wirklich mitschuldig war? Der Regenmann hatte doch gesagt, es seien nur Szenarien, und auch der Bauer hatte nur testen wollen, wie viel Erwärmung seine Pflanzen aushielten … Und außerhalb der Modellwelt? Woher kam eigentlich der Großgrundbesitzer? Warum war er so böse? War er auch so eine Art eingespeister Wert wie der Regenmann? Alice grübelte, bis sie von der Nachmittagswärme ermattet am Fuße des Baumes einschlief.

Hitze umflirrte Alice und drang durch ihre Poren bis in einen Traum hinein, in dem sie einem riesigen Geist, dem zornigen Gazgûl, gegenüberstand.

»Wer hat mich aus dem Schlaf gerissen?« Das Gebrüll des Gazgûl schlug Alice wie eine Stichflamme entgegen. »Millionen Jahre lang lagerten wir friedlich in der Erde, und sie ist unser rechtmäßiges Grab! Wer bist du denn, du amputierte Landkrake, dass du es wagst, unser Grab zu öffnen und uns in den unwürdigen Zustand eines Luftgeistes zu verwandeln?«

»Aber nein«, stotterte Alice, »ich war das nicht. Ich weiß nicht mal, wer du bist, ich sehe nur deine Umrisse. Ihr ähnelt …«

»Wem sollen wir ähneln? Wage es nicht, uns zu vergleichen! Ich bin ein stolzer schwarzer Abkömmling der Sonne – auch wenn ihr Menschen durch eure überflüssige Spielerei mit dem Feuer einen rußigen, ungeliebten und zerstreuten Schwachkopf aus mir gemacht habt, der sich kaum noch konzentrieren kann! Ich war ein glänzendes, perfektes Stück Kohle. Doch ihr energiebesessenen, vergnügungssüchtigen und betongeschwürigen Zweibeiner musstet mich und meine Geschwister ohne Erlaubnis aus der Erde reißen und verbrennen … als wenn es auf der Welt keine anderen Möglichkeiten gäbe, zu Ruhe und Reichtum zu kommen!« Der Atem des brüllenden Gazgûl war so heiß, dass Alice beinahe ohnmächtig wurde.

»Bitte, lieber Gazgûl, kannst du nicht wieder in die Erde zurückkriechen?«

»Das hättet ihr euch früher überlegen sollen. Jetzt werde ich größer und größer und immer durchsichtiger … Als ich aus dem Schornstein hinausfuhr, ja, da war ich noch dicht und kompakt. Hätte mich dort jemand eingefangen, ja, vielleicht …«[20] Allmählich ging sein Gebrüll in zorniges Schluchzen über, und er fuhr mit erstickter Stimme fort: »Vielleicht hätte man mich da noch zurück in die Erdschichten pressen können, aber so …«

»Wie wäre es, wenn du in der Tiefe des Meeres schliefest?«, schlug Alice beherzt vor.

»Und wie, bitte, soll ich dort hingelangen?« Die Stimme des Gazgûl wurde wieder sachlich: »Nur jedes zweite Kohlendioxid-Molekül wird von der Deckschicht des Ozeans aufgenommen – und in die Tiefe zu gelangen, dauert viel zu lange!«

»Prinz Karbon hat eine ganz gute Zeit hier auf der Erde, glaube ich, und …«

Der Gazgûl unterbrach sie rüde: »Ich kenne keinen solchen Prinzen. Wahrscheinlich handelt es sich bei ihm um einen natürlichen Luftgeist, im Vulkan geboren, oder weiß der Himmel wo. Das ist etwas völlig anderes. Nein, ich bin auf ewig verdammt, und ewig werde ich euch Menschen verfluchen!« Bei diesen Sätzen rückte der Gazgûl so nah auf Alice zu, dass sie erwachte – und aufschrie. Vor ihr im Gras lag eine Kobra mit erhobenem Kopf.

›Das muss ein weiterer Albtraum sein‹, dachte Alice, ›aber wenn es ein Albtraum ist, muss ich ein zweites Mal aufwachen – da ich jedoch nicht aufwache, kann die Schlange nur echt sein – was auch nicht gerade besser ist!‹

»Beruhige dich«, säuselte die Schlange sanft. »Ich habe dich geweckt, weil du Unsinn geträumt hast: Es gibt keinen Gazgûl.«

»Es gibt aber eigentlich auch keine sprechenden Schlangen«, gab Alice zu bedenken.

»Tss, tsss, du bist in der ›Bibliothek der Wahrheit‹, vergiss das nicht. Da du deine Phantasie mitgenommen hast, verbindet sich dein Wissen zu Geschichten, die die Wahrheit erzählen. Natürlich können Schlangen in Wirklichkeit nicht sprechen. Aber wer sonst erklärt dir den Unterschied zwischen einem Albtraum und der Wahrheit? Wo sie sich doch so ähnlich sehen können, tss, tsss.«

»Heißt das, du tust mir nichts?«

»Ich bin hier, weil du dir die Frage gestellt hast, was es mit dem Kohlendioxid auf sich hat. Ich bin gekommen, um dich aufzuklären.«

»Das ist, äh, sehr nett. Könntest du dich trotzdem von meinem rechten Fuß entfernen? Er ist manchmal ein wenig nervös, weißt du.«

»Schon recht«, seufzte die Schlange, »ich bin Misstrauen gewöhnt. Nun will ich dir aber erklären, was du wissen willst: Kohlendioxid ist an und für sich ein völlig harmloses, ungiftiges, aber klimawirksames Gas. Obwohl es nur in winzigen Mengen in unserer Lufthülle vorkommt, ist es mitverantwortlich dafür, dass wir uns seit vielen Tausend Jahren auf einer Erde wohlfühlen können, auf der es fließendes Wasser gibt. Denn Kohlendioxid-Moleküle schlucken Infrarotwellen der sonnenbestrahlten Erdoberfläche und emittieren einen Teil davon wieder Richtung Boden zurück. Durch diesen natürlichen Treibhauseffekt ist es auf der Erdoberfläche wärmer, als es ohne Kohlendioxid und andere klimawirksame Gase wäre.« Die Schlange beschrieb eine 8 im Gras. Es war ihre Art, ein Ausrufungszeichen zu setzen.

»Dann ist das Kohlendioxid gar nicht schlecht?«

»Nein, nein, keineswegs. Ohne den Treibhauseffekt wäre die Erde immerzu vereist. Es gibt da nur ein kleines Problem. Je mehr Kohlendioxid-Moleküle in der Luft sind, desto wärmer wird es, und das schafft uns die Hölle auf Erden! Tsss.«

Alice schlug die Hände über dem Kopf zusammen. »Das ist ja schrecklich! Weiß man denn, wo die zusätzlichen Kohlendioxid-Moleküle herkommen?«

»Sie stammen im Wesentlichen aus der Verbrennung von fossilen Energieträgern wie Kohle, Gas und Öl. Vor der Industriellen Revolution war die Kohlendioxid-Konzentration in der Atmosphäre über Tausende von Jahren konstant; der atmosphärische Kohlenstoff und das Leben fanden zu einem Gleichgewicht, das durch die biogeochemischen Kreisläufe des Planeten aufrechterhalten wurde. Aber durch das zusätzliche Treibhausgas ist dieses Gleichgewicht gestört. Die Erde heizt sich auf, und alte Muster werden zerrüttet. Uns Schlangen ist es egal, wenn Luftströmungen sich ändern, aber wir leiden unter der zunehmenden Infraröte. Denn im Gegensatz zu den meisten anderen Tieren können wir die langwellige Wärmestrahlung sehen. Wir nutzen sie zum Jagen, das heißt, wir spüren unsere Beute auch im Dunkeln auf, in dem wir ihre Energie wahrnehmen.«

Alice schaute der Kobra nun frei und offen ins Gesicht. Sie konnte ihr sogar etwas abgewinnen.

»Meine Urgroßmutter, ja, und ach, ihre Großmutter«, fuhr die Schlange seufzend fort, »sie kannten noch die zarte Infraröte, die sich über unseren Jagdgründen wölbte. Meine Generation muss bereits unter einem tiefroten Himmel jagen.«

»Aber in meinem Traum ...«

»Vergiss den Gazgûl. Das war nur der Hans-Christian-Andersen-

Effekt. Den erleben viele, die mit ihrer Phantasie in die Bibliothek kommen. Ich würde sogar sagen, bei dir war es ein akuter Fall von Tolkienheit.« Die Schlange schwieg einen Moment. »Nein, noch banaler. Und viel trauriger. Wenn es so weitergeht, werden wir Schlangen unsere Beute nicht mehr sehen können! Dann wird der Untergrund so warm sein wie unsere Nahrung. Wer weiß, ob meine Enkelkinder in der Hitze der Nacht ihre Beute überhaupt noch orten können. Aber auch euch Menschen wird es schlechter ergehen durch den Klimawandel. Nach dem, was ich gehört habe, betreffen die Folgen alle.«

Alice machte ein bestürztes Gesicht. »Warum fördern die Menschen die fossilen Brennstoffe dann?«

»Vielleicht Bequemlichkeit? Vielleicht Unwissen? Oder Not? Ich weiß es nicht. Die Verbrennungsvorgänge liefern Energie für alles Mögliche, was der Mensch begehrt. Und so ist die fossile Brennstoffwirtschaft sicherlich auch ein lohnendes Geschäft für alle, die Lagerstätten besitzen. Die genauen Zusammenhänge kann ich dir allerdings nicht erklären.«

»Gibt es nicht ein Buch, in dem ich das nachlesen kann?«

»Wenn du genug weißt, vielleicht. Wenn aber deine Fragen und dein Wissen nicht mehr zusammenpassen, wird dich die Bibliothek wieder vor die Tür setzen. Dann musst du die Antworten im wahren Leben suchen und finden. Und nun mach's gut, liebes Kind. Wenn ich Hände hätte, würde ich sie dir zum Abschied reichen.«

Alice verneigte sich höflich. »Vielen Dank, liebe Schlange. Ich werde weitererzählen, was du mir beigebracht hast.«

Die Kobra erwiderte die Verneigung würdevoll und schlängelte durchs hohe Gras davon.*

Unter der Brücke

Am Ende des Ganges, durch den Alice ins Paradies gekommen war, befand sich eine einfache Tür mit der Aufschrift »Ausgang«. Unter dem Wort »Ausgang« stand in großen gelben Lettern »REMIND BAU«. Sollte dies eine Aufforderung sein, sich an etwas zu erinnern? Alice fiel nichts dazu ein. Als sie die Tür vorsichtig einen Spalt öffnete, schlugen ihr Lärm und Gestank entgegen.

›Wie entsetzlich!‹, dachte sie und zog die Tür schnell wieder zu, ›hier gehe ich ganz bestimmt nicht raus!‹ Doch auch am gegenüberliegenden Ende des Ganges, wo sie eigentlich die Holztür vermutet hatte, durch die sie in die Bibliothek hineingekommen war, stand sie vor einer Tür mit der Aufschrift »REMIND BAU«. Verunsichert ging sie zurück und nahm diesmal einen Abzweig auf halbem Weg. Doch es half nichts. Bald stand sie wieder vor einer Tür mit der gleichen Aufschrift.

›Na, so was! Anscheinend endet mein Wissen hier und die Bibliothek möchte, dass ich durch eine dieser BAU-Türen gehe. Ich soll wohl die Antwort auf meine Frage außerhalb der Bibliothek suchen, aber ... wenn ich nur wüsste, wie meine Frage genau lautet.‹

Auch hinter dieser Tür war es sehr laut, denn nahebei verlief eine schmale Asphaltstraße, die nach wenigen Metern in eine breitere Straße mündete, über die schwerer Verkehr donnerte. Rechts der Straße sah Alice die Schlote zahlreicher Fabriken qualmen, links davon reihte sich eine flache Lagerhalle an die andere, und wo die Hallen aufhörten, begann eine eintönige Agrarsteppe. Auch hinter der Bibliothek, die von außen ebenfalls wie ein flacher Kasten aussah, wuchs kein einziger Baum, geschweige denn ein Wald. Auch hier bot sich das gleiche Bild aus Monokulturen, Schwerindustrie und Containerbauten.

›Das ist ja schlimmer als mein Traum vom Gazgûl‹, dachte Alice. ›Mit dem konnte man wenigstens sprechen. Hier ist anscheinend niemand, der redet oder zuhört – alle rauschen aneinander vorbei und sind in ihren Fahrzeugen gefangen.‹

Ein unbegradigter Fluss in der Ferne schien das einzig Natürliche unter dem wolkengepflasterten Himmel zu sein, und da Alice sich für irgendeine Richtung entscheiden musste, nahm sie Kurs auf seine große silberne Hängebrücke. Über eine halbe Stunde kämpfte sie sich zwischen Königskerzen und Goldruten den schmalen Streifen Ruderalsteppe entlang, der sich zwischen der stark befahrenen, gehweglosen Straße und den eingezäunten Möbellagerhallen befand.

Die Brücke stellte sich als reine Autobrücke heraus. Es war unmöglich, sie als Fußgänger unbeschadet zu überqueren. Ratlos kletterte Alice die steil aufgeschüttete Uferböschung hinab. Doch wie widerlich es hier aussah! An den Rändern des Flusses hatte sich Müll angehäuft, unter der Brücke lag Müll, und im Fluss schwamm ebenfalls Müll! Gerade als sie sich umwenden und den Hang wieder hinaufklettern wollte, bewegte sich im Schatten unter der Brücke etwas, das Alice für ein altes Ledersofa gehalten hatte.

»Halt, geh nicht weg«, rief eine heisere Stimme, zunächst auf Russisch, dann auf Dänisch und dann auf Deutsch, »ich muss dir etwas erzählen.«

Alice rang nach Fassung, als sie ein riesiges, mit meterlangen Stoßzähnen bewaffnetes Walross zwischen den Plastiktüten erkannte. Seine kleinen Augen wirkten traurig.

»Wieso mir?«, fragte sie beherzt.

»Wem denn sonst?« Die Stimme des Walrosses klang wie das unglückliche Bellen eines eingesperrten Schäferhundes.

»Was macht ein Walross so weit weg von der Arktis, wenn ich fragen darf? Dass es fliegende Schweine gibt, weiß ich inzwischen, aber was du in dieser warmen Gegend zu suchen hast, ist mir ein Rätsel.«

Das Walross errötete. »Der Prophet gilt im eigenen Lande nichts. Und ein Dichter ebenfalls nichts. Dabei wird es höchste Zeit!

Die Zeit ist reif, von mancherlei zu reden:
von Stürmen, Öl und Autolack,
von Hedgefonds und von Beben –
warum das Meer kocht, und warum
die Schweine manchmal schweben ...

Das war frei nach Lewis Carroll. Heute ist ja Nonsens zur Normalität geworden. Da muss man schon ein bisschen Ernst in die Sache bringen.«

»Du kennst dich anscheinend aus«, sagte Alice, die heilfroh war, dass sie nichts Schlimmes von dem Walross zu befürchten hatte. »Weißt du, warum die Menschen Öl verbrennen, obwohl es negative Folgen für alle hat?«

»Oh ja, das weiß ich. Zunächst mal ist es die einmalig hohe Energiedichte, die das Öl so begehrenswert macht. Und dann kommt es nicht überall vor. Die Nationen, die es besitzen, haben durch eine Reihe historischer Zufälle eine geostrategische Überlegenheit entwickelt. Jede Nation träumt davon, Öl zu besitzen, so wie Aladin die magische Öllampe. Der fossile Flaschengeist erfüllt alle Wünsche von Aladins Brüdern: Sie werden reich und mächtig und heiraten die schönsten Frauen.«

»Und denken nicht an ihre Kinder und Kindeskinder? Wenn ich das hier sehe, könnte ich wütend werden!«

»Ich fürchte, nein …«

»Wo befinden wir uns eigentlich?«

»Wir befinden uns im BAU-Szenario des REMIND-Modells.[21|22] BAU ist Englisch und steht für ›business as usual‹.

»Ich bin nicht von hier«, entgegnete Alice und warf einen schnellen Blick auf die Uhr, die das Jahr 2015 anzeigte. »Ich weiß nicht, was das bedeutet.«

»›Business as usual‹ heißt, dass die Menschheit weiter so wirtschaftet wie bisher. Bei einer Zunahme der Weltbevölkerung auf zehn Milliarden Menschen bis zum Ende des 21. Jahrhunderts würde der weltweite CO_2-Ausstoß also auf durchschnittlich 70 Gigatonnen Kohlendioxid pro Jahr ansteigen. Nach dem bisherigen wissenschaftlichen Konsens verursacht das eine globale Temperaturerhöhung von 3, vielleicht sogar 4 Grad Celsius gegenüber der vorindustriellen Zeit. Weißt du, was das bedeutet?«[23]

»Ja, das Eis schmilzt, und die Wälder vertrocknen.«

»Viel mehr, viel, viel mehr als!«

»Aber, liebes Walross, zum Glück ist dies ja nur ein Modell, und es handelt sich nur um Szenarien! Es gibt viele mögliche Zukünfte!«, konterte Alice mit gespielter Heiterkeit. Denn ganz sicher war sie sich immer noch nicht, wie ernst sie diese Modellwelten nehmen sollte.

»Szenarien? Da hast du recht. Alles hängt von der zukünftigen Energie- und Landnutzungsweise der Menschen ab. Wir sind im Land der unscharfen Wahrscheinlichkeiten.[24] Aber im kalten Licht der Ressourcenmärkte betrachtet: Warum sollten die Regierungen, Aufsichtsräte, Banken und Spekulanten, die an fossilen Brennstoffen verdienen, auf ihre Einnahmen verzichten? Das haben sie auch in den letzten Jahrzehnten nicht getan. Und die Restvorräte sind immens ... Schau doch mal auf deine Uhr. Wir schreiben das Jahr 2015. Und der weltweite CO_2-Ausstoß steigt seit vielen Jahrzehnten! Wir befinden uns mitten drin im Dramma dell'arte, denn die ersten Folgen der Klimaerwärmung sind bereits zu spüren – und fallen drastischer aus, als die Narrative der vergangenen Jahrzehnte es zu erzählen wussten.«

»Welche Folgen meinst du denn?«, fragte Alice verunsichert. »Ich weiß nur, dass die Eiszeit zu Ende ist. Die Bauern auf dem Feld sagen, sie bauen einfach etwas anderes an, wenn es wärmer wird.«

»Extremsommer, Kälteeinbrüche, Schwerstniederschläge und Stürme – vom Wegschmelzen meiner Heimat ganz zu schweigen. Die Landwirtschaft an den Klimawandel anzupassen ist sicher nötig. Aber es kann sein, dass das nicht ausreicht. Leider lernen wir mit jedem Jahr nicht nur mehr über die Unsicherheit der Klimamodelle, sondern erfahren auch, dass die Natur viel empfindlicher auf die Änderung in der atmosphärischen Strahlungsbilanz reagiert, als die Wissenschaftler es sich ausmalen konnten. Ich habe immer mehr den Verdacht, dass es eine Menge Menschen gibt, die Klimamodelle von barocker Üppigkeit und spitzengeklöppelter Präzision fordern, um von der wachsenden Risikoerkenntnis abzulenken ...«

»Oh, das Eiszeitmodell kam mir nicht sehr barock vor.«

Das Walross lachte pfeifend. »Spitzenklöppeln lohnt sich ja auch nicht immer. Für einen Kindergeburtstag brauche ich keine Tischdecke mit Zierborte. Damit meine ich, es gibt Modelle, bei denen mehr Details nichts an der Grundaussage ändern, etwa wenn es um große Hitzewellen geht. Es gibt aber auch Phänomene, die sich nur im Detail erschließen. Für die Modellierung von Tornados mit verschiedenen Klimaszenarien würde es sich wahrscheinlich lohnen zu klöppeln«, schnaubte das Walross. »Aber nun lass uns von dir sprechen. Ich weiß nicht, wie du hierhergekommen bist, aber ich habe seit Monaten kein so nettes Gesicht mehr gesehen.«

Jetzt war es Alice, die errötete. »Vielen Dank, liebes Walross. Bevor ich jedoch von mir erzähle, würde ich gerne noch mehr über die Folgen der Erderwärmung wissen.«

»Komm doch heute Abend ins Impakt-Theater, da kannst du eine Menge über Klimafolgen lernen.[25] Du musst aber vorsichtig sein, denn die Theaterstücke und deren Besuch sind verboten.«

»Ich würde gerne ins Theater gehen, aber könntest du nicht mitkommen?«

»Ich habe noch etwas zu erledigen. Wir können uns nach den Vorstellungen hinter dem Theater treffen. Besser, sie sehen uns nicht zusammen.«

»Warum? Hast du etwas verbrochen?«

»Keinesfalls. Aber ich weiß mehr, als manchen recht ist.« Das Walross kicherte. »Nur eine kleine Vorsichtsmaßnahme.«

»Das klingt wirklich nicht beruhigend.«

»Mach dir nicht zu viele Sorgen. Wir treffen uns um 21 Uhr in der Error Bar hinter der IPCC-Baracke, wenn du magst. Sie liegt gegenüber vom Theater, direkt neben dem Club of Rome.«

»Und wo finde ich das Theater?«

»Im alten Luftschiffhafen. Wenn du auf der Brücke stehst, wende dich vom Qualm ab. Nach zwanzig Gehminuten kommst du zu einem aufgelassenen Getreidespeicher, von dem die gelbe Schrift abblättert. Dort biegst du nach links ab und gehst ein paar hundert Meter landeinwärts bis zur Baracke 43.«

»Aber ich habe kein Geld.«

»Das Codewort lautet ›450 ppm‹. Wenn das nicht hilft, sag, dass ich dich geschickt habe ... Sie halten große Stücke auf mich.« Das Walross wurde wieder rot. Dann wedelte es mit seiner rechten Flosse. »Dahinten liegt übrigens ein Paar Stiefel, das könnte dir passen.«

Die Stiefel passten tatsächlich, und das war praktisch, denn Alice' eigene standen noch irgendwo in der Grassavanne des Amazonas-Modells, am Ufer des großen Stroms.

Impakt-Theater

Alice hatte mehrere Theaterstücke zur Auswahl. An Kasse 1 gab es Karten für *Der Deichbruch* und *Die Reise nach Grönland*. Eine Ratte, nur zwei Köpfe kleiner als sie, erläuterte das Programm: »Das Stück in Saal 1 ist von Theodor Sturm. Zu dem Stück in Saal 2 erhalten Sie einen Regenschirm, einen Spritzwasserschutz für die Programmbroschüre und eine Tüte Popperkorn gratis. Das Theaterstück von Theodor Sturm kostet zwei Euro, die Reise nach Grönland ist etwas teurer: 1 Prozent Ihres Bruttosozialproduktes.« Die Ratte rückte ihre Schiebermütze so lange zurecht, bis sie genauso saß wie zuvor.

»Oh«, entgegnete Alice, »ich habe noch gar keinen eigenen Verdienst. Ich bekomme nur Taschengeld. Und das erste Stück kenn ich schon unter dem Namen *Der Schimmelreiter*.«

»Dann würde ich Ihnen raten, zur Kasse 2 zu gehen. Die Stücke dort sind wesentlich billiger. Und wenn Sie mich fragen, auch interessanter, denn bei diesen hat sich das Klima schon um mehr als 2 Grad erwärmt. Da hackt es ordentlich! Aber Sie fragen mich ja nicht«, sagte die Ratte plötzlich wieder gelangweilt und knabberte an ihrem Rettich.

Kasse 2 bot ein 4 °C-Stück und ein 6 °C-Stück an. Das erste hieß *Wenn die Welt kippt* und spielte auf einer bereits drastisch erwärmten Erde.[26] Das zweite hatte den Titel *Der Mensch verlässt das Holozän* und war von Lax Fisch.

»Wenn Sie mich fragen«, sagte die Ratte an Schalter 2 – diese trug einen dunklen Anzug und hatte fein säuberlich gescheiteltes Fell –, »würde ich mir *Wenn die Welt kippt* von Nigel Jamieson ansehen. *Der Mensch verlässt das Holozän* kostet zwar weniger, aber es geht doch recht wild zu.« Die Ratte beugte sich zu Alice und flüsterte: »Was nützt es Ihnen, wenn Sie einen Rettungsring gratis bekommen, der Ihnen dann aus der Hand gerissen wird? Das ist einem Theatergast tatsächlich passiert! Da bringt es gar nichts, dass das Ticket billiger ist.«

»Und wofür sind die Gummistiefel dort?«, fragte Alice neugierig.

»Die empfehlen wir für das Stück mit den leichten Überflutungen. In Ihrer Größe sind sie sogar käuflich zu erwerben.«

»Ich habe eigentlich überhaupt kein Geld. Vor meiner Abreise war nämlich nicht bekannt, welche Währung ich hier brauche.«

»Kein Geld? Dann müssen Sie alle Stücke ansehen. Wenn Sie alle Stücke ansehen, ist es umsonst. Hier haben Sie Ihr Ticket. Und nun ist die Dame hinter Ihnen dran.«

Alice bedankte sich und schlurfte, den Wegweisern zum *Auditorium 2° Maximum* folgend, die geräumigen Gänge entlang, bis sie zu einer Tür mit dem Plakat *Eine Reise nach Grönland* kam. Neben der Tür war ein Rattenfräulein postiert, das Plastiktüten, Regenschirme und Popperkorn verteilte. »Aber nun schnell, das Stück fängt an!«, rief sie Alice zu. »Und nehmen Sie zwei Tüten Popperkorn. Wenn Sie ein schwarzes Korn finden, erhalten Sie die Falsifikationsprämie.«

Das 2°-Stück war nur spärlich besucht; die vorderen Reihen und sogar eine Anzahl an Mittelplätzen waren unbesetzt. Im Scheinwerferlicht einer einzigen Lampe stand eine Frau mit weiß geschminktem Gesicht und einem Samtkleid in himmelblauem Rosa, das sich wie eine

Glocke in alle Richtungen öffnete und mit seinem breiten Saum den Boden bedeckte. Eine nicht enden wollende Minute lang stand sie völlig unbewegt da, dann glitt sie, als wenn sie auf Rollen führe, zur Seite und verschwand hinter dem Vorhang. Ein Glasmond schob sich durch kupfergeränderte Wolkenbleche, und Alice sah, dass sie sich am Rand eines Waldes befanden.

»Kongolese?«, schnurrte eine seltsame Stimme, die mit etwas vogelkundlichem Verständnis einem Nachtfalken zugeordnet werden konnte.

Es raschelte im Papiergebüsch. »Ja. Wie gesagt«, antwortete der Kongolese, »ich heiße Shomaree. Wer war diese Frau?«

Der Nachtfalke ließ sich etwas Zeit mit der Antwort. »Das war Gräfin Gauß von Wetterstein.«

»Ist sie ungefährlich?«

»Völlig.«

Shomaree kletterte aus dem Gebüsch hervor und stellte sich vor den Baum, in dem Alice jetzt die schwarz glänzenden Augen eines Vogels zu erkennen glaubte.

Die schnurrige Stimme des Nachtfalken fuhr fort: »Sie ist selten wütend, selten heiter. Die gleiche Miene, das gleiche Kleid, die gleiche steife Haltung seit Jahren. Sie ist das perfekte Mittelmaß! Ist sie nicht schön?!«

»Ich weiß nicht, Herr Euler. Mir erscheint sie bizarr. Was macht sie den ganzen Tag?«

»Was für eine Frage! Sie lebt mit dem Mathematikgenie Bernhard Riemann und seiner Katze Zeta harmonisch auf Schloss Wetterstein.«

»Ich frage mich«, Shomaree rieb sich die Arme, als wenn ihm kalt wäre, »ob ihr mit dem dicken Kleid in der Sonne nicht zu warm wird.«

»Sie schwitzt nie und sie friert nie. Ich sagte es doch: Sie ist die Norm. Haben Sie das Muster auf ihrem Kleid gesehen?«

»Ja, ja, das habe ich schon mal gesehen, es hatte diese sonderbaren Linien wie auf einer Wetterkarte.«

»Isobaren, nicht Sonderbaren, es sind Isobaren!«

Der Kongolese trat ein paar Schritte vor und schüttelte bedenklich den Kopf. Zum Publikum gewandt, fragte er leise:

»Wie bin ich nur in diesen Forst voller Verrückter gelandet?« Dann wandte er sich wieder dem Baum mit dem Nachtfalken zu.

»Sagen Sie, Herr Euler, sieht es in Grönland auch so aus wie hier?«

»Das ist eine mathematisch sehr interessante Frage.«

»Ich meine, gibt es dort auch Wälder und Schlösser, und sind die Nächte so frisch wie hier?«

»Es kommt wohl darauf an, mit welcher Geschwindigkeit Sie reisen.«

Der Kongolese machte ein hilfloses Gesicht.

»Ich wette eine Maus darauf, dass Sie es trotz des Klimawandels noch kälter haben werden als hier, jedoch ...«

»Bitte verzeihen Sie, dass ich Sie unterbreche, Herr Euler, aber ich habe mich nach Grönland aufgemacht, weil Afrika immer häufiger von großen Dürren heimgesucht wurde, und mein Land zur Hölle auf Erden geworden ist. Dann hörte ich, dass in Grönland neues Land entsteht, weil die Gletscher schrumpfen und Ackerland freigeben.«

»Und Sie wollen dort Ackerbau betreiben?«

»Man hat mir ein Stück Land an der Küste versprochen. Aber ich bin sehr unruhig, denn ich weiß nicht, wann und wo dieses Land genau ist, und der Meeresspiegel, das habe ich erst während meiner Reise gelernt, soll steigen.«

»Dann müssen Sie sehr langsam reisen. Aber ich sollte Ihnen die Geschichte der Reihe nach erzählen. Jetzt muss ich Mäuse jagen. Kommen Sie in aller Frühe wieder hierher, wenn Gräfin Gauß von Wetterstein ihre morgendliche Runde dreht. Dann bin ich satt und kann Ihnen alles erklären.«

Es folgte eine kurze Pause völliger Dunkelheit. Dann setzte die Morgendämmerung ein. Der Kongolese kauerte hinter einem Busch. Herr Euler war nicht zu sehen, als Gräfin Gauß angerollt kam. Sie schien sehr verärgert.

»So oft hintereinander habe ich noch nie einen Schneider gebraucht!«, schimpfte sie. »Das Kleid wird an den Hüften immer enger! Die Schleppe immer länger! Warum können die Menschen nicht auf ihr Klima aufpassen! Mein Rock war das perfekte Abbild einer Gauß-Kurve! Das Klima war stationär! Extremereignisse, Extremereignisse, ich kann es schon nicht mehr hören! Bernhard Riemann, Herr Euler! Könnten Sie mir das bitte erklären!«

Ein feiner Herr mit krausem Rauschebart und Nickelbrille betrat die Bühne. In der Ferne donnerte es.

»Liebe Gräfin, wie Sie wissen, hat sich die Erde seit der industriellen Revolution schon um fast 1 Grad Celsius erwärmt, und das bedeutet, dass die Wetterextreme zunehmen. Mehr Wasser verdampft. Das führt zu einer Zunahme der Starkregenereignisse bei gleichzeitig trockeneren Böden. Überschwemmungen und Dürren, die vorher nur am Rande vorkamen, also sich in der relativ flachen Schleppe Ihres Rocks verbargen, sind nun häufiger ...«

Die Gräfin hob die Augenbrauen, und etwas Schminke blätterte von ihrer Stirn.

»Forscher haben errechnet, dass Extremwetterrekorde, die bei einem unveränderten Klima im Mittel nur alle 20 Jahre gebrochen würden, im Jahr 2050 aufgrund der menschgemachten Erderwärmung schon etwa alle zwei Jahre pulverisiert werden dürften.[27] Und auch das wäre nur ein Übergangszustand in eine um 6 oder 8 Grad Celsius erhitzte Welt.«

Die Gräfin senkte den Kopf. »Mein Gott, ich werde keinen Schritt mehr tun können, ohne über meine voluminöse Schleppe zu stolpern!«

Sie schwieg eine Weile, um nachzudenken. Dann fuhr sie fort: »Wo ist mein Handschuh? Ich möchte diesen Falken sprechen, der für die Eulersche Zahl zuständig ist.«

»Aber Liebste, er kann doch nichts dafür …« Herr Riemann hob beschwichtigend den Arm.

Der Nachtfalke, der sich auf einem Ast in der Nähe aufgehalten und seinen Namen vernommen hatte, kam angeflattert und setzte sich vorsichtig auf den Falknerhandschuh, den Herr Riemann der Gräfin übergestreift hatte.

Langsam drehte die Gräfin den Kopf zur Seite. »Herr Euler, Sie hatten mir erklärt, dass mein Kleid der Normalverteilung folgt. Anständige Mittelwerte, tragbare Kleider! Nicht umsonst trage ich den Namen Gauß!« Sie machte eine kleine Pause, doch jedem war klar, dass sie mit schweigendem Respekt zu füllen war. Mit strenger, selbstbewusster Stimme fuhr die Gräfin fort: »Wenn ein Rekord, ob nun Hitze oder Kälte, nur gebrochen wird, weil die Datenreihe lang genug ist, sollte das doch die Kurve meines Kleides erhalten!«

»Ja, das stimmt«, schnurrte Herr Euler verlegen, »wenn es sich um feste Wahrscheinlichkeitsverteilungen von Messwerten handelt. Man muss, um beispielsweise statistisch vom 5. zum 20. Höchstwert zu gelangen, einen Datensatz im Mittel auf das Millionenfache verlängern.«[28]

»Und? Dies ist ja wohl nicht der Fall!«

»Es ist so: Wenn der Rekord häufiger als erwartet gebrochen wird, dann liegt der Verdacht einer Nicht-Stationarität nahe. Die Wahrscheinlichkeitsverteilung hat sich also im Laufe der Zeit unter dem Einfluss von mehr oder weniger bekannten Wirkungskräften verändert. Eine allgemeine Temperaturerhöhung bedingt zunächst eine Verschiebung des Mittelwertes ...«

»Dadurch dürfte sich ja wohl kaum etwas an der Form meines Kleides ändern!«

»Nun ja, offenbar bewirkt die Erwärmung aber auch eine Neuverteilung der atmosphärischen Muster. Und dadurch ändert sich bedauernswerterweise auch die Silhouette Ihrer Garderobe. Die Wetterbeobachtungen rund um den Globus belegen leider jetzt schon, bei nur 0,8 Grad Celsius erhöhter Mitteltemperatur, dass es viel mehr Wetterextreme gibt, als es bei einem menschlich unbeeinflussten Klima der Fall wäre. Das gilt beispielsweise auch für Starkregenereignisse.«

»Ich verstehe nicht, warum das Kleid nicht einfach nur hinten wuchtiger wird, wenn es wärmer wird. Damit könnte ich vielleicht noch zurechtkommen. Es leuchtet mir aber keinesfalls ein, dass es gleichzeitig vorne länger wird. Das heißt ja, wir bekommen auch mehr Kälterekorde.«

»Im Moment leider ja«, meldete sich nun wieder Herr Riemann zu Wort, »physikalisch gesehen ist das wie folgt zu erklären ...«

Doch Herr Riemann wurde von einem großen Donnerschlag unterbrochen, dem jäh ein Sturzregen folgte. Herr Euler floh in einen Baum,

Herr Riemann machte sich daran, Gräfin Gauß von Wetterstein von der Bühne zu schieben. Seine letzten Worte gingen im Geräusch des Regens und der aufklappenden Regenschirme unter. In den hinteren Reihen, wo die Zuschauer eng beieinander saßen, verhakten sich die Schirme, und so gab es ein großes Durcheinander und Geschimpfe, bei dem bald niemand mehr zur Bühne blickte. Nur Shomaree, dessen Frage zu den Verhältnissen in Grönland nicht beantwortet worden war, stand traurig und nass auf der Bühne und fragte sich, ob das Theater nun zu Ende sei.

Katja König erzählt

Als Alice sich auf die Suche nach dem nächsten Theaterstück begab, kam sie an einer Tür mit einem Schild vorbei, auf dem in verschnörkelter Schrift stand:

Achtung,
selbstähnlicher Schmetterling!

Vorsichtig wagte sie einen scheuen Blick hinter die angelehnte Tür.

»Kommen Sie nur herein ...« Die Stimme kam von den obersten Stufen einer Leiter, wo eine kleine, kurzhaarige Frau mit zierlicher Nase und feinen dunklen Augenbrauen eine neue LED-Lampe in die Deckenleuchte schraubte. »Professor Glazival hat dieses Schild aufgehängt, um die Neugier der Leute zu wecken. Könnten Sie mal den Lichtschalter drücken? Danke. Das hätten wir also.« Die Frau stieg von der Leiter und streckte Alice die Hand entgegen: »Guten Tag! Ich bin Katja König und war Assistentin von Professor Glazival.«

»Ich wollte nur ...«, begann Alice, doch Frau König winkte ab.

»Schon gut, schon gut; es stört niemanden, wenn Sie sich hier umsehen. Er hatte noch viele von diesen alten Dingern, wissen Sie.« Sie deutete mit dem Kopf auf einen Stapel Bücher. Alice ließ suchend den Blick durch das mit Regalen und Globen vollgestopfte Zimmer schweifen. An der rechten Wand hing eine Schwarz-weiß-Grafik zwischen den Regalen, die eine gewisse Ähnlichkeit mit einem Schmetterling aufwies.

»Das ist der berühmte Hofstadter Schmetterling von 1975«, erklärte Katja König.

An der linken Wand hing eine weiße Tafel, auf der in unregelmäßiger Handschrift eine lange Liste mit Namen stand. Alice hielt sie zunächst für die Namen von Schauspielerinnen:

1. *Maria*
2. *Carola*

und so weiter. Doch als Alice genauer hinsah, entdeckte sie, dass es sich in Wirklichkeit um Krankheiten handelte: Es hieß *Malaria* und nicht *Maria, Cholera* und nicht *Carola.* Darunter folgte eine lange Liste weiterer Infektionskrankheiten:

Schistosomiasis
Salmonellose
Gelbfieber
Blauzungenkrankheit
Dengue-Fieber
Rifttalfieber
Theileriose
Afrikanische Schlafkrankheit
West-Nil-Fieber
Tetanus

Und mit etwas Abstand, an der Grenze der Entzifferbarkeit:

Spontane bakterielle Innovationen

Die Assistentin von Professor Glazival deutete mit dem Kopf auf die Tafel: »Dieses Stück sollte von der Gesundheitsgefährdung durch den Klimawandel handeln ... Bei den Zahlen hinter den Namen handelt es sich um die geschätzten Todesopfer bei 2 Grad Erderwärmung ...«

»Breiten sich Krankheiten bei hohen Temperaturen denn schneller aus?«, fragte Alice.

»Die meisten Mücken, Zecken, Amöben und Bakterien, welche Krankheiten übertragen oder auslösen, vermehren sich bei Wärme besser. Aber die geographische Ausbreitung von Krankheiten im Klimawandel ist eine wissenschaftliche Baustelle ...«

»Wollte Professor Glazival deswegen ein Theaterstück darüber schreiben?«

»Ja, aber seine Stücke wurden selten akzeptiert. Die Ratten warfen ihm insbesondere Alarmismus vor. Das war, glaube ich, ein Vorwand, um seine Dramen nicht zu spielen. Er war nicht sehr beliebt bei ihnen, denn er sagte immer, was er dachte.«

»War das denn so schlimm?«

»Nun, er sagte, Klimawandelgewinner wären vor allem Ratten, Bohnen und Erbsen. Ratten sind aus epidemiologischer Sicht potentielle Krankheitsüberträger, das wissen alle. Worauf er aber anspielte, war ihre immunologische Überlegenheit, die sie zu Siegern in angeknacksten Ökosystemen machen kann.«

»Und die Erbsen und Bohnen, waren die auch beleidigt?«

Alice fing einen verdutzten Blick auf.

»Natürlich nicht. Sie pumpen sich bei erhöhten Kohlendioxidwerten mit Zucker und Stärke zu Superfrüchtchen ohne spürbare Verluste an Eiweiß auf – C4-Pflanzen eben.«

Sie schwiegen eine Weile, und Alice sah sich die Bücher und Globen an.

»Wo ist Professor Glazival jetzt?

»Er ist ertrunken.«

»Das ist ja entsetzlich. Auf einer Forschungsreise?«

»Nein. Nicht auf einer Reise. Sondern in einer Datenflut.«

Katja König schwieg, und Alice wusste nicht, wo sie hinschauen sollte.

»Er war nicht nur Dramaturg, Epidemiologe und Ökologe, sondern auch ein Datenjäger und -sammler.«

»Und Sie, finden Sie es auch gut, Daten zu sammeln?«

»Man wird nie fertig. Ökosysteme weisen eine furchterregende Vielfalt an Variablen und Wechselwirkungen auf. Man weiß selten, wie viele Mitglieder einer Ökokommune ausfallen dürfen, bevor sie zusammenbricht, oder wie viel Fremdenverkehr sie verträgt.«

»Fremdenverkehr?«

»Na ja, man weiß, dass Pflanzen und Tiere wandern, wenn sich ihre Lebensräume durch den Klimawandel verschieben. Aber leider nicht im Gleichschritt. Die klimatischen Veränderungen wirken wie eine Zentrifuge auf die Gemeinschaft. Und einzelne Auswanderer können woanders großen Schaden anrichten, selbst wenn sie langfristig nicht reüssieren.«

Alice verstand nur wenig von dem, was Katja König da erzählte. Es schien ihr nicht verwunderlich, dass die Ratten andere Prioritäten setzen, und sie hörte nur noch mit halbem Ohr hin.

»Am schlimmsten ist, dass traditionelle Beziehungen zwischen Nahrungssuchenden und Nahrung zerrissen werden. Zum Beispiel bei den Schmetterlingen: Es kann sein, dass eine Falterart die Blume nicht mehr findet, auf die sie angewiesen ist. Oder denk nur an die kleinen Algen, die am Anfang der Nahrungskette stehen, und die nicht mehr richtig wachsen, wenn die Meere zu sauer werden.« Katja König schien umso fröhlicher, je länger sie erklärte.

›Wahrscheinlich ist sie froh, eine Zuhörerin gefunden zu haben‹, dachte Alice, die das Ganze ziemlich langweilig und gruselig fand. Endlich, als Katjas Stimme sich zum Punkt hin absenkte, konnte Alice einen Themenwechsel erzwingen.

»Ich wollte mir das Theaterstück über die gekippte Welt ansehen.«

»Das ist ein tolles Stück! Die Bühne steht von Minute zu Minute steiler – bis die Schauspieler an Seilen hängen.«

Die nur 1,60 Meter große Frau lachte und wirkte mit einem Mal viel größer. »Auf diese Kippbühne werden Bilder von großskaligen Umweltveränderungen projiziert: das Abschmelzen von Eisschilden, der Zusammenbruch des indischen Sommermonsuns[29] und so weiter. Eine Welt, die ins Chaos stürzt. Das erste Mal blieb mir fast das Herz stehen, als die Schauspieler plötzlich von ihren Leinwandstühlen fielen und an den Seilen baumelten. Und gerade als ich mich von diesem Schreck erholt hatte, ging jemand mit Klingelbeutel und Pistole durch die Reihen und verlangte von den Zuschauern eine gepfefferte Sitzplatzsteuer. Jeder begriff: Wenn man zunächst am Klimaschutz spart, wird's nachher umso teurer.«[30]

Katja König lachte erneut.

»Sind Naturkatastrophen dasselbe wie ›Kipp-Punkte‹?«, fragte Alice.

»Nein, Kipp-Punkte – oder Tipping Points – sind zum Beispiel Temperaturwerte, wo das Erdsystem sprunghaft oder unumkehrbar reagiert. Das wiederum führt zu großräumigen Veränderungen von Umweltbedingungen, woran sich viele Pflanzen und Tiere – einschließlich des Menschen – nur noch mit Mühe oder gar nicht mehr anpassen können. Man spricht in diesem Zusammenhang auch oft vom ›gefährlichen Klimawandel‹.«

»Und diesem Theaterstück wird keine alarmistische Absicht unterstellt?«

»Und ob!« Frau König verzog das Gesicht. »Das ist ja auch eines der Argumente, mit denen die Aufführung des Stückes verboten wurde. Dabei kommen Kipp-Punkte beim Publikum gut an. Die Bocksprünge im planetarischen Getriebe und die Zerrüttung der Ökosysteme sind Themen, die bei den meisten Menschen keinen intellektuellen Fluchtreflex auslösen. Anscheinend vertrauen sie darauf, dass diese Dinge noch nicht ganz verstanden sind oder in weiter Ferne liegen ... Für die Ausbreitung tropischer Krankheiten konnte Professor Glazival nicht einmal seine Theaterkollegen interessieren. Mich verwundert das gar nicht: Das Leid anderer jagt keinen mehr vom Sofa hoch. Im Gegenteil, da wird sich noch tiefer eingekuschelt. Ich glaube, nicht mal eine Schlagzeile wie ›Tigermücke frisst Kleinkind‹ würde gegen den menschlichen Verdrängungseifer helfen. So lange die Gefahr nicht aus der eigenen Chipstüte springt, wird sie ignoriert. Dabei steht die Ausbreitung dieser Epidemien der Grausamkeit von Großereignissen physikalischer Natur nicht nach. Aber es trifft ja bekanntlich immer nur die anderen.«

Katja König hatte sich in Rage geredet, und Alice durchlief plötzlich eine große Welle der Sympathie für diese Frau.

›Zum Glück‹, dachte Alice, ›befinde ich mich nicht in meiner eigenen Welt‹ und schaute auf die Uhr, die jedoch nichts weiter als immer noch das Jahr 2015 anzeigte.

»Ich weiß zwar nicht, wie spät es ist, aber ich glaube, ich bin hoffnungslos zu spät für das Tipping Point-Theater«, rief Alice.

»Dann gehen Sie doch gleich in die Schwimmhalle«, empfahl Katja König, »und sehen sich das 6°-Stück von Lax Fisch an. Es ist sowieso das Beste von allen!«

Der Mensch verlässt das Holozän fand im *6°-Audimax,* einer zum Schwimmbad umgebauten Luftschiffhalle, statt. Auf dem Wasser trieben drei Pontons, auf denen sich mehrere Dutzend Kinder und Erwachsene aufhielten. Von der Zuschauertribüne aus konnte man sehen, wie gut das Leben auf den Plattformen organisiert war, obwohl sie recht eng waren. Es gab sogar einige Quadratmeter Ackerfläche. Doch man sah auch, wie abgezehrt und zerlumpt manche Pontonbewohner waren und wie viel Stress sie hatten: Denn obwohl es den Etablierten besonders an den Rändern der Pontons gelang, neuankommende Schwimmer abzuwehren, waren die schwimmenden Inseln nach und nach so überbevölkert wie eine Fußgängereinkaufszone an einem Samstagvormittag.

Und es war tropisch heiß in der Halle. Als ein heftiger Regen aus den Deckenschläuchen platzte, hielten alle ihre Becher gen Himmel. Doch der Regen währte nur kurz, und auf einem der Pontons brach ein Streit aus: Ein Mann riss einem anderen den Becher aus der Hand und bekam dafür einen Hieb in den Unterleib. Er krümmte sich, verlor das Gleichgewicht und stieß eine weitere Frau an, die daraufhin ihr Wasser verschüttete. Im Nu waren mehrere Personen in die Handgreiflichkeiten verwickelt, und die Schranken für gutes Benehmen fielen gänzlich: Alle, die noch nicht am Boden lagen, stürmten zu den Frischwasserbehältern, die sich auf der einen Seite des Pontons befanden. Der Ponton geriet ins Schwingen, und der Wasserbehälter rutschte zusammen mit einem Dutzend der Pontonbewohner ins Wasser. Auch ein Teil der fruchtbaren Erde, die mühsam mit Plastikfolien und Paketklebeband vor dem Wind geschützt worden war, kippte ins Meer. Alle schrien. Die Cleveren, die ohne Familie waren, sprangen kurzerhand ins Wasser, um eines der anderen Pontons zu entern. Messerklingen blitzen auf, Schüsse fielen und Blut mischte sich in das vollgespiene Wasser, auf dem kleine Müllteppiche aus Plastik und Holz trieben und nun auch Leichen.

Bald hatte Alice genug von dem Geschrei der mordenden und vagabundierenden Notgemeinschaften, aber es gab ein Problem: Während der letzten Minuten war das Wasser in der Halle stetig gestiegen und hatte sowohl die Tribüne als auch die Ausgänge erreicht. Alice hätte tauchen müssen, um die Halle zu verlassen, doch die wenigen Türen waren eng, und sie war nicht die Einzige, die hinauswollte. Also setzte sie sich auf die alleroberste Tribünenstufe und fütterte die Spatzen mit den übriggebliebenen Erdnusskrümeln aus ihrer Tasche, bis das Stück zu Ende war und das Wasser aus dem Becken gelassen wurde. Zum Vorschein kamen die zerfressenen Skelette ehemals farbenfroher Riffe, auf die sich die dünne Ackerkrume als hässlicher Schlamm legte. Wer noch auf der Tribüne saß, hörte eine leise, menschliche Stimme:

AM ANFANG WAR DIE WÜRDE
DES MENSCHEN. DIESE WÜRDE WAR
UNANTASTBAR. ALS SIE ANGETASTET
WURDE, WURDE DER MENSCH FÜR
ANTASTBAR ERKLÄRT. AM ENDE WAR DAS
MESSER. SEINE KLINGE WAR UNANTASTBAR.
NACHDEM SIE ANGETASTET WURDE, WAR SIE WEITERHIN
UNANTASBAR, DENN ES FEHLTE EIN STÜCK VON DER HAND …

Alice kam es fast so vor, als wäre die Stimme in ihrem eigenen Kopf – aber das war sie nicht.

Die Katze Zeta

Als Alice die Error-Bar betrat, verstummten die Gespräche. Vorne am Tresen saß Ratte Rettich von Kasse 1. Er ging auf Alice zu und fasste sie am Arm.

»Die Leute hier denken, du hast etwas mit dem Walross zu tun«, begann Ratte Rettich. Alice fühlte, wie alle sie ansahen, doch sobald sie hörten, dass die Ratte in einem freundlichen Ton zu ihr sprach, wandten sie sich wieder ihren Plaudereien zu.

»Hab ich auch, ich bin mit ihm verabredet.«

»Dann musst du wissen, dass er nicht kommt. Sie haben ihm die Zähne ausgeschlagen und ihn mitgenommen.«

»Wie furchtbar! Das arme Walross! Wer könnte so etwas tun?«

»Keine Ahnung. Vielleicht eine fossile Brennstoff-Gang.«

»Weiß seine Familie schon Bescheid?«, fragte Alice sorgenvoll.

Ratte Rettich schüttelte den Kopf.

»Aber muss nicht irgendjemand seine Angehörigen in der Arktis benachrichtigen?«

»In der Arktis?« Ratte Rettich strich sich über die Schnurrhaare. »Du kanntest ihn wohl nicht sehr gut, was? Er ist im Zoo aufgewachsen. Von dort aus hat er seine erste Revolte angeführt. Er war ein rattenechter Kommunist, bevor er Klimaschützer wurde. Immer für eine bessere Welt. Eine wirklich großartige Persönlichkeit!«

»Wieso war? Lebt er etwa nicht mehr?«, fragte Alice mit zittriger Stimme.

»Wir wissen es nicht. Wir wissen nur, dass er ein Gespräch zwischen dem Energieminister vom REMIND-Modell und dem Großgrundbesitzer aus einem der LPJ-Modelle belauschen wollte.«

»Den Großgrundbesitzer kenne ich, der ist sehr manipulativ.«

»Kann schon sein. Geh jetzt nach Hause, Kleine, bevor du noch von irgendjemandem verdächtigt wirst, etwas mit der Sache zu tun zu haben«, rief Ratte Rettich und drückte ihr tröstend sein Pfötchen in die Hand.

Weinend und auf ein Wunder hoffend, rannte Alice zum Fluss zurück. Doch wie nicht anders zu erwarten, fand sie nur Müll vor.

›Ob ich überhaupt eine Chance habe, das Walross in der 1:1-Welt des BAU-Szenarios zu finden?‹, grübelte Alice. ›Wie sollte ich gegen eine ganze Gang angehen? Nein, ich glaube, ich kann nichts tun. Und außerdem bin ich froh, wenn ich dieses schreckliche Szenario schnell wieder verlassen kann!‹ Alice schaute sich um. Der einzige Weg aus dem Business as usual-Szenario schien über die Brücke zu führen. An der Brücke traf sie die Türsteher-Rattendame vom maximal 2 Grad-Stück.

»Haben Sie das Walross gesehen?«, fragte Alice traurig.

»Nein, sollte es hier sein?«

»Suchen Sie es denn nicht?«

»Nein, ich komme gerade aus dem LPJ-Modell« – sie wies mit der Pfote über den Fluss – »da ist das Essen besser als hier im BAU-Szenario vom REMIND-Modell.«

»Haben Sie vielleicht den LPJ-Großgrundbesitzer gesehen?«

»Welchen denn? Es gibt so viele. Meinst du den Mann in Gelb?«

Alice nickte.

»Nein«, bedauerte die Rattendame, »ich ignoriere diese vulgären Parvenüs. Das ist das einzige, was ich tun kann – außer meiner Theaterarbeit ... Wo willst du jetzt hin?«

»Ich weiß es nicht. Am liebsten über den Fluss.«

»Dann nimm den Bootsservice. Er wird von meinem Schwager betrieben. Die Brücke ist selbst für uns Ratten zu gefährlich. Zu viele Autos! Komm, ich führ dich hin.«

Nachdem Alice den Fluss überquert hatte, wanderte sie zu einem kleinen Buchenhain, um im Schatten der Bäume auszuruhen. Plötzlich entdeckte sie auf einem Ast über sich eine Katze.

›Endlich ein vertrautes Tier!‹, dachte sie dankbar. ›Und noch dazu so ein niedliches!‹ Zur Katze aber sagte sie: »Guten Tag, kleine Katze, ich bin Alice – und wer bist du?« Sie hegte keinen Zweifel, dass die Katze ihr antworten würde. Schließlich konnten in dieser Welt ja auch Walrösser sprechen!

Doch die gelbe Katze mit den großen Ohren und ägyptischen Augen schwieg. Es schien ganz so, als überlegte sie, ob sich eine Antwort überhaupt lohne. Schließlich sagte sie: »Ob ich klein bin oder nicht, ist ja wohl relativ. Aber mein Name ist Zeta.« Ihre Stimme klang wie die A-Saite eines Cellos.

»Ein wirklich seltsamer Name«, entgegnete Alice. »Bist du die Katze aus dem Sack?«

»Unsinn! Sehe ich aus, als würde ich mich ertränken lassen wollen?«, schnarrte die Katze leicht verstimmt.

»Nein, das nicht, aber ...«

»Den Namen Zeta hat mir der Mathematiker Bernhard Riemann gegeben.«

Alice frohlockte. »Ah, dann bist du die Katze aus dem Theaterstück!«

Die Katze schloss die Augen. Alice dachte schon, es sei unter ihrer Würde, noch einmal zu antworten. Doch schließlich brach sie das Schweigen: »Die Katze im Theaterstück ist nach mir benannt.«

»Verstehe. Und wo kommst du her?«

»Aus der Zukunft, soweit ich weiß.«

»Das ist aber merkwürdig; ich dachte, Katzen genießen das Hier und Jetzt.«

»Ich könnte mir auch etwas Schöneres vorstellen als die Zukunft. Aber leider gibt es kein vernünftiges Handeln ohne die Zukunft. Nicht mal Schlafen wäre vernünftig. Schon gar nicht, in die Schule zu gehen.«

»Meine Katze hat sich nie mit Vernunft befasst. Am liebsten lag sie auf dem Kissen und schlief.«

»Ich hätte auch gerne weiter geschlafen. Die Zukunft ist sehr anstrengend. Aber nun, da du mich sowieso schon geweckt hast ..., können wir uns ebenso gut unterhalten. Du scheinst sehr neugierig zu sein.«

Alice lächelte geschmeichelt. »Und du sehr klug!«

»Ich bin ja auch keine gewöhnliche Katze, wie du siehst. Ich bin eine mathematisch-metaphorische Katze.«

»Und was macht eine metamatisch-mathephorische Katze, wenn ich fragen darf?«

»Zu Hause würde ich Mäuse fangen – mit einem perfekt berechneten Satz des Pythagoras. Da ich aber nun einmal in dieser Modellwelt ausgesetzt worden bin, betrachte ich die Mathematik planetarischer Prozesse. Soll ich dir etwas erklären? Dann wäre mir weniger langweilig! Wie du siehst, gibt es nicht einmal einen gemütlichen Sessel hier. Ich hocke den ganzen Tag auf dem Baum wie eine Cheshire Cat und langweile mich.«

Alice war begeistert: »Kannst du auch in Teilen verschwinden, bis nur noch ein Grinsen von dir übrig bleibt?«

»Das ist doch ein alter Hut. Ich kann mein Gesicht so verzerren, dass mir das Fell reißt.[24] Allerdings könnte ich es nicht mehr rückgängig machen; dann wäre ein Kipp-Punkt irreversibel überschritten.«

»Von diesen Kipp-Punkten habe ich schon öfter gehört, kannst du sie mir erklären?«

»Sicher! Mein Spezialgebiet! Es geht um nichts weiter als meromorphe Funktionen. Meromorphe Funktionen weisen Singularitäten auf. Über diese Einsicht hat John Schellnhuber das 2 Grad-Konzept entwickelt.«

Während die Katze redete, war sie nach und nach verschwunden, bis nur noch ihre Ohren über dem Ast schwebten.

»Halt, Katze, kannst du das auch einfacher erklären?«

Das Maul der Katze tauchte wieder auf. »Natürlich. Gerne. Nehmen wir eine geokybernetische Metapher. Stell dir vor, ein Affe, ein Hase, ein Reh und ein Käfer fahren in einem Boot den Fluss hinab. Der Affe sitzt am Steuer, das Reh kniet in der Mitte, und der Hase hat sich wahrscheinlich unter der Bank verkrochen, wohingegen der Käfer wahrscheinlich auf dem Rand des Bootes sitzt. Ach ja, und wir brauchen noch jemanden, der rudert ...«

»Einen Bären?«

»Sehr gute Idee! Den nehmen wir! Plötzlich gelangt das Boot an eine Stelle, wo der Fluss sich verzweigt. Die Strömung wird immer stärker, und die Tiere müssen sich schnell entscheiden, wohin sie rudern. Links liegen einige nicht sehr einladende Stromschnellen. Aber rechts, oh je, geht es auf scharfkantige Felsen zu, und dazwischen rauscht ein mächtiger Wasserfall in die Tiefe. Der Affe schafft es nicht mehr, das Steuer herumzureißen, sie werden in den rechten Flusslauf hineingezogen und stürzen die Kante hinab. Wie durch ein Wunder überleben zunächst alle, und bis auf den kleinen Käfer, der leider dabei ertrinkt, können sie schließlich an Land schwimmen. Die Tiere wollen aus der Felsschlucht hinaus und zu ihrem Boot zurückkehren, das an den Klippen oberhalb des Wasserfalls hängen geblieben ist. Der Affe kann gut klettern. Der Bär ist etwas langsamer, aber auch er schafft es nach oben. Dem Reh gelingt es mit Müh und Not, doch es dauert sehr lange. Für den Hasen ist es am schwierigsten. Er versucht, über Spalten und Gänge im Gestein zurückzufinden. Sein Schicksal ist ungewiss. Das nennt man Pfadabhängigkeit oder auch ›Hysterese‹: Keines der Tiere kommt so schnell den Wasserfall wieder hoch, wie es ihn heruntergekommen ist. Und jedes Tier braucht unterschiedlich lange. Der Wasserfall war ein Kipp-Punkt für sie.«

»Und auf der Erde?«, fragte Alice.

»Ist es das Gleiche«, antwortete Zeta. »Jedes System braucht unterschiedlich lange, bis es sich wieder erholt. Um den grönländischen Eisschild wieder so dick werden zu lassen wie vor der globalen Erwärmung, braucht es viel tiefere Temperaturen, als im Holozän herrschten. Diese Pfadabhängigkeit kennt man im Erdsystem und im ganz gewöhnlichen Leben.«

»Und was hat das alles mit der 2 Grad-Grenze zu tun?«

»Schellnhuber fand heraus, dass sich die Menschheit in einen Bereich besonders vieler Wasserfälle begibt, wenn sie die Erdatmosphäre um mehr als 2 Grad Celsius erwärmt.[31] Deswegen hat er eine

Weltkarte möglicher Kippelemente erstellt ...[15], so als wenn du einen Fluss kartierst und seine Wasserfälle einzeichnest.«

»Wie viele gefährliche Kippelemente gibt es denn?«

»Vielleicht ein Dutzend, vielleicht zwanzig. Wahrscheinlich begegnet man einigen schon bei weniger als 2 Grad globaler Erwärmung.«

Alice war blass geworden. Wenigstens war die Katze wieder vollständig.

»Soll ich dir noch etwas über Primzahlen erzählen?«

»Nein danke, ich muss weiter. Das nächste Mal vielleicht.«

»Aber, Alice, vergiss nicht: Wir können nicht optimieren, sondern nur pessimieren.[32] Deswegen darf man keine Affen ans Steuer lassen.« Sie verschwand und zwinkerte mit dem letzten verbliebenen Auge.

Alice war aufgewühlt. ›Dieser oberschlaue Stubentiger! Ich glaube, es ist mir reichlich egal, ob es auf Grönland eine dicke Eisdecke gibt oder nicht, nachdem ich gelernt habe, wie entsetzlich kalt und öde so eine Eiszeit ist‹, dachte sie. ›Ein bisschen Erderwärmung kann so schlimm doch nicht sein. Dann muss man wenigstens keine Bäume fällen, wenn man friert. Ich sollte mir das alles nicht so zu Herzen nehmen, bevor es überhaupt eingetroffen ist.‹ Die letzten Worte hatte Alice laut zu sich selbst gesagt. Mit verschränkten Armen stand sie unter dem Baum und starrte weiterhin zu dem Ast, auf dem die Katze gehockt hatte. Plötzlich vernahm sie eine leise, silberhelle Stimme: »Statt so furchtbar zu schimpfen, sag mir lieber, wie ich zur nächsten Eiche komme. Ich habe den Anschluss an meine Gruppe verloren, weil diese dämliche Katze im Weg saß.«

»Wer spricht denn da?« Alice starrte die Buche an. »Du?« Sie dachte, der Baum würde sprechen.

»Nein, ich.«

Schließlich fiel Alice ein, dass ein Baum sich allenfalls selbst im Weg steht, aber keinesfalls laufen kann, und sie sah genauer hin: Auf der Rinde vor ihr saß die drei Zentimeter lange, rund herum behaarte Raupe eines Eichenprozessionsspinners. »Du bist bestimmt ein giftiges kleines Ding!«, mutmaßte Alice verächtlich. »Mit dir möchte ich nichts zu tun haben.«

»Ich bin nur ich selbst«, erwiderte die Raupe, »und habe es nicht eilig. Aber ich darf meine Prozession nicht verpassen!«

»Deine was?«

»Meinen Raupen-Zug.«

»Das wird ja immer schöner! Fahren hier sogar Raupen mit der Eisenbahn?«

Alice versuchte herauszufinden, wo bei der Raupe vorne und hinten war. Aber zu nah wollte sie auch nicht heran.

Die Raupe rückte selbst ein Stück vor und antwortete: »Wer unruhig ist, vollbringt nichts. Wer nichts vollbringt, ist unruhig.«

»Das«, gab Alice zurück, »ist ein Henne-und-Ei-Problem und interessiert mich wirklich überhaupt nicht.« Entschlossen drehte sie der Raupe den Rücken zu und ging davon.

Zum ersten Mal dachte Alice ernsthaft darüber nach, wie sie die Modellwelt wieder verlassen könnte. Sie kam an den Waldrand und sah, dass sie noch in dem Wald war, den sie vor vielen Stunden betreten hatte, um die Bibliothek der Wahrheit zu suchen. Da nahm sie eine kleine Gestalt wahr, die sich aus dem Schatten der Bäume löste und entlang der Brombeerhecken auf sie zuhuschte.

»Alice!«, rief eine zerbrechliche Mädchenstimme, die nur einer gehören konnte.

»Emma! Wie schön, dich wiederzusehen. Aber was ist denn mit dir los? Du hast ja einen ganz roten Kopf! Und weinen tust du auch!«

»Sie müssen sich verrechnet haben«, antwortete Emma.

»Du siehst völlig überhitzt aus! Wo sind denn deine Eltern?«

»Ich weiß es nicht. Mein Vater ist im Business as usual-Szenario verschwunden, um mit dem Energieminister den Preis für Biodiesel auszuhandeln. Wir haben schon lange keinen Weizen mehr angebaut, sondern nur noch Raps.[33] Der Raps soll über die Brücke ins REMIND-Modell gebracht und dort zu Kraftstoff verarbeitet werden. Dafür soll auch dieser Wald verschwinden. Den Zugang zur Bibliothek will mein Vater mit Schutt auffüllen lassen. Ich war dagegen und habe es ihm gesagt. Ich fand, dass die Bibliothek etwas Besonderes ist. Zur Strafe hat er mich hier zurückgelassen.« Emma schluchzte herzzerreißend. Sie bot einen schrecklichen Anblick. In der Tat war es der furchtbarste Augenblick, den Alice seit dem Verlassen ihrer Welt erlebt hatte. Emma so gebrochen und hilflos zu sehen, zog ihr die Brust zusammen. »Und er kommt nicht wieder«, fuhr Emma fort. »Zudem hat es schon über 40 Grad im Schatten. Sie müssen sich verrechnet haben. Sie müssen sich verrechnet haben!«

»Emma, es wird Zeit, dass du dich von deinem Vater löst. Sonst wird deine Liebe zu ihm dich zerstören. Geh in die Bibliothek der Wahrheit und denk an ein Paradies. Dort steht ein Baum mit Kirschen ..., und auch ein Fluss muss da sein. Denk einfach an alles, was du über Wasser weißt. Frag dich, wo es herkommt, und du wirst eine Quelle finden! Rasch, sonst verdurstest du! Aber lauf nicht allzu schnell, sonst überhitzt du noch völlig.«

Emmas Tränen waren versiegt, und sie blickte apathisch zu Alice auf. Diese fasste sie am Arm.

»Lauf, Emma, es ist besser für dich, glaub mir!«

»Aber ich kann nicht gehen. Ich weiß nicht, wie ich meinem Vater eine Nachricht hinterlassen soll. Ich habe nichts zu schreiben dabei. Und meine Schuhe ...« Sie blickte auf ihre offenen Schuhbänder.

Alice kniete sich auf die Erde und band Emma die Schuhe zu. »Wenn dein Vater es will, wird er dich auch finden. Und nun lauf. Ich weiß nicht, ob es in der Welt der PIK-Wissenschaftler besser ist als hier, aber in diesem Modell ist es auf jeden Fall zu gefährlich für dich. Ich verspreche dir, ich werde versuchen dir und allen anderen Kindern dieser Welt zu helfen. Vielleicht kann ich mit dem Großherzog von Albedo sprechen. Vielleicht weiß er, wie man das Klima retten kann. Ich habe das so eine Idee ... Und nun flieh!« Sie küsste Emma zum Abschied auf die heiße Stirn und schob sie sanft in Richtung Bibliothek.

Auf nach Grönland!

Emma war kaum im Wald verschwunden, da fiel Alice auf, dass sie keine Ahnung hatte, wie sie den Großherzog finden sollte. Sie wusste auch nicht, dass in der Modellwelt Gedanken Ereignisse anziehen und nicht, wie gewohnt, Ereignisse Gedanken. Deswegen raschelte es im Unterholz, und vor ihr stand, vergnügt grunzend und mit den Flügeln wippend, das fliegende Schwein!

»EMIC! Schnell! Du musst mir helfen. Ich möchte in die Welt aus Schnee und Eis zurück und mit dem Großherzog von Albedo sprechen. Bitte! Es geht um Leben und Tod!«

»Kein Problem!« Das EMIC beschnüffelte die Ackerkrume.

»Ich bin aber durch eine Luke gefallen«, gab Alice zu bedenken.

»Spielt keine Rolle«, antwortete das Mischwesen und fing sofort zu graben an. Alice hatte noch nie ein so hurtiges Schwein gesehen und holte gerade Luft, da verkündete es:

»Voilà: eine Rutsche nach Grönland! Ich bin schneller als jedes Trüffelschwein. Früher habe ich jede Tennispartie in zwei Sätzen gewonnen – aber jetzt tue ich Sinnvolleres.«

Alice blieb der Mund offen stehen.

»Der Tunnel ist recht steil«, warnte das geflügelte Schwein. »Du darfst auf keinen Fall bremsen! Sonst überschlägst du dich und bleibst womöglich am Rechengitter hängen. Alte Modellbauweisheit. Glück ab!«

»Oh, danke, herzlichen Dank, du bist großartig!«, stammelte Alice, immer noch verblüfft. ›Ein richtiges Vielseitigkeitsschwein‹, dachte sie, während EMIC im Dickicht des Waldes verschwand, ›und darüber hinaus lieb und nett!‹

Alice kletterte durch das Erdloch auf die merkwürdig unwirkliche Rutsche, deren Ende in der Dunkelheit nicht zu erahnen war.

›Wenn ich niemandem vertraue, kann ich auch niemandem helfen‹, dachte Alice und ließ sich die Rutsche herunter gleiten.

Die Fahrt durch geistige Leere ließ Alice unendlich müde werden. Sekunden kamen ihr so pomadig vor wie Stunden, und Stunden kamen ihr vor wie Jahre. Endlich sah sie Licht am Ende des Tunnels. Einen kurzen Moment später schlug sie auf. Als sie sich hochgerappelt hatte, blickte sie auf einen gigantischen Eisberg, der wie ein Zuckerhut in den Himmel ragte. Sie hatte keine Ahnung, wie groß sie diesmal war. Plötzlich ging ein Ruck durch den Boden, und sie landete erneut auf dem Hintern.

»Das ist der 247ste blaue Fleck in drei Tagen – andererseits ... bezogen auf 62.000 Jahre ...« Alice begann zu rechnen. »Das bedeutet pro Tag ...« Doch ihre Rechnung wurde barsch unterbrochen.

»Geh sofort von meinem Mantel!«, befahl eine dunkle Stimme. Alice erkannte die Stimme des Großherzogs sofort. Sie sprang wieder auf die Beine und streckte, ohne ihn zu sehen, winkend die Hand gen Himmel, dorthin, wo sie seinen Kopf vermutete.

»Was für ein Glück, Sie gleich wiedergefunden zu haben!«, rief sie. Dann stemmte sie selbstbewusst die Hände in die Hüften. »Doch wie soll ich mein mathematisches Talent beweisen, wenn ich immer unterbrochen werde?«

Der Großherzog, der aus Langeweile gerade dabei gewesen war, den Albedo-Wert für den Eiswald aus kantigen Eiskegeln und gebogenen Schneetürmen zu integrieren – denn die Wissenschaftler interessierten sich nicht für das genaue Aussehen der Gletscher –, zeigte sich unbeeindruckt.

»Runter von meinem Mantel, du Göre, oder ich sage Piteraq, dass er dich wegputzen soll!«

Vorsichtshalber ging Alice einige Schritte zurück. »Aber wo endet Ihr Mantel denn?«, rief sie. »Das Eis blendet so, ich kann nichts erkennen ... Und wer ist Piteraq?« Alice starrte den Eishut hinauf und versuchte, ein Gesicht zu erkennen. Da löste sich eine spiegelnde Fläche aus dem Eis, und die Konturen des Großherzogs mit seinem weißen Umhang wurden sichtbar. Dicht neben ihm erkannte Alice eine zweite Figur. Es handelte sich um einen stattlichen, bis in den letzten Muskel angespannten Schlittenhund. Sein Fell schimmerte seidig in allen Schwarz-weiß-Tönen, die es gab auf der Welt. Mit gefletschten Zähnen knurrte er Alice an.

»Zurück, Piteraq!«

Alice versuchte, die Fassung zu bewahren. »Ihr Hund hat wirklich ein wunderbar glänzendes Fell«, sagte sie mit fester Stimme. »Er frisst bestimmt jeden Tag ein Möwenei.«

Als der Hund das Wort Möwenei hörte, stellte er das Knurren ein.

»Aber«, fuhr Alice fort, » wozu brauchen Sie eigentlich einen Schlittenhund?«

Der Großherzog war so verdutzt darüber, dass Alice die Diät seines Hundes erraten hatte, dass er brav antwortete: »Ich habe mehrere Hunde: Bora, Mistral, Reshabar, Williwaw, Elvegust, Katabat und Piteraq. Sie sind alle nach Winden benannt, das motiviert sie.«

»Ja, natürlich. Ein Großherzog mit einem Ehrenamt wie Ihrem muss schnell von einer Gitterbox in die andere gelangen.«

»Denkst du etwa, dazu brauche ich Hunde? Die Hunde sind nur ein Hobby!« Er lachte, aber sein Lachen klang bitter. »Es ist nicht gerade schmeichelhaft, so unterschätzt zu werden. Nun gut, ich bin ein freier Mann und will es auch bleiben. Ich möchte weder in Schmeichel- noch sonst eine Haft ... Die meisten Leute denken, ich kenne mich nur mit Schwarz, Grau und Weiß aus.«

»Oh nein, es ist über das Modell hinaus bekannt, dass Sie Experte für alle Arten von Schnee und Eis sind«, behauptete Alice eilfertig und setzte ihr Sonntagsgesicht auf.

»Unsinn«, erwiderte der Großherzog harsch, »ich kenne mich mit allen Oberflächen aus, die nicht von selbst leuchten. Schnee ist nur ein kleines Untergebiet – Neuschnee, Altschnee, Faulschnee, Schwimmschnee und Industrieschnee, Eisbrei, Treibeis, Festeis, Blaueis oder Erdbeereis – das spielt alles keine Rolle. Allein die Reflexion zählt. Hier oben zum Beispiel, im Zentrum von Grönland, ist der Schnee sehr weiß, und wenn er frisch fällt, reflektiert er das Sonnenlicht stärker als jede Wolke. Aber an den Rändern des Eises, in Grönlands tieferen Lagen, ist das angeschmolzene Eis dunkler, weil sich die Struktur der Eiskristalle verändert hat. Und das beschleunigt wiederum das Schmelzen.«[34]

»Sie haben ja enorme Kenntnisse! Aber meinen Sie nicht, dass Sie zu etwas Besserem berufen sind, als nur ein Rechenknecht für Reflexionswerte zu sein?«

»Du willst mir wohl Honig um den Bart schmieren, was? So einfach führt man mich nicht hinters Licht! Also sag schon, was willst du?«

»Wir brauchen mehr Reflexion, sonst geht die Welt vor die Hunde.«

Piteraq, der sich eben noch das Maul geleckt hatte, würgte, als wenn ihm etwas im Hals stecken geblieben wäre.

Alice konnte sich nur mit Mühe ein Grinsen verkneifen. Ein Hund, der alles wörtlich nahm! »Ich meine«, fuhr sie fort, »das Sonnenlicht muss stärker in den Weltraum zurückgestrahlt werden, damit die Erde etwas abkühlt.«

»Und wie soll ich das anstellen, he? Ich bin schließlich kein Zauberer, ich bin ein Rechengenie. Nicht einmal ich kann die Dummheit der Menschen ausgleichen. Sie hätten eben früher nachdenken sollen. Wer ständig mit dem Feuer spielt, braucht sich nicht zu wundern, wenn es schön warm auf dem Planeten wird. Wenn du willst, dass es mehr schneit, musst du in die Antarktis gehen. So, und nun hau ab. Wenn du weiterhin Staub aufwirbelst, werde ich dir Piteraq tatsächlich auf die Fersen hetzen. Außerdem bist du zu groß!«

»Entschuldigung, darf ich fragen, warum ich zu groß sein soll? Ich bin nicht einmal halb so groß wie Sie. Außerdem kann ich meine Größe nicht selber wählen. Die Wissenschaftler vom PIK haben mich in dieses Modell geschickt. Eine Art Inspektion«, log Alice und erschrak ein wenig über ihre Lüge.

Als der Großherzog von den PIK-Wissenschaftlern hörte, wurde er sofort wieder freundlicher. Da wurde Alice klar, wie berechnend er war.

»Du hast zu viel Masse und ziehst zu viel Wasser an«, sagte er, »das beeinflusst die natürliche Entwicklung.«

»Aber die ganze Erderwärmung entspricht nicht der natürlichen Entwicklung«, warf Alice ein.

»Ich halte mich nur an die Gesetze! Das Eis von Grönland schmilzt, und das Schmelzwasser fließt ins Meer. Trotzdem sinkt der Meeresspiegel im Nordatlantik, denn mit der schwindenden Masse nimmt auch die Anziehungskraft des Eisschildes ab. Die Eisbuckel von Grönland und Antarktis wirken wie der Mond auf die Meere.«

»Und ich würde, weil ich so riesig bin, Wasser anziehen? Unglaublich! Davon habe ich noch nie gehört! Und wo geht das Wasser hin?«

»Es sammelt sich in den niedrigen Breiten, in den Tropen und Subtropen.«

»Auch das zusätzliche Schmelzwasser?«

»Auch ein Teil des Wassers, das im Grönlandeis gebunden war, ja. Physik kann sehr unfair sein.«

Alice wurde allmählich klar, dass der Großherzog nichts tun würde, um diese mangelnde Fairness auszugleichen.

»Darf ich fragen, wann Sie mit dem Abschmelzen Grönlands rechnen?«

»Da wärst du bei den PIK-Wissenschaftlern besser aufgehoben. Das Ganze verläuft, wie alles im Leben, nicht gleichmäßig. Ich glaube, der derzeitige Schätzwert liegt bei 2000 Jahren für eine Erderwärmung um 8 Grad. Dies würde viele Meter Meeresspiegelanstieg bedeuten – das Desaster in der Antarktis nicht mitgerechnet. Aber selbst bei einem Anstieg der globalen Lufttemperatur um 2 Grad Celsius gegenüber dem vorindustriellen Wert wäre das Eis nicht sicher.[34] Allerdings würde es 50.000 Jahre dauern, bis es ganz weggeschmolzen wäre.«

Piteraq wusste die Stimme seines Herrn zu deuten und legte sich entspannt zu seinen Füßen nieder. Sein Herrchen fuhr fort. »Wahrscheinlich würde das Eis jedoch nicht wiederkehren. Durch positive Rückkopplungen dürfte das System Grönlandeis also kippen.«

Piteraq setzte sich wieder auf und streckte den Hals vor, um neugierig an Alice zu schnuppern.

»Sicher kommt das Eis mit der nächsten Eiszeit wieder. So ernst wie der König die Milanković-Verfassung nimmt«, konterte Alice, zufrieden damit, sich als Expertin ausgeben zu können. Vorsichtig streichelte sie dem schönen Piteraq über die Stirn.

»Kennst du die Eisprinzessin?«, fragte sie schließlich, denn sie war sich nicht ganz sicher, ob die Herzöge ihre Identität von Modell zu Modell beibehielten.

»Oh ja. Meine ehemalige Verlobte ... hat das Gesicht verloren ... im wahrsten Sinne des Wortes. Sie hat behauptet, die nächste Eiszeit kommt bestimmt. Hier glaubt das jedoch keiner mehr. Sieht so aus, als hätte die Menschheit die Eiszeiten endgültig abgeschafft.[3] Ein schlimmer Verfassungsbruch. Aber wen stört das schon.« Plötzlich sah der Herzog Alice sonderbar an. »Ich glaube, jetzt erinnere ich mich an dich. Haben wir uns am Ende der letzten Eiszeit nicht schon mal getroffen?«

Alice nickte.

»Dann weißt du doch eigentlich, dass ich keinen Unfug mache!«

Alice schaute den Großherzog verlegen an: »Ich wollte meinen Freunden helfen. Dem Walross und Emma. Und überhaupt allen Tieren und Menschen. Aber ich habe keinen blassen Schimmer wie ... ich ... ich ...« Alice kämpfte mit den Tränen.

»Natürlich hast du einen Schimmer«, beruhigte sie der Großherzog. »Dein Gesicht hat einen Albedo-Wert von 0,3. Du kannst dich also von 70 Prozent der einfallenden Sonnenstrahlung erwärmen lassen.«

Jetzt lachten sie beide, und Alice wusste, dass er sie ermutigen wollte.

»Die Wärme kann ich gebrauchen«, erklärte Alice. »Ich habe während der Eiszeit die große Dummheit begangen, ein Feuer zu entfachen – weil ich so gefroren habe.«

»Ach, du warst das!«

Diesmal wagte Alice es nicht mehr, dem Großherzog in die Augen zu sehen.

»Halb so schlimm. Sie haben den Modelllauf abgebrochen, ihn etwas zurückgesetzt und neu gestartet. Aber weißt du denn nicht, dass du gar nicht zu frieren brauchst? In einem Modell kann man nicht frieren. Das ist alles nur Psychologie ...«

»Dann hätte ich mich gar nicht grämen müssen?«

Alice berührte ungläubig das Eis. »Tatsächlich ... es ist gar nicht kalt.«

Der Großherzog lächelte gönnerhaft. Sie schwiegen eine Weile, während der Großherzog ausgiebig den hinreißend schönen Piteraq kraulte.

»Was hat es eigentlich mit dem Staub auf sich?«, fragte Alice schließlich. »Ich meine, wenn ich Ihnen den Mantel dreckig gemacht hätte, zum Beispiel.«

»Staub ist das Komplizierteste, was es gibt. Staub ist unberechenbar. Es wird wahrscheinlich nie eine personifizierte Staubgleichung geben. Es sind Kinder, ewige Kinder, deren Körper und Seelen keine feste Gestalt annehmen. Da ist zum Beispiel Dustin, der Sohn von Herrn und Frau Stein. Gerade heute Vormittag habe ich ihn mit Aerosol und Pechmarie hier herumtollen sehen.«

»Wo sind sie jetzt?«, fragte Alice, die gerne einmal wieder ein paar Kinder gesehen hätte.

»Keine Ahnung. Aber du triffst allenthalben auf sie. Die meisten stammen aus der Sahara und leben wie Nomaden. Sie machen sich eben gerne aus dem Staub ...« Er lachte, wie Alice fand, unverhältnismäßig lang über seinen Scherz, dann fuhr er trocken fort: »Mit Staub oder Ruß ist es so: Sie verringern die Albedo von hellen Flächen, wenn sie sich dort niederlassen. Besonders bei Eisflächen schlägt dies zu Buche. Forscher fanden heraus, dass Staub am Ende der Eiszeit das Schmelzen des Kanadischen Eisschildes beschleunigt hat.«[2]

Alice blickte rasch auf die Uhr. Diese zeigte an, dass es zu spät war. Alice war irritiert. Zu spät für was? Zu spät, um das Walross zu finden? Zu spät für die Rettung der Erde?

Der Großherzog fuhr fort: »Das Verflixte am Staub ist, dass sich sein Einfluss auf die Strahlungsbilanz der Erde je nach Zusammensetzung und Aufenthaltsort ändert.[35] Er hat eben eine riesige Wirkungsbreite, die sowohl Erwärmung als auch Abkühlung verursacht. Aber generell gilt: Je mehr Staub in der Luft herumfliegt, umso weniger der warmen Sonnenstrahlen erreichen den Erdboden. Ich komme mir manchmal vor wie ein Rechenputzmann, der in jede Ecke schauen muss.« Der Großherzog von Albedo seufzte. »Wenn der Staub nicht wäre, könnte ich mehr Freizeit mit meinen Hunden verbringen. Na ja, dieses Modell ist zum Glück gleich zu Ende gelaufen. Mehrere Eiszeiten und die Zukunft – ziemlich viel Validierungsarbeit. Ich habe eine Pause verdient. Komm, Piteraq, wir gehen schon mal zum Schlitten.«

»Vielen Dank, lieber Großherzog, dass Sie sich Zeit genommen haben«, erwiderte Alice. »Könnten Sie mir noch sagen, wie ich in die Antarktis komme?«

»Kein Problem. Schließ die Augen und warte. Hier startet gleich ein Antarktismodell.

»Und wozu ist das gut?«

»Mit ihm wird der Eisfluss der Antarktis berechnet.«

Alice rieb sich die Stirn: »Ein Fluss aus Eis – das klingt ziemlich paradox, finden Sie nicht?«

»Nicht im Geringsten! Wenn das Eis Druck ausgesetzt ist, verhält es sich plastisch und fließt – natürlich sehr langsam. Es lohnt sich durchaus, sich das anzusehen. Bleib ruhig hier.«

Das tat Alice. Sie vertraute dem Großherzog. Er konnte sich vielleicht irren, aber wie alle diese merkwürdigen Rechenwesen war er außerstande zu lügen. Vorher aber drehte sie die störrischen Zeiger der Kaninchen-Uhr aus der Kurz-vor-zwölf-Zone noch einmal zurück auf das Jahr 2015. Nur so würde sie eine Chance haben, Emma, ja vielleicht sogar die Welt der PIK-Wissenschaftler vor der Überhitzung zu retten. Als sie den Kopf wieder hob, waren die Kegel und Türme aus Eis verschwunden.

In der Antarktis

Alice stand auf einer riesigen Eisplatte. Nichts war zu sehen oder zu hören, keine Pflanze, kein Tier, kein Lebenzeichen, gar nichts. Als ihr Blick sich an nichts mehr festhalten konnte, packte sie die Angst. Hier war es, das geheime Ende der Welt, das gigantische Nichts! Da stand sie nun, sie, die nur aus einer kleinen Laune heraus in den Bildschirm eines Wissenschaftlers gestiegen war und nur einen Blick durchs Verkleinerungsrohr oder einen lustigen Film erwartet hatte. Zurückgeworfen auf sich selbst, geblendet von einer weißen Wüste inmitten zarter, kaum spürbarer Flocken, die sich in der Höhe des Himmels verloren oder mit ihm verschmolzen.

War auch sie jetzt verloren? Oder würde zu weißem Nirgend werden?

Verzweifelt versuchte ihr Blick im blauen Faltenwurf ihres Kleides zu ankern, doch bald konnte sie auch dort nicht mehr hinsehen: Sie begriff, wie ruhelos sie war, und nur in einer ebenso ruhelosen Welt war dies auszuhalten, in einer Welt, in der die Aufmerksamkeit jeden Moment von etwas anderem mitgerissen wurde, wenn man es nur zuließ.

Die Stille war schuld. Es war die stillste Stille, die Alice je erlebt hatte. Sie war so intensiv, dass Alice meinte, sie besäße selbst einen Klang.

Der schrecklichste Ratschlag der Welt wäre ihr jetzt recht gewesen, nur damit sie eine Stimme hörte; etwas, woran sie sich festhalten könnte. Sie probierte, sich selbst einen Rat zu geben, aber er klang winzig und unbedeutend und verschwand in der irrsinnigen Weite.

Nicht nur die Stille erschreckte Alice, auch die Geruchlosigkeit. Das Eis roch nicht, der Himmel roch nicht. Es war die geruchloseste Geruchslosigkeit, die Alice je erlebt hatte. Diese Geruchlosigkeit war so stark, dass Alice meinte, sie roch so, wie die Stille klang.

Plötzlich begriff sie, dass dies nicht das Ende der Welt war, sondern nur die Welt, in der der Mensch endete. Nur die menschlichen Sinne versagten in dieser vermeintlichen Eintönigkeit, nur sie empfanden scheinbare Leere und Reizlosigkeit.

Hätte sie nicht im Modell, sondern in der echten Antarktis gestanden, wäre sie erfroren. Dies war kein menschlicher Lebensraum, dies war ein Lebensraum für wenige Extremophile, der ansonsten gigantischen Naturprozessen gehörte.

Sie erinnerte sich an Erzählungen über die Antarktis und an ihre eigene Phantasie, die sie vor der Bibliothek der Wahrheit als schimmernden Schatten wahrgenommen hatte. Und mit einem Mal, als wenn sie nur ihrer Vorstellungskraft vertrauen müsste, pfiffen die katabatischen Winde die Berge hinunter und rissen die Stille mit sich fort.

Vogelschreie strichen quer zum Wind wie der Bogen über eine Geige. Alice ging ein paar Schritte vorwärts, und das Ende des Eises wurde sichtbar – eine schlichte, gerade Kante, dann die offene, kabbelige See. Blau-weiß schattierte Eisberge drifteten wie Eisschlösser unbekannter Märchenwesen im Wasser, deren hoher, seltsamer Gesang auf unsichtbare Bewohner schließen ließ. Immer wieder tauchte die silberne Meerlandschaft in ein Farbspiel aus Aprikosen- und Blautönen, während sich neben Alice, begleitet von leisen Knackgeräuschen, winzige Spalten im Eis auftaten und fast im gleichen Augenblick wieder zufroren, ihre Narben von einem weißen Handschuh aus Wind und Schnee verwischt. Manche Spalten blieben länger bestehen und setzten sich ins Eis fort, sodass Alice sich mit dem Ohr über die Öffnung legen konnte, um zu lauschen. Spielte da nicht jemand auf einem Glockenspiel? Nein, es war nur das tropfende Wasser!

Alice war verzaubert – und erleichtert ... Ohne Phantasie, aber auch ohne Wissen, hätte ihre Seele den Anblick dieser Wüste nicht ertragen. Und wie froh war sie, dass die Wirklichkeit sie jetzt nicht einholte, und sie nicht von der unvorstellbaren Kälte des Südpols gefressen wurde, so wie die Seele von der Leere gefressen werden kann.

Während Alice ihre Gedanken ordnete, arbeitete, von ihr unbemerkt, der Boden unter ihr im rasanten Rechentempo der Eismodellierer. Natürlich interessierte die Forscher nicht die Poesie der Schneeflocke, sondern die Massenbilanz. Ab und zu fiel Schnee in kleinen Paketen auf die Erde, und die Unterseite des Schelfs schmolz im Meerwasser. All dies geschah, ohne dass Alice es merkte, obwohl das Modell 300.000-mal schneller war als die Wirklichkeit. Das Eis floss ins Meer, an manchen Stellen schnell, an anderen, wo der Schnee durch kleine Gesteinsinseln gebremst wurde, langsamer. Plötzlich dämmerte ihr, dass sie auf der Zungenspitze eines Gletschers stand, der sich immer rascher auf das Meer hinausschob, und wenn sie nicht aufpasste, würde sie im Wasser landen. Doch da war es schon zu spät: Noch während sie beschloss, sich von der Abbruchkante zu entfernen und Richtung Festland zu laufen, war sie bereits von Rissen umzingelt und stürzte, von krachendem Getöse begleitet, entlang der Schelfkante in die Tiefe.

Als sie wieder zu sich kam, sah sie zwei braune Spiegeleier in einer fleckigen Pfanne. In den Eiern spiegelten sich ein blauer Fleck und ein weißes Laken. ›Merkwürdig genug‹, dachte Alice, ›warum aber die Wäsche in einer Küche getrocknet wird, die nach Fisch stinkt, verstehe ich beim besten Willen nicht!‹

»Bekomme ich deine goldene Uhr dafür, dass ich dich gerettet habe?«, fragte eine tiefe, seltsame Stimme.

Alice schloss die Augen wieder. Sie hatte Kopfschmerzen. Ihr war übel. Und jetzt sprachen auch noch die Spiegeleier. Vielleicht war sie sogar nackt. Dann wollte sie auf keinen Fall wach erscheinen. Also hielt sie ihre Augen geschlossen und antwortete nicht. Aber die Erwähnung der Uhr brachte sie in die Gegenwart zurück.

»Bist du es, Walross?«

»Oh nein, meine Liebe, du befindest dich am Südpol. Es gibt hier weder Walrosse noch Zimmermänner, und da du keine Auster bist, bist du hier sowieso sicher. Ich heiße Rajata und bin eine See-Elefantenkuh. Aber alle nennen mich nur Raja, die Datenrobbe.«

»Ja«, antwortete Alice, immer noch mit geschlossenen Augen, »wie kann ich nur so dumm sein. Das Walross hat eine heisere und traurige Stimme. Deine ist auch tief, aber sanft wie Maiwind.«

Das war etwas übertrieben, denn obgleich die Stimme freundlich klang, knarrte sie gehörig.

»Vielen Dank. Warum machst du die Augen nicht auf?«

»Ich bin müde. Außerdem weiß ich nicht, ob ich etwas am Leib trage.«

»Du bist in einen blauen Lappen gewickelt.«

»Oh. Ja. Mein Kleid.« Sie öffnete vorsichtig die Augen und blickte in das freundliche Fellgesicht von Raja, das auf sie hinuntersah. »Was hast du da auf deinem Kopf?«, fragte Alice.

»Einen Sender«, antwortete die Robbe. »Bei jedem Tauchgang sammle ich Daten über Temperatur- und Salzgehalt des Meeres. Ich glaube, ich arbeite für einen Mann namens Alfred Wegenrad oder so. Den Namen weiß ich nicht mehr genau. Aber ist auch egal, Hauptsache, der Fisch stimmt.«

»Hm, ich glaube er heißt Wegener. Habe ich schon mal gehört«, nuschelte Alice, immer noch benommen. »Der hat irgendetwas mit Plattenverschiebung zu tun. Ich glaube er ist Discjockey.«

Robbe Raja dachte immer noch an die Uhr. »Deine Uhr ...«

»Sie gehört dem weißen Kaninchen, wirklich, es ist nicht meine«, antwortete Alice.

»Oh, ich hätte sie zu gerne. Ich bin die Überraschungen beim Tauchen leid. Dass sich die Gittergröße verkleinert, wenn ich abwärts tauche, damit kann ich ja noch leben. Aber dass die Zeit dann auch noch langsamer läuft, ist wirklich lästig.«

»Das ist doch Quatsch.« Alice gähnte. »Die Uhr sagt dir auch nicht mehr. Wo hast du sie eigentlich gefunden?«

»Sie war gerade dabei, in die rauschenden Abgründe des Südpolarmeers zu sinken, so wie du.«

»Wie ich? Soso. Ich kann mich gar nicht erinnern«, sagte Alice immer noch müde. »Hast du mich wirklich gerettet?«

»Du bist die Kante heruntergestürzt, als das Schelfeis abbrach.« Die Robbe hielt den Atem an, als wenn nun eine schreckliche Wahrheit folgen würde.

»Und?«

»Du bist kleiner geworden. Jedenfalls im Verhältnis zum Rest. In der Gitterbox, in der du gerade liegst, bist du mit 600 Modellmetern etwa so groß wie das Schelfeis dick ist. Aber sobald du einen Fuß in die See steckst, wirst du kleiner, da die Modellierer das Rechengitter in der Tiefe stärker unterteilt haben. Und so ist dir ein ziemlich großer Eisbrocken auf den Kopf gefallen. Theoretisch hast du also eine ziemliche Gehirnerschütterung.«

»Ich habe sogar theoretische Kopfschmerzen«, murmelte Alice.

»Ich weiß von meinem Freund Ed, dass das in der Physik und Mathematik sehr häufig vorkommt.«

»Wahrscheinlich können Mathematiker sich die Kopfschmerzen aber besser wegrechnen.«

»Mag schon sein.« Die Robbe zuckte mit den Schultern.

»Dich interessiert deine Arbeit wohl nicht sehr«, warf Alice ein.

»Nun ja ... es ist schon eine wichtige Sache. Schließlich will keiner hier den Klimawandel. Aber der Sender drückt auf den Kopf. Und das Thema auch. Und dann diese eingebildeten Pinguine. Wagen sich das ganze Jahr keinen Schritt vor die eigene Haustür« – sie räusperte sich – »und sitzen tagelang auf ihren Algorithmen wie auf einem Ei.«

»Wen meinst du? Was für Pinguine?«, fragte Alice neugierig.

»Ich spreche von Courant, Friedrichs und Lewy. Du kannst sie nicht sehen, weil sie an die Größenverhältnisse des Modells angepasst sind, so wie die Gittergröße des Modells an die Fragestellung des Forschers angepasst ist. Na ja, eigentlich sind es nette Kerle. Wenn ich nur nicht gnadenlos ihrem Pragmatismus ausgeliefert wäre. Schließlich wüsste ich gerne, wann ich das nächste Mal wieder Luft holen darf.«

»Warum tun sie das?«

»Die Modellierer haben sie eingestellt. Damit sich die Zeitschritte zwischen den Berechnungen verkürzen, wenn sich etwas im Eisgefüge tut – also wenn ein Eisabbruch sich anbahnt oder die Schmelzrate sich signifikant erhöht.«

Alice schaute Raja ängstlich an. »Ich hoffe, ich falle nicht gleich wieder ins Wasser!«

»Du hast recht – wir sollten so nah an der Schelfkante lieber vorsichtig sein. Seit die Erderwärmung im Gange ist, kalbt das Eis häufiger, und im wärmeren Ozean schmilzt es an der Unterseite. Und hast du bemerkt, wie viel schneller die Gletscher dort drüben fließen?«

Alice rieb sich nachdenklich die Nase. »Der Großherzog von Albedo sagte, wenn ich wolle, dass es mehr schneit, soll ich in die Antarktis gehen.«

Raja lachte. »Eigentlich ist die Antarktis der trockenste Kontinent der Erde. Wenn hier so viel Eis und Schnee liegt, dann deshalb, weil Jahrtausende lang Temperaturen um die minus 50 Grad Celsius herrschten.«

»Alle Achtung – du meinst, das ist fossiler Schnee?«

»Und es gibt noch mehr coole Dinge hier. Am coolsten ist es, unter den Schelfrand zu tauchen. Erst ist es etwas mühsam, weil man immer kleiner wird. Weil die Forscher sich dort ans Eis heranzoomen – rechnerisch gesehen. Aber wenn du unter den Rand tauchst, wirst du plötzlich wieder lang wie eine Tanne. Ein echter Spaß!«

Alice' Gesichtsalbedo-Werte erhöhten sich. »Das möchte ich auch einmal erleben. Und ich möchte sehen, wie das Schelf von unten schmilzt!«

»Dann tauchen wir am besten gleich. Wie lange hältst du durch?«

»Ohne Sauerstoffflaschen?« Alice dachte nach. »Vielleicht ein oder zwei Minuten?«

»Das reicht. Bei der derzeitigen Rechengeschwindigkeit entspricht das einigen Jahren. In dieser Zeit können wir bis zu der Stelle tauchen, wo das Eis auf das Gestein aufsetzt.«

Kaum war Alice ins Wasser getaucht, schnurrte sie von 600 Meter Länge auf 20 Meter zusammen. Nur ihre Haare blieben, wie sie waren, und im Nullkommanichts hatte sie sich in ihnen verheddert. Zum Glück bugsierte Raja Alice sofort auf den Schelfrand zurück, wo sie augenblicklich wieder größer wurde, sodass die Haarlänge wieder zu ihrem Körper passte und sie sich befreien konnte. Alice kümmerte das alles nicht. Sie war mit etwas anderem beschäftigt.

»Was sind das für seltsame Unterwassergeräusche?«, fragte sie Raja, die ebenfalls wieder gewachsen war, und begann, sich gedankenverloren einen Zopf zu flechten. »Als wenn auf einer Open Air-Bühne Holzstühle gestapelt werden, weil es zu regnen beginnt. Dazu zwitschern die Vögel, und ein Rosinenbomber fliegt brummend über die Stadt.«

Raja lachte. »Das ist der Stille Ozean. Aber trotzdem ist jede Menge los hier! Zweiter Versuch?«

Alice grinste. »Zweiter Versuch!«

Beim zweiten Versuch ging alles gut. Allerdings wurde das Tauchen immer anstrengender, je tiefer sie kamen, da sie im Verhältnis zur Gitterboxgröße schrumpften. Als sie einige hundert Meter die senkrechte Schelfkante hinabgeschwommen waren, erreichten sie den Unterboden des Eises. Alice hatte nun nur noch eine Größe von 8 Modellmetern, aber trotz Augen im Zitronenformat konnte sie das Eis nur noch schwach erkennen. Unter dem Schelf war es stockfinster, und Alice zögerte. Raja wusste, dass es bis zur Aufsetzlinie, dort wo das schwimmende Schelfeis ins Inlandeis überging, noch 8000 Meter waren, aber sie wusste auch, dass dies keine große Entfernung mehr darstellte, wenn sie erst einmal unter das Eis gebogen waren. Also gab sie

Alice einen ermunternden Stups. Und tatsächlich, sobald sie um die Ecke kamen, zogen sie sich wieder wie Fahnenstangen in die Länge. Alice tauchte so dicht neben Raja, dass sie ihre Flossenschläge spürte: Beide glitten direkt unter dem Eis entlang, sodass sie mit dem Rücken an dessen Unterseite entlangstrichen. Nach wenigen Schwimmzügen stieß Alice mit den Ellbogen plötzlich an raues Felsgestein. Beim genaueren Ertasten konnte sie spüren, dass hier Wasser, Eis und Fels aufeinandertrafen. Sie hatten die Stelle erreicht, wo das Antarktische Inlandeis begann. Hier war das Schelfeis am dicksten und schmolz unter seinem eigenen Druck am stärksten.[36] Alice konnte es unter ihrer Hand zurückweichen fühlen. Plötzlich tat sich eine Spalte auf. Was, wenn sie jetzt von der Dunkelheit verschluckt würde? Sie merkte, wie ihr die Luft knapp wurde. Beängstigt durch die mächtigen Kräfte, die hier unten am Werk waren, fiel Alice ein zweites Mal in Ohnmacht.

»Sehr praktisch, dass du dir einen Zopf geflochten hattest – war ein prima Abschleppseil«, witzelte Raja, als sie wieder auf dem Eis lagen und Alice die Augen aufschlug.

»Es war phantastisch. Keine Ahnung, warum ich noch mal bewusstlos werden musste«, kicherte Alice. Dann fragte sie: »Wie schnell schmilzt das Eis? Es ist doch genug da, nehme ich an, oder? Ich meine, was macht das schon, wenn ein paar Eisberge mehr im Ozean schwimmen?«

»So einfach ist das nicht!«, entgegnete Raja. »Wenn das Eis vorher auf dem Land gesessen hat, und dann ins Wasser gleitet, trägt es zum Anstieg des Meeresspiegels bei, ob es schmilzt oder nicht!«

Alice war nicht überzeugt. »Aber es fließt doch sowieso ins Meer.«

»Es ist alles eine Frage der Massenbilanz: Die globale Erwärmung bringt mehr Schneefall mit sich, weil wärmere Luft mehr Feuchtigkeit aufnehmen kann.[37] Eigentlich sollte der Antarktische Eisschild also wachsen. Aber dann gibt es all diese dynamischen Effekte ... Und sogar der stärkere Schneefall kann zu Eisverlust führen, weil sich der Eisfluss in den Ozean unter dem erhöhten Druck einer dickeren Schneedecke beschleunigt. Und dann ...«[38]

»Darf ich auch mal was sagen?«, mischte sich eine Schneeflocke ein, die sich in Alice' Wimpern verfangen und das Gespräch mit angehört hatte. »Noch bevor ich schmelze?«

Alice war gerührt. Sie hatte noch nie eine Schneeflocke und noch nie so einen zarten Singsang gehört und nickte freundlich, wobei sie versuchte, nicht zu sehr mit den Augen zu zwinkern. Instinktiv hielt sie den Atem an.

»Wir Schneeflocken sind ein Vorbild für alle. Wir sind leise und klaglos, selbst wenn die Stunde des Schmelzens gekommen ist. Kein anderes Ding auf der Welt kann Gemeinschaftssinn und Individualismus in seiner Lebensform so in sich vereinen wie wir. Aber wir sind beunruhigt. In den letzten Jahren lastet sehr viel zusätzlicher Schnee auf dem Eis, sodass beides, Eis und Schnee, schneller Richtung Küste fließen. All unsere Geschichten, alles, was unsere Eltern und Großeltern uns erzählt haben, und alles, was wir unseren Kindern erzählen, die große Geschichte vom Kreislauf der Antarktis, könnte hinfällig werden. Angefangene Biografien werden zerstört, ja, ganze Generationen müssen früher abdanken. Unsere Vorfahren werden stärker kompaktiert und früher zu Eis gepresst, denn sie müssen immer mehr jungen Schnee auf ihren Schultern tragen. Kurz, die Identität unseres Volkes ist in Gefahr.«

Alice konnte den Atem nicht mehr anhalten, und als der erste warme Hauch ihren Mund verließ, gab das der Schneeflocke den Rest. Alice und Raja schwiegen betroffen.

»Und dies ist nicht das einzige Problem, oder? Ich habe gehört«, sagte Alice traurig und dachte wehmütig an die Korallengärten, die sie vielleicht niemals sehen würde, »die Kalkschaler und Stachelhäuter sind auch schon recht sauer.«

»Ja, die Erwärmung des Meerwassers und die veränderte Ozeanchemie ... Würde mir auch nicht gefallen, wenn sich mein Skelett auflöste. Aber ehrlich gesagt, ob die Korallen baden gehen, ist für mich nicht von Bedeutung. Vielleicht ist das mit der Ozeanversauerung auch nur Hysterie.«

Alice, die sich gut gemerkt hatte, was Zeta ihr über Pfadabhängigkeit erklärt hatte, war sich nicht so sicher: »Du meinst bestimmt Hysterese, nicht Hysterie. Wenn der Ozean erstmal bis in die Tiefe versauert ist, dauert es sicherlich lange, bis er wieder alkalisch wird.[11] Wer weiß, ob das überhaupt geht.«

Raja machte ein nachdenkliches Gesicht. »Besorgniserregend finde ich auch, was ich über die Kieselalgen und das antarktische Krill gehört habe. Die stellen immerhin die ersten Glieder unserer Nahrungskette dar.«

»Wieso, was passiert denn mit dem Krill?«, fragte Alice, die die Bedeutung von Nahrungsketten aus der Schule kannte.

»Das weiß keiner so genau. Aber die Larven des Krills gelten als hyperempfindlich gegenüber Temperaturveränderungen ... Na ja. Ich bin schon froh, dass ich eine Anstellung bei Alfred habe und mir so ein kugelfischdickes Gehalt sicher ist. Denn was das Fischen angeht, bekommen wir alle Probleme. Bei euch Menschen insbesondere die,

die am Meer leben. Neue, bewohnbare Küsten entstehen schließlich nicht so mir nichts, dir nichts über Nacht.«

»Wieso, was passiert denn mit den Küsten?«

»Ganz einfach: Sie ertrinken.[39] Und mit ihnen übrigens auch die prächtigsten Hafenstädte der Welt. Von den kleinen Fischerdörfern mal ganz abgesehen ... Mehr als eine Milliarde Menschen leben an den Küsten.«

»Wirklich?« Alice schüttelte ungläubig den Kopf. »So viele?«

Alice' Gesicht glich mehr und mehr dem Schnee um sie herum. Sie dachte an Emma. Es war schon quälend genug, sich um eine Person Sorgen zu machen. Aber um eine Milliarde? Dann noch die Kalkschaler und die Schneeflocken, die Bäume und die Flüsse ... Das war wirklich zu viel! Sie starrte auf einen Eisberg, der souverän im Wasser schwamm wie ein unbewohnter Palast. ›Wie gut wäre es‹, dachte Alice, ›wenn jemand, größer und mächtiger als der Großherzog von Albedo oder der verfassungstreue Sonnenkönig, ihn bewohnen würde! Ein Wesen, das über Schönheit und Kälte herrscht und sogar die Eiszeiten vor dem Aussterben rettet!‹

Die Sonne tauchte ins Meer und schickte einen grünen Abschiedsblitz durch die Wolken.

»Das ist ja furchtbar«, sagte Alice schließlich mit gesenktem Kopf. »Wo kommt das zusätzliche Wasser denn her?«

»Das ist unterschiedlich«, antwortete Raja, während die Morgenröte die Balkonbrüstung des schwimmenden Palastes mit einem orangeroten Schimmer überzog. »Es beginnt mit der Ausdehnung des Wassers bei Erwärmung – ein einfacher physikalischer Effekt. Dann schmelzen die Gebirgsgletscher, und schließlich schrumpfen die Eisschilde von Grönland und Antarktis weg.[40] Das dauert Jahrtausende … oder vielleicht auch nur Jahrhunderte.«

»Und um wie viel Meter steigt dann der Meeresspiegel?«

»Ausrechnen kann ich dir das nicht. Aber hast du nicht gesagt, du warst in der letzten Eiszeit? Dann kannst du es ja überschlagen.«

»Lass mich überlegen, was Lord Waterlow meinte … Ja …, ich glaube, er sagte, am Ende der Eiszeit führte eine Erwärmung um knapp 5 Grad zu einem weltweiten Meeresspiegelanstieg von mehr als hundert Metern.«[41]

»Na, dann kannst du ja in etwa abschätzen, wo überall Land unter sein wird.«

»Am wichtigsten wäre aber doch zu wissen, wie schnell der Anstieg in den kommenden Jahrhunderten verläuft«, entgegnete Alice deprimiert.

»Ja, und die Sturmfluten machen ebenfalls Kummer.«

»Und warum reagiert dann kein Mensch?«

»Die Menschen sind eben ein bisschen schwer von Kanapee!«

Alice kicherte: »Das heißt schwer von Kapee, nicht von Kanapee! Ein Kanapee ist ein Sofa!«

»Na, sag ich doch, sie kommen schwer vom Sofa hoch. Das Ziel des Menschen ist es, es sich immer bequemer zu machen. Erst zog er umher, dann wurde er sessil. Eigentlich würde es mich nicht wundern, wenn er eines Tages wie ein Sessil aussähe.« Nun kicherte die Robbe, und Alice zog die Augenbrauen zusammen.

»Du hast aber wenig Mitleid mit uns Menschen – und außerdem heißt es Sessel und nicht Sessil!«

»Doch, doch, ich habe Mitleid. Es tut mir leid, dass ihr so, so, so, nun ja … wie soll ich das erklären … Ihr könnt weiter vorausdenken als jedes andere Tier ..., aber ihr habt kein besonders gutes Gefühl für Fernwirkungen. Alles ist sehr abstrakt für euch. Dann habt ihr die Naturgesetze erforscht und tut euch doch so schwer, sie zu berücksichtigen. Außerdem könnt ihr einfach nicht über euren Schatten springen – schon gar nicht nachts!«

»Du erwartest ja eine ganze Menge von uns. Auf welchen mathematischen Beweis stützt du denn deine Behauptungen?«, fragte Alice, der Katze Zeta nacheifernd.

»Ach du liebe Güte!« Raja schaute sie erschrocken an. »Wozu denn einen Beweis?! Schau, wir Meerestiere haben längst gemerkt, dass die Ozeane sich erwärmen. Jede Kreatur weiß das, selbst der kleinste Krake. Nur der Mensch braucht Jahrzehnte, bis er die richtigen Schlüsse aus seinen eigenen Entdeckungen zieht. Bei den Pinguinen zum Beispiel zählen die Wissenschaftler viel mehr als unter euch Menschen. Tyndall, Arrhenius, Fourier – das sind längst gängige Vornamen bei diesen Vögeln. Eure Wissenschaftler haben bereits vor über hundert Jahren herausgefunden, wie die Strahlungsbilanz sich unter dem Einfluss von Klimagasen ändert. Das sollte dem Menschen hinsichtlich seines Klimaverhaltens eigentlich zur Vernunft gereichen. Dass Satelliten und Sensoren so fleißig Daten sammeln – na ja, das hat wohl damit zu tun, dass die Menschen sich eben selbst nicht verstehen – ich meine, das, was Arrhenius und Schwarzschild herausgefunden haben. Die beiden waren ganz schön schlau!«

»Aber die Modelle brauchen wir, um zu verstehen, wie die Systeme auf den steilsten Temperaturanstieg aller Zeiten reagieren«, entgegnete Alice. »Dazu konnten sich Arrhenius & Co. noch nicht äußern.«

»Das mag schon sein. Vielleicht ist das Ganze zu etwas nützlich. Aber ihr solltet euch mit den Schlussfolgerungen etwas beeilen. Die

Westantarktis erwärmt sich nämlich schneller als die meisten anderen Regionen unseres Planeten. Hier fürchten sich alle vor der Destabilisierung des großen Eisschildes. Das wäre ein echter Wendepunkt.«[42]

»Ich glaube, das heißt Kipp-Punkt. Aber ich verstehe die Sache nicht ganz: Es ist so kalt hier, da kann doch ein Grad mehr oder weniger keinen großen Unterschied machen!«

»Für euch Menschen zunächst vielleicht nicht. Aber ihr seid eben nicht das Maß der Dinge. Ihr musstet erst zum Mond fliegen, damit euch bewusst wurde, dass mehr Wasser als Land die Oberfläche unseres Planeten bedeckt – wir Meeressäuger nennen die Erde übrigens ›Aqua‹. Ihr überseht auch immer wieder, dass die Meere, und nicht die Atmosphäre, den Seelöwen-Anteil der Wärme aufnehmen. Frag Arrhenius oder Schwarzschild: Wenn man der Oberfläche des Planeten mehr Energie zuführt, muss sie irgendwo verbleiben. Ihr Menschen schaut nur in die Luft. Kaum ist diese mal ein paar Jahre kälter, schreit ihr nach neuen Daten oder erklärt die Erderwärmung für beendet. Das Herz des Meeres mag zwar langsam schlagen, aber es schlägt kräftig. Was bis in die Tiefe vordringt, bleibt lange dort unten.«

»Ja«, sagte Alice schüchtern, »das kann ich mir vorstellen.«

»Vielleicht solltet ihr mit Onto sprechen. Seine Forschung zur Wärmeverteilung im Ozean ist meerberühmt. Er hat die Verzögerungen im atmosphärischen Temperaturanstieg schon längst mit den Anomalien der marinen Wärmeflüsse in Zusammenhang bringen können.[43] Während die Menschen schon wieder über ein neues teures Spielzeug nachdenken, um auch noch dem letzten Trottel zu beweisen, dass die Gesetze der Thermodynamik bei dem größten aller modernen Probleme ebenfalls gültig sind.« Raja kicherte. »Ihr plant geostationäre Satelliten, um herauszufinden, wie die Störung der Strahlungsbilanz durch die Treibhausgase vom Meer verarbeitet wird. Eure Geistesgrößen sind schon sehr geduldig, das haben sie mit Onto gemein.«

Alice wurde ärgerlich. »Ich bin mir sicher, sie würden gerne wissen, wie man Geld spart. Wo finde ich denn diesen Onto?«

»Das ist ein Problem. Ich glaube, er wurde von einer japanischen Walfängerflotte verfolgt und verletzt. Aber ich weiß es nicht genau.«

»Onto ist ein Wal?«

»Ganz recht. Er hat schon den Anstieg des Kohlendioxidgehalts in der Luft analysiert, bevor Charles Keeling seine Messkurven veröffentlichte ...«

»So? Und in welcher Zeitschrift hat Onto publiziert?«, fragte Alice patzig – allmählich wurden ihr die Angriffe auf die Menschen zu viel – vor allem von einer See-Elefantenkuh, die vor aufgeblasenem Halbwissen nur so strotzte.

»In der Depesche der Max Plankton-Gesellschaft.«

»Jetzt hört aber alles auf! Willst du mir etwa weismachen, dass Plankton schreiben kann?«

»Nein, aber es kann aufgelesen werden.«

»Jetzt versteh ich gar nichts mehr!« Alice schmollte und gab auf.

»Sei nicht traurig, kleines Mädchen! Wir Tiere können nicht lügen, deswegen sind wir in vielen Gebieten eben schon weiter. Onto sagte immer, der Mensch sei viel klüger, als der Hering denke. Nun muss ich los, tauchen. Auf Wiedersehen, Blauröckchen.« Raja ließ sich ins Meer gleiten. Sie winkte noch einmal mit der Flosse, dann war sie unter Wasser verschwunden.

Alice blieb etwas ratlos zurück. Eigentlich fühlte sie sich vor den Kopf gestoßen. Aber sie konnte kaum Luft holen, da sauste eine schrille Stimme an ihrem Ohr vorbei: »Vorsicht! Der Kollaps des westantarktischen Eisschildes wird gleich geprobt!«

Alice dreht den Kopf und sah eine Gruppe winziger Pinguine das Eis entlangschlittern.

»Warte, Keeling, ich muss noch die Jungen in Sicherheit bringen.«

»Schlechtes Timing, schlechtes Timing!«, rief eine weitere Stimme. »Bring sie an den Rand des Rechengitters, da passiert nix.«

Die Pinguine, bis auf die Jungvögel, sahen für Alice alle gleich aus, und sie konnte nicht sagen, von wem welche Stimme kam.

›Rand des Rechengitters, das klingt gut‹, dachte Alice, und schloss sich dem Pinguin an, der die Jungvögel auf eine andere Bahn lenkte. An der Rechenkante befanden sich mehrere Türen. Ihr Prinzip war Alice mittlerweile klar. Sie führten immer zu anderen Modellen.

›Das ist genau das, was ich jetzt brauche!‹ Sie wählte die Tür mit der Aufschrift »Stabilität«.

Stabilität

Doch es kam anders, als gedacht. Statt zur Ruhe zu kommen, wurde Alice von einer Welle erfasst und in die Dunkelheit geschleudert. Es war ein Zahlen-Tsunami, eine numerische Welle, die entstehen konnte, wenn die Modellierer die Anfangsbedingungen falsch wählten.

›Nicht schon wieder‹, dachte Alice und fiel zum dritten Mal in Ohnmacht. Als sie aufwachte, lag sie auf den Holzplanken eines Segelbootes. Auf dem knarrenden Mastbaum über ihr hockte die Katze Zeta. Das Segel war aufgerollt, die See ruhig, und das Boot schaukelte sanft vor sich hin.

»Ich nehme an, du hast mich aufgefischt«, sagte Alice müde.

Diesmal antwortete Zeta gleich: »Das war kein Problem. Viel schwieriger ist es, deine nächste Frage zu beantworten.«

»Was ist meine nächste Frage?«

»Oh, entschuldige, ich wollte nichts vorwegnehmen ... Wollen wir vielleicht erst einmal Abendbrot essen?«

Alice richtete sich vorsichtig auf. »Wird es hier denn Abend? Ich habe keine Ahnung ...«

»Du bist in einem mentalen Modell. Wir können Abendbrot essen oder Übermorgenbrot oder Mandelbrot. Es gibt hin und wieder einen Zahlen-Tsunami oder eine Datendürre, aber im Großen und Ganzen sind wir hier sicher.«

»Mir ist noch etwas übel«, antwortete Alice, »ich wurde ziemlich viel herumgeschleudert in letzter Zeit.« Sie sah nachdenklich auf ihre

Füße, dann blickte sie der abessinischen Katzenschönheit fest in die Augen. »Ja, ich habe eine Frage«, fuhr Alice fort, »eigentlich sogar zwei. Zunächst einmal würde ich gerne wissen, warum die Bewegungen der Modellfiguren so abgehackt sind und sie trotzdem nichts anderes im Sinn haben, als zu tanzen.«

»Die Antwort lautet: Sie können nicht anders. Sie sind eigentlich nur die Marionetten der Modellierer. Nur dass die Forscher nicht selbst an den Fäden ziehen, sondern mathematische Puppenspieler-Automaten bauen, also Algorithmen, die bestimmen, wie das Schrittmuster des Tanzes zu erfolgen hat. Sie probieren, die natürlichen Prozesse – nennen wir es den ›Tanz der Natur‹ – so gut nachzuahmen wie möglich. Dafür müssen sie zunächst versuchen, die richtigen Parameter zu definieren, also die Größen für die Interaktionen natürlicher Prozesse finden, die nicht mit den Naturgesetzen allein beschreibbar sind.«

»Dann ist es den Forschern egal, ob der Tanz elegant aussieht?«

»Nun ja, so elegant wie möglich beziehungsweise nötig, um den entscheidenden Prinzipien auf die Spur zu kommen … Und wie lautet deine andere Frage?«

»Ich frage mich, wie gefährlich der Klimawandel tatsächlich ist. Wie sollen wir herausbekommen, wann es ernst wird?«

»Man muss ausrechnen, wie stabil der Zustand eines Systems ist.«

»Aber das versuchen die Modelle doch. Und trotzdem wissen wir nicht genau, wann die Kipp-Punkte erreicht werden.«

»Modellrechnungen ergeben oft, dass ein Zustand noch stabil ist. Aber es handelt sich nicht selten nur um sehr lokale lineare Analysen. Und die können uns eine größere Stabilität vortäuschen, als in Wirklichkeit vorhanden ist. Soll ich es dir erklären?«

»Ich würde das gerne besser verstehen. Aber kannst du bitte nicht dauernd deine Gestalt verändern?«, beschwerte sich Alice. »Wie soll ich mich konzentrieren, wenn ich auf einmal statt deines Gesichts nur noch deine Pfoten sehe!?«

»Entschuldige bitte«, sagte Zeta und zeigte wieder ihre ganze Gestalt.

»Du hast deine Augen vergessen!«

»Oh ja, danke. Also: Ich habe ein ›Basin of Attraction‹, kurz ›BoA‹, ein Einzugsgebiet im Zustandsraum eines dynamischen Systems, das von mehreren externen Parametern abhängt. Wenn einer dieser Parameter variiert wird, deformiert sich auch das ›BoA‹ und ...«[44]

»Kannst du die Wissenschaft bitte weglassen? Ich finde deine Tiergeschichten viel schöner!«, nörgelte Alice.

»Aber das letzte Mal sind alle Tiere den Wasserfall hinabgestürzt!«

»Ach bitte«, flehte Alice, »ich möchte sie trotzdem hören.«

»Ihr Menschen seid merkwürdig: Je entfremdeter von der Natur, desto größer die Sehnsucht nach Tiergeschichten ... Also gut, ich kann dir noch einen Wasserfall anbieten.«

»Ja, den Kipp-Punkt.«

»Ich fürchte, liebe Alice, ich habe dir beim letzten Mal etwas verschwiegen. Ich habe so getan, als sei der Wasserfall identisch mit dem Kipp-Punkt. In Wirklichkeit aber ist es komplizierter.«

»Ach, das macht nichts«, sagte Alice großzügig, »Hauptsache, du verschonst mich mit Mathematik!«

»Also gut«, schnurrte die Katze. »In dieser Geschichte sitzen zwei Männer in einem Ruderboot und sind bereits auf dem Flussarm unterwegs, der zum Wasserfall führt. Je näher sie an den Wasserfall herankommen, desto stärker wird die Strömung. In dieser Geschichte symbolisiert die zunehmende Strömung die fortschreitende Erderwärmung – das ist wichtig, sonst verstehst du nicht, worauf ich hinauswill ... Aber noch ist die Strömung relativ schwach, und die beiden Männer lassen sich in der Mitte des Flusses treiben. Plötzlich winkt ihnen eine Frau am Ufer aufgeregt zu. Sie behauptet, einige Flusskilometer weiter unten befände sich ein Wasserfall, und fordert die Männer auf, sofort das Ufer aufzusuchen. Doch die Ruderer geben nichts auf ihre Warnung. Sie halten die Frau für hysterisch, denn die Lage erscheint ihnen stabil. Aber ist sie das wirklich? Sagen wir: Zu jenem Zeitpunkt ja. Denn die Ruderkraft würde ausreichen, die momentane Strömung zu überwinden, und die Ruderer könnten jederzeit ans Ufer gelangen. Außerdem, denken die Männer, könnten sie sich ja einfach noch mehr ins Zeug legen, wenn die Strömung stärker werden sollte! Also lassen sie sich weiter treiben. Sie glauben nämlich, die Strömung nähme – wenn überhaupt – gleichmäßig zu, und die Flusslandschaft änderte sich nicht grundsätzlich.«

»Das würde ich auch denken«, warf Alice ein.

»Ja, ja, die meisten Menschen denken so. Sie glauben, die Natur veränderte sich nur allmählich. Selbst der große Isaac Newton meinte: ›Natura non facit saltus.‹ – ›Die Natur macht keine Sprünge.‹ Aber die Natur ist voller Bocksprünge. Und Entsprechendes widerfährt unseren Ruderern: Hinter dem Felsen, an der nächsten Biegung, verlassen sie den Windschatten. Damit ändern sich die Kräfteverhältnisse schlagartig: Ein scharfer Wind treibt sie nun zusätzlich dem Abgrund entgegen, und sie können den kombinierten Naturwirkungen nicht mehr standhalten. Man kann es als beschlossene Sache betrachten, dass sie den Wasserfall hinabstürzen, auch wenn dieser noch gar nicht zu sehen ist.«

»Heißt das, der Kipp-Punkt ist da, wo das Boot nicht mehr umkehren kann, weil es seinen kritischen Abstand zum Wasserfall unterschreitet?«

»Miau!«

»Und wenn es windstill wäre, so wie hier?« Alice machte ein nachdenkliches Gesicht.

«Dann befände sich der Kipp-Punkt natürlich viel näher am Wasserfall.«

»Willst du damit sagen, der Klimawandel ist noch viel gefährlicher, als wir es annehmen?«

»Zunächst mal wollte ich illustrieren, dass lokale Stabilität täuschen kann. Und dass eine Modellierung, die nur die Systemeigenschaften zum Zeitpunkt t an einem einzigen Ort x betrachtet, kein zuverlässiges Maß für die Stabilität eines ganzen Systems liefert.«

Alice legte die Stirn in Falten.

»Aber was könnten die Ruderer denn sonst machen? Es ist wohl wenig realistisch, dass sie sich von der Frau am Ufer sagen lassen, was sie tun sollen, oder?«

»Das würde tatsächlich wenig nützen. Die Frau am Ufer hat aus ihrer Erfahrung heraus zwar eine gewisse Kenntnis der Landschaft, aber sie weiß trotzdem nicht, wo die kritische Linie für die Männer liegt. Weil ihr beispielsweise unbekannt ist, wie kräftig die Ruderer tatsächlich sind.«

»Das ist wirklich ein dämliches Problem!«, schimpfte Alice. »Dann nützt uns ja die ganze Modellierung nichts! ... Was grinst du denn so? Lass sofort die Katze aus dem Sack!«

»Der entscheidende Trick wäre, die Stabilitätsanalyse nicht nur an einem Punkt durchzuführen, sondern auf den ganzen Zustandsraum anzuwenden, in dem man quasi zahlreiche mathematische Probebohrungen durchführt. Dann weiß man wahrscheinlich, welche Ausdehnung das sichere Bassin hat, und mit noch mehr Glück, welche Form.«

Alice seufzte. »Das klingt nach einem Swimmingpool! Ein schöner Pool wäre mir jetzt lieber als dieses unberechenbare Haifischbecken!«

Die Katze ignorierte ihren Einwand und leckte sich die Pfoten. Schließlich sagte sie: »Selbst ein Swimmingpool kann gefährlich sein … Warst du schon einmal im Yosemite Nationalpark? Wie eine Kanzel in der Kirche hängt hoch über dem großen Wasserfall ein mit Wasser gefülltes Felsbecken. Ein Fehltritt über den Felsrand könnte deinen Tod bedeuten. Das Becken ist übrigens ein ›BoA‹.«

»Und wo, bitte, ist das ›BoA‹ in unserem Fluss?«

»Es gibt zwei«, erklärte Zeta geduldig. »Der sichere Bereich ist der Flussabschnitt bis zu der Biegung, auf dem sich die Ruderer in der Strömung halten können. Das gefährliche Gebiet beginnt, wo die Ruderer den Wasserfall hinuntergezogen werden. Es gibt quasi eine Ober- und eine Unterwelt.«

»Ich verstehe immer noch nicht, woher die Ruderer das wissen sollen!«, entgegnete Alice ungeduldig. »Vielleicht bin ich zu hungrig, um klar denken zu können.«

»Du wolltest doch noch ein Tier, oder? Dann habe ich jetzt eins für dich: Stell dir vor, der Strom oberhalb des Wasserfalls ist das Jagdrevier eines Fischadlers. Nicht nur, dass er aus der Höhe die Fischleiber unter der Flussoberfläche blitzen sieht, er kann auch erkennen, wann die Strömung zu stark wird und die Fische, welche sich mit der Strömung bewegen, abdrehen oder sich in ruhigere Uferzonen verziehen. Die Fische zeigen ihm die Grenzen des ›Basin of Attraction‹. Nehmen wir der Einfachheit halber an, das ›BoA‹ der Fische sei mit dem der

Ruderer identisch. Dann bräuchten die Männer nur zum Himmel zu schauen und den Fischadler zu beobachten: Dort, wo er nicht mehr jagt, ist ihr ›BoA‹ zu Ende! Je kleiner dieser sichere Bereich, desto schneller wird es eng für die Männer. Kommen sie zu nah an seinen Rand, könnte jeder zufällige Windstoß sie darüber hinwegtragen und sie müssten im Wasserfall umkommen.«

Alice' Augen glänzten. »Die Männer brauchen also Mathematik-Adler, welche die Landschaft rekonstruieren und wissen, wo die Schluchten sind. Sie müssten an vielen Punkten im Fluss die Kraftlinien von Strömung und Wind berechnen.«[45] Nach einer kleinen Pause fuhr Alice fort: »Ich kann mir vorstellen, dass der Amazonas-Regenwald einfach nicht mehr genug Regen bekommt und deswegen stirbt. Aber wenn die Menschen die Regenwalze stören und Brände verursachen, kommt der Kipp-Punkt sicher schneller auf uns zu.«

»Miau! Du hast es verstanden! Deswegen brauchte ich meine Augen vorhin nicht. Mathematik und Poesie sind zwei Arten des Sehens ...«

Zwischen den Dingen

Während Alice auf das Meer schaute und träumte, wurde Zetas Abbild blasser und blasser.

»Halt«, rief Alice, als sie bemerkte, dass nur noch die gelbgrünen Augen der Abessinier-Katze und ein Hauch zimtfarbener Fellspitzen zu sehen waren. »Wir wollten doch zusammen Abendbrot essen!«

»Sehr gerne. Wie wäre es mit gebratenem Fisch?«

»Und ein paar tatsächlichen Spiegeleiern? Perfekt!«

Zeta sprang vom Mastbaum auf die Deckplanken und streckte sich genüsslich, während Alice ihr Kleid glatt strich.

»Ich habe noch nie so eine entzückende Katze gesehen. Du siehst dir selbst ziemlich ähnlich.«

»Ja, danke, das finde ich auch«, antwortete Zeta geschmeichelt und übersprang elegant die Treppe in den Rumpf des Schiffes. »Und ich bin wirklich ausgesprochen souverän«, lobte sie sich. »Ich springe sogar eine perfekte Hundekurve – Mathematik der Verfolgungsprobleme. Musst du nicht kennen.«

Alice stieg der Katze vorsichtig nach.

»Was meinst du, ist dies ein altes Salzschiff?«, fragte Alice und läutete die große Messingglocke, die von der Decke hing. »Meine Uhr zeigt 17. Jahrhundert an.«

Die Katze stippte ihre Pfote in das Häuflein Körner in der Ecke des Raums und roch daran. »Scheint eher Sand zu sein. Das Schiff muss einmal trockengefallen sein.«

»Dann gibt es vermutlich auch keinen Krümel Essen mehr an Bord«, klagte Alice und hielt sich den knurrenden Magen.

»Ach was, lass uns erstmal die Kombüse finden«, entgegnete Zeta und wählte den mittleren der drei düsteren Gänge.

Alice hatte schon einige Schiffe von innen gesehen. Aber dieses kam ihr riesig vor. Je länger sie suchten, desto weitläufiger erschien es ihr. Sie passierten zahlreiche Kajüten, den Laderaum, das Kabelgatt, Vorpiek und Kartenraum und den Salon mehrere Male. Nirgends aber stießen sie auf die Schiffsküche. Dafür standen sie wieder und wieder im Glockenraum vor der Treppe zum Deck.

»Das kann doch nicht wahr sein!«, schimpfte Alice und stampfte auf vor Zorn, »wieso landen wir stets wieder da, wo wir losgelaufen sind? Gibt es denn hier keine Kombüse?«

»Auf eine Kombüse kann kein Schiff verzichten. Der Glockenraum hat offenbar ein hohes Betweenness-Maß.«[46]

»Deine akademischen Ausführungen sind jetzt völlig nutzlos!«, erwiderte Alice gereizt. Aber Zeta ließ sich nicht entmutigen.

»Ich schlage vor, wir beenden unseren Zufalls-Spaziergang und biegen nicht mehr frei Schnauze ab, sondern meiden diesmal genau die Räume, die wir am häufigsten durchquert haben, ja, nehmen absichtlich immer die Wege, die wir am seltensten eingeschlagen haben.«

»Ich hoffe, du hast dir gut gemerkt, welche! Ich habe wirklich großen Hunger!«

»Ich merke mir immer, wo ich abbiege, selbst auf freiem Feld. Schließlich geht nichts über eine gute Netzwerkanalyse.«

»Und warum«, fragte Alice immer noch genervt, »sind wir nicht gleich auf die Idee gekommen, immer den Weg zu nehmen, den wir eigentlich nicht nehmen würden?«

Die Katze sah Alice entgeistert an: »Beim schönsten Schnurrhaar! Ich glaube, der Hunger hat dir den Verstand getrübt. Eine Netzwerkanalyse kann ich doch erst vornehmen, wenn ich die Daten gesammelt habe, wie oft ich wo abgebogen bin.«

Fünf Minuten später standen sie in der Kombüse und lachten.

»Du bist wirklich phänomenal«, kicherte Alice. »Und ich habe auch noch nie Dosenfisch mit eckigen Eiern gegessen. Ob sie die Idee mit den Eiern von Kolumbus hatten?«

»Kann mir vorstellen, dass sie Platz sparen wollten und selbst drauf gekommen sind. Für die meisten Probleme gibt es eine einfache Lösung. Man darf sich nie von ihrer Ungewöhnlichkeit abschrecken lassen. Selbst das Klimaproblem ist lösbar. Man muss es nur angehen.«

»Was hat es mit diesem Betweenness-Maß auf sich?«, fragte Alice, als sie an ihre Odyssee im Bauch des Schiffes zurückdachte. »Können die Klimaforscher es nutzen?«

»Sieht ganz so aus, ja. Sie können es womöglich für Vulnerabilitätsanalysen verwenden. Wo ist ein System am verletzlichsten? Dort, wo das höchste Betweenness-Maß vorliegt, vielleicht? Wenn es im Glockenraum, der eine hohe Betweenness aufweist, lecken oder brennen würde, wäre die Gefahr für alle, die unter Deck sind, am größten, weil man ihn durchqueren müsste, um sich aufs Deck zu retten. Bevor man also noch so ein Schiff wie dieses baut, könnte man unsere Netzwerkanalyse zurate ziehen.«

»Man wird ja wohl einen zweiten Zugang zum Deck bauen können, ohne eine mathematische Analyse vornehmen zu müssen.«

»Da hast du natürlich recht. Aber wenn man größere Datenmengen und viele verschiedene Kräfte hat, die auf ein System wirken, ist die Netzwerkanalyse möglicherweise eine interessante Methode, um unbekannte kausale Zusammenhänge aufzuspüren.[47|48] Sprich, wenn du Messdaten zum Klima aus aller Welt hast, und du entfernst alle bekannten Einflüsse, dann kannst du danach Ausschau halten, welche Orte immer noch eine Ähnlichkeit in den Messungen zeigen. Diese könnten auf einen bisher unerkannt gebliebenen Mechanismus hindeuten.«

»Das verstehe ich – und verstehe es doch nicht«, antwortete Alice. »Schau mal, was für seltsame Konserven hier lagern.« Sie griff nach einem Glas mit gelbem Inhalt. »›Prince of Quince‹, oder hier, diese Dose: ›Sell Hell‹ – was mag da wohl drin sein? Ah, da steht etwas: ›Kann Spuren von Methan enthalten.‹ Aber was drin ist, kann ich nicht entdecken; nur dass es einen extrem hohen Brennwert hat.«

Doch die Katze hörte ihr nicht zu. »Ich nenn dir noch ein Beispiel für eine gelungene Netzwerkanalyse«, dozierte sie: »PIK-Forscher haben Stromnetzwerke untersucht und festgestellt, dass sie nicht in der Mitte, sondern an den Rändern am instabilsten sind. Verbindet man einen Stromnetzpunkt an der Peripherie mit einem in der Mitte, wird gleich das ganze Stromnetz stabiler – da Störungen am Rand dann zur Mitte hin abfließen können und Netzschwankungen kleiner werden.«[49]

Diesmal fanden sie den Weg zum Oberdeck ohne Probleme. Ein paar Sonnenauf und -untergänge lang – Zeta interpretierte sie als eine Art Datendämmerung am Horizont der Modellrechnungen – nahmen sie genüsslich plaudernd ihr Essen ein. Dazu tranken sie einen fabelhaften Wein Jahrgang *Es war einmal*. Alice kicherte.

»Das ist mir lieber als ein Wein aus der Zukunft. Wer weiß, was da drin wäre!«

»Alles Zukunftserraten ist wie gemalter Braten – berühmter Spruch von Ringelkatz. Deswegen esse ich auch lieber Fisch.«

Alice lachte – aber nach einer kleinen Denkpause wurde sie traurig.

»Hör mal, Zeta. Ich bin jetzt schon so lange in der Rechenwelt der Wissenschaftler unterwegs. Und ich bin froh, dich, EMIC und die anderen kennengelernt zu haben. Ich würde euch sicher auch sehr vermissen ...«

»Schon gut, ich versteh dich, du hast Heimweh.«

»Ja, aber ich weiß nicht, wie ich die Modellwelt wieder verlassen und zurück nach Potsdam gelangen kann!«

»Ach, das ist nicht schwer. Ich berechne uns die nächste Meeresströmung mit hoher Betweenness.«

»Du immer mit deiner Betweenness! Dazu brauchst du doch wohl nicht dieses dämliche Maß ausrechnen!« Alice konnte die Gelegenheit, Zeta aufzuziehen, einfach nicht ungenutzt lassen.

Die Katze stand auf und streckte sich. »Aber wenn man noch nicht wüsste, dass die Meeresströmungen das Klima der Kontinente stark beeinflussen, könnte man es anhand der Netzwerkanalyse herausfinden. Diese Strömungen dienten den PIK-Wissenschaftlern übrigens als Beweis für das Konzept.[46] Sie haben also nicht nur methodisches Neuland betreten, sondern auch ein völlig neues Anwendungsgebiet erschlossen.«

Zeta blickte zum Himmel. »Für die Albatrosse könnte noch viel getan werden. Auf welche Weise, zum Beispiel, hängen Temperaturen und Windfelder zusammen?[50] Oder El Niño, Monsun und Jetstream? Wie dem auch sei, ich bin mir sicher, wir finden eine Meeresströmung, die uns schnell nach Nordwesteuropa bringt. Von da aus sind es nur noch ein paar Schritte bis nach Potsdam.«

Alice freute sich: »Du begleitest mich noch?«

»Mir fällt kein mathematischer Ausdruck dafür ein – und ich gebe es nur ungern zu –, aber du bist mir ans Herz gewachsen.«

Eine verrückte Teegesellschaft

Segeln mit Zeta war ein großer mathematischer Spaß. Nie wieder sollte Alice ein vergleichbares Vergnügen beim Lösen von logischen Problemen haben, wie mit der »matheautomatisch-metamorphen Katze« – so nannte Alice Zeta, wenn sie das Mathematik-Genie necken wollte. Aufgrund des fehlenden Sternenhimmels, der abwesenden Leuchttürme und des untypischen Verhaltens der Modellsonne erklärte Zeta Alice den Achterknoten der Mathematik und ein paar mathematische Kniffe bei der Navigation, die auch ohne die reale Himmelsmechanik griffen. Alice ernährte sich im Wesentlichen von Dosenfisch und Reis, während Zeta Mandelbrot bevorzugte, weil es sie unendlich satt machte, wie sie behauptete. Alice war das Mandelbrot suspekt. Als sie hörte, dass es Satelliten, Antennen und sogar Seepferdchentäler enthalten sollte, hielt sie sich lieber fern davon.

Während Alice sanft und sicher schlief, überwachte Zeta das mathematische Weltgeschehen. Im Dunkel der Nacht, aber auch tagsüber, überquerten sie so manche Modellgrenze, ohne dass Alice etwas davon merkte, und Zeta war der Meinung, dass Alice aufgrund ihrer Abenteuerreise durch die Modelle dringend Erholung benötigte. Doch als sie bemerkte, dass Alice von Tag zu Tag blasser wurde, drängte sie darauf, konsequent effektiv zu segeln.

Bevor sie sich verabschiedeten, brachte Zeta Alice bei, wie sie Zeta herbeidenken konnte, und nachdem es Alice dreimal hintereinander gelungen war, sah auch sie ein, dass es kein endgültiger Abschied war und sie guter Dinge sein konnte. Zeta hatte den Küstenabschnitt berechnet, der Potsdam am nächsten lag, und nach wenigen Stunden hatten sie einen natürlichen Hafen gefunden, der für ihre Anlandung geeignet schien. Ohne zu wissen, in welchem Modell sie sich diesmal befand – statt rechteckiger Gitterboxen fand sie Polygone vor, an deren Grenzen schnellfließende Flüsse rauschten –, machte Alice sich allein auf den Weg nach Potsdam. Als sie glaubte, den Ausgang aus der Modellwelt gefunden zu haben, hockte sie sich auf den Boden und wartete, bis die Dunkelheit über sie hereinbrach und die Flüsse still standen. Sie öffnete die Augen so weit sie konnte, streckte die Arme nach vorne und konzentrierte sich mit aller Macht darauf, dass sie zurück in die Außenwelt wollte. Es klappte auf Anhieb. Als Erstes durchdrang ihr rechter Arm, dann der restliche Körper den Computerbildschirm. Natürlich verlief das Ganze nicht ohne ein Missgeschick: Alice stieß die Tasse um, die Matthias neben dem Bildschirm platziert hatte, und kalter Kaffee lief über den Zettel, den der Wissenschaftler für sie hinterlegt hatte:

Bin zu Tisch

Alice schrieb ihm ebenfalls einen Notiz:

Lieber Matthias,
bin wohlauf! Vielen Dank für die Reise – habe viel gelernt.
Muss noch etwas erledigen,
Deine Alice
PS: Habe leider nichts zum Aufwischen gefunden …

Alice ging die Gänge des Instituts entlang und hoffte, dass sie endlich das weiße Kaninchen wiedertreffen würde. Sie hatte ja immer noch seine sonderbare Uhr.

Der Mittagspause geschuldet waren die Gänge recht leer; nur in der Rotunde des unteren Stockwerks lungerte ein Journalist herum, der nach geräuchertem Fisch roch. Eine Frau mit lockigen Haaren, roten Wangen und großen Puppenaugen kam hinzu. Sie begrüßte den Journalisten mit einer Einladung zu einer Tasse Kaffee.

»Oben gibt es nur Tee, und es ist auch nicht ganz sicher, wann er ausgeschenkt wird.« Dann wandte sie sich an Alice, als wenn sie ebenso ein erwarteter Gast wäre: »Möchten Sie auch etwas trinken?«

»Ja gerne, haben Sie noch etwas anderes außer Kaffee?«

»Ich kann Ihnen Mineralwasser anbieten oder einen PIK-kolo – aber beides ohne Kohlensäure.«

»Dann ein Wasser, bitte. Allerdings gehöre ich eigentlich gar nicht dazu«, sagte Alice.

»Ach«, die Frau winkte ab, »das macht nichts. Auf ein Glas Wasser kommt es nicht an.«

Inzwischen stiegen immer mehr Kreaturen die Treppe ins obere Stockwerk hinauf.

›Vielleicht ist das Kaninchen auch dort‹, dachte Alice. Sie leerte ihr Glas und folgte der lärmenden Gesellschaft, zunächst über die breiten, mit rotem Sisal-Teppich bekleideten Stufen, dann eine schmale Wendeltreppe hinauf bis in einen kreisrunden Saal mit holzgetäfelter Kuppel. Es war deutlich geräumiger und angenehmer hier, als Alice beim Anblick der Kuppel von außen erwartet hatte. An den ringförmig aufgebauten Konferenztischen saßen – soweit Alice das bei dem

Tumult überblicken konnte – außer einem Mann mit Zylinder auf dem Kopf und einer Handvoll Journalisten ausnahmslos Tiere vor leeren Teetassen. Der Mittelplatz vor der großen Wandtafel schien bis auf ein Mikrofon und ein Schild mit der Aufschrift *Präsidentin* leer zu sein, doch plötzlich, bei näherem Hinsehen, entdeckte Alice eine etwa zwei Zentimeter große Spinne, die nicht saß, sondern an ihrem selbstgesponnenen Faden über dem Tisch hing. Rechts neben der Spinne saß ein Amtsschimmel mit rotem Halfter, der mit großer Mühe und in holpriger Hufschrift Notizen anfertigte, und neben dem Pferd ein Papiertiger, der mit dem Amtsschimmel von Zeit zu Zeit Dokumente austauschte.

Erst auf den zweiten Blick entdeckte Alice ein Dutzend Nagetiere, die auf den Stehpulten hinter der Präsidentin kauerten. Außerdem fielen ihr eine Smaragd-Eidechse, eine Hyäne und einige Vögel auf – sowie schließlich auch das weiße Kaninchen, das gerade neben dem Journalisten Platz nahm, dem sie schon in der Rotunde begegnet war.

»Hinsetzen!«, befahl die Präsidentin.

Alice, die dachte, sie wäre gemeint, setzte sich auf den einzig freien Platz neben dem Kaninchen und hielt ihm die goldene Taschenuhr hin: »Diese Uhr musst du verloren haben!«

Das Kaninchen schaute erschrocken. Es riss die Uhr an sich, als wenn es sich um einen gestohlenen oder verbotenen Gegenstand handelte, ließ sie hastig in seiner Tasche verschwinden und rief mit der Empörung eines Truthahns: »Du bist zu früh!«

Alle im Saal verstummten und schauten Alice an.

»Na hör mal«, empörte sich Alice, »ich war doch gar nicht eingeladen, wie kann ich da zu früh sein?«

»Mach dir nichts draus«, sagte der Hutmacher und tippte mit

dem Daumen auf seinen Zylinder, »wir sind alle zu früh. Es ist zu früh, wann immer man auch eingeladen ist!« Sein Hut trug die Aufschrift:

BAU

Setzt diesen Stil fort!

»Ich schätze, das liegt daran, dass die Wissenschaftler in ihren Modellen die Welt rückwärts laufen lassen«, sagte eine Eidechse und blinzelte gegen die schräg durch die Fenster einfallende Sonne.

»Wer möchte ein Marmeladenbrot?«, fragte die Hyäne.

Alle bis auf ein rosahäutiges Tier von Gestalt und Größe einer Ratte meldeten sich.

»Wer ist das?«, fragte Alice das Kaninchen leise. »Ich habe noch nie ein so hässliches Tier gesehen.«

»Ein Nacktmull«, antwortete das Kaninchen ebenso leise. »Er kommt aus der Wüste und kann seine Körpertemperatur der Umgebung anpassen, braucht keine Flüssigkeit und kaum Sauerstoff. Man sagt, er empfindet keinen Schmerz und verbringt die meiste Zeit in seiner Höhle.«

»Dann gibt es kein Marmeladenbrot«, verkündete unterdessen die Spinne mit bestimmender Stimme.

»Aber das ist nicht demokratisch!«, rief Alice aus.

Doch die Präsidentin ließ sich nicht beirren: »Es müssen *alle* dafür sein. Es herrscht das Konsensprinzip! Das ist hier und das ist bei den Klimaverhandlungen so!«, erklärte sie streng.

»Ist dies eine Klimaverhandlung?«, fragte Alice.

»Kommt darauf an«, sagte die Präsidentin.

»Wie wär's denn, wenn wir von etwas anderem sprächen«, fiel der Amtsschimmel ein und gähnte.

Aber Alice ließ nicht locker: »Warum ist es so heiß in dieser Welt?«, fragte sie in die Runde.

»Das wollten wir dich gerade fragen«, antwortete der Hutmacher.

»So heiß ist es gar nicht immer, manchmal regnet es auch sehr viel. Ja, regelrechte Überschwemmungen gibt es«, warf die Kleine Wüstenspringmaus ein.

»Was sagen denn die Wissenschaftler in diesem Haus dazu?«, wollte Alice wissen.

Der Hutmacher nahm seinen Hut ab und setzte ihn sogleich wieder auf. »Sie sagen vernünftige Sachen. Das ist ja gerade das Problem. Man kann unmöglich jemandem zuhören, der den lieben langen Tag vernünftige Sachen sagt.«

Alice wusste nicht so recht, was sie erwidern sollte. »Aber warum interessiert sich keiner dafür, was die Wissenschaftler herausfinden?« fragte sie nochmals.

»Weil es nicht absurd ist«, sagte ein Journalist.

»Also ich meine, es ist sonniger als früher«, sagte der Regenwurm.

»Nein, ganz bestimmt nicht, es ist regniger!«, klagte die Eidechse: »Jedes Mal, wenn ich über den Klimawandel nachdenke, regnet es!«

»Du meinst wohl, jedes Mal wenn es regnet, denkst du über den Klimawandel nach«, entgegnete der Regenwurm verärgert.

Alice hob die Hand und rief: »Überall kann man große Veränderungen beobachten.«

Doch die Präsidentin ging nicht darauf ein. Stattdessen fragte sie Alice, wer sie denn überhaupt sei und wie sie dazu käme, hier Stellung zu beziehen.

»Vorsicht!« raunte das Kaninchen leise, ohne den Kopf zu Alice zu drehen, » die Spinne ist die Vorsitzende des World Wide Web.«

»Ich heiße Alice Mut und habe dieses Institut zufällig betreten. Aber ich bin lange durch die Modelle der Wissenschaftler gereist. Die Modelle zeigen, welche gefährlichen Folgen nur wenige Grad Erderwärmung haben.«

»Was für Folgen meinst du genau?«, fragte die Präsidentin nach.

Alice wurde unbehaglich. »Ganz unterschiedliche.«

»Hm«, erwiderte die Präsidentin, »das stimmt allerdings mit unseren Beobachtungen überein. Es wird sowohl WÄRMER als auch KÄLTER. Besonders im Winter und im Sommer. Es gibt Hitzewellen und Überschwemmungen, und alles kurz hintereinander.«

»Das sind die Wetterextreme; die nehmen zu«, pflichtete Alice eifrig bei.

Ein Hühnervogel mit einem kräftigen Schnabel hob den Flügel: »Langsam, langsam. Das Klima ist vom Wetter abhängig und nicht umgekehrt. Das zeigt jede Statistik. Du brauchst dreißig Jahre Wetter, sonst bekommst du kein Klima.«

»Das Thermometerhuhn ist ein Adaptionist«, flüsterte das Kaninchen, »es brütet seine Eier in einem Misthaufen aus und glaubt daher, es gäbe für jedes Problem eine technische Lösung.«

Alice flüsterte zurück. »Wie macht es das – ich meine, das mit dem Misthaufen?«

»Es benutzt seinen Schnabel als Thermometer. Wenn es zu warm wird im Misthaufen, trägt es etwas Mist ab, wenn es zu kalt wird, legt es welchen drauf. Clever, nicht wahr?«

Der Journalist, der links von Alice saß, notierte: *Man ist sich nicht einig, ob es wärmer oder kälter wird.*

»Es gibt keinen menschgemachten Klimawandel, der uns gefährlich werden könnte«, sagte der Nacktmull, der sich bisher noch nicht an der Diskussion beteiligt hatte und dem die ganze Zusammenkunft auch recht gleichgültig zu sein schien.

Plötzlich meldete sich eine Stimme zu Wort, die Alice kannte. Es war die von Ratte Rettich: »Wenn ihr mich fragt, gibt es kein Klima. Seht ihr eins? Fühlt ihr eins? Klima ist ein Kunstprodukt, ein Artefakt. Ich muss es wissen, denn ich war schließlich jahrelang Teil des Kunstbetriebs.«

Der Journalist neben Alice notierte: *Den Klimawandel gibt es nicht, und keiner kann ihn aufhalten.* Danach verließ er den Saal. Alice schluckte. Sie wünschte, die Katze Zeta wäre jetzt hier. Ihr fiele bestimmt etwas ein. Sie versuchte, Zeta herbeizudenken, aber in der Aufregung gelang ihr es nicht.

»Das kannst du so nicht sagen«, wandte sich der Regenwurm empört an die Ratte. »Dann gäbe es ja auch die Liebe nicht.«

»Immerhin«, flüsterte das Kaninchen Alice zu, »verfügt der Regenwurm über eine Samenblase.«

»Schluss jetzt!«, donnerte die Spinne. »Der Klimawandel ist bewiesen! Ob allerdings seine Folgen etwas mit ihm zu tun haben, ist noch völlig ungewiss.«

»Wir sollten die Gerichtsverhandlung endlich eröffnen«, forderte die Hyäne.

»Ja! Ich bin dafür, dass alle Wissenschaftler verurteilt werden«, meldete sich der Regenwurm zu Wort. »Erstens haben sie uns zu spät gewarnt, zweitens lassen sie mithilfe von Computern die Zeit rückwärtslaufen. Deswegen ist es immer zu früh für eine Tasse Tee, und dementsprechend auch immer zu früh für die Weltrettung!«

»Aber es ist unmöglich«, behauptete Alice, »die echte Zeit rückwärtslaufen zu lassen. Es handelt sich doch nur um Modelle!«

»Etwas Unmögliches zu glauben, ist nur eine Sache der Übung. Ich habe in jungen Jahren teilweise bis zu sechs unmögliche Dinge schon vor dem Frühstück geglaubt.«

»Aber die Wissenschaftlicher lassen in ihren Modellen die Zeit doch meistens vorwärts laufen!«, rief Alice verzweifelt.

»Umso schlimmer«, warf der Hutmacher ein, »dann müssen wir den Tee ja kalt trinken!«

»Die Hitze macht doch überhaupt nichts«, sagte die Wüstenmaus.

»Aber die Starkregenereignisse!«,[51] widersprach der Regenwurm bissig. »Und die Überschwemmungen an Oder und Elbe im letzten Jahr! Meine englische Cousine mailte, dass es ihnen nicht besser erging!«

»Daran ist der Regen schuld«, schlussfolgerte die Präsidentin. »Ich schlage vor, dass die Regentropfen, die an den Überschwemmungen beteiligt waren, verurteilt werden!«

»Aber«, sagte der Hutmacher nachdenklich, »dafür reichen unsere Gefängnisse nicht. Sie halten vermutlich auch gar nicht dicht.«

Ratte Rettich kicherte: »Sie werden zur Verdunstung verurteilt, du Idiot!«

Alice zuckte zusammen. »Aber verehrte Vorsitzende, kein einzelner Regentropfen fühlte sich je für eine Überschwemmung verantwortlich.«

»Ganz meine Rede!«, argumentierte die Präsidentin. »Sie haben also verantwortungslos gehandelt. Dass sie im Kollektiv handelten, schützt sie nicht vor einer Strafe.«

»Aber fehlt das Wasser dann nicht den Fischen in den Flüssen?«, fragte Alice bestürzt.

»Ich weiß gar nicht, was ihr habt«, sagte die Mandarinente, »es war ein feiner Monat für uns.«

»Ruhe bitte!«, forderte die Präsidentin. »Wir fragen den Roten Räucherhering! Er ist ein Repräsentant der Meere.«

»Dürfte ich bitte liegen bleiben, verehrte Präsidentin?«, bat der Rote Räucherhering. »Das Stehen fällt mir schwer.«

Die Wüstenmaus kicherte. Die Präsidentin blickte hilflos zu den Schöffen. Die meisten von ihnen waren Nagetiere, die nun eifrig nickten. Sie hockten zwischen den Teedosen auf den Stehpulten hinter den Tischen, weshalb sie schlecht zu sehen waren. Als Alice sie durchzählte, entdeckte sie Ratte Rettich, der gerade eine Botschaft in sein Mobiltelefon tippte.

Das Kaninchen beugte sich zu Alice: »Von den Nagern ist nichts Gutes zu erwarten. Sie haben schon einmal einen Siegeszug angetreten, als die Dinosaurier vom Klimawandel erwischt wurden! Vermutlich warten sie nur auf ihre nächste Chance.«

Allmählich begriff Alice, dass das Kaninchen auf ihrer Seite war.

Die Präsidentin räusperte sich. »Das Liegen ist genehmigt, da wir keinen Zeugenstand besitzen. Nun teilen Sie uns bitte Ihre Ansicht mit: Sollen wir die Regentropfen zur Verdunstung verurteilen, oder gibt es dann zu wenig Wasser auf der Erde?«

»Das müssen Ihnen die Wissenschaftler sagen«, begann der Rote Hering. »Aber wenn Sie mich nach dem Klimawandel fragen – ich wüsste nicht, was daran schlimm sein sollte. Auf anderen Planeten ist es viel heißer als auf der Erde. Ich kann nicht nachvollziehen, dass man wegen 2 Grad Celsius mehr oder weniger so ein Tamtam macht.«

Da meldete sich eine zarte Blume zu Wort, die Alice für Tischdekoration gehalten hatte: Es handelte sich um *Dryas octopetala,* eine kleine weiße Rose, die das Ende der letzten Kaltzeit in den Alpen überlebt hatte.

»Eine Erwärmung um 2 Grad in nur 150 Jahren. Das ist sehr viel!«, sagte die kleine Rose, und ihre Stimme zitterte wie ein Blütenblatt im Wind. »Bedenkt doch bitte, dass der Unterschied zwischen einer Warmzeit und einer Eiszeit weniger als 5 Grad Celsius beträgt.«

»Blumen haben keine Stimme«, unterbrach sie der Rote Hering rau.

»Und warum heißt es dann immer ›Lasst Blumen sprechen‹?« Doch die Frage war vom Tisch.

»Der Tisch hat keine Chance«, sagte das Kaninchen leise zu Alice, »und die Blume auch nicht. Und der Rote Hering ist schon geräuchert – warum sollte er noch Angst vor der Erderwärmung haben?«

»Wenn du mich fragst, hat die Präsidentin die Versammlung nicht im Geringsten im Griff«, gab Alice flüsternd zurück.

Der Rote Hering schlug etwas unbeholfen mit den Flossen auf den Tisch und sagte: »Haben die Wissenschaftler denn gar kein Mitgefühl mit anderen Planeten? Die Durchschnittstemperatur auf der Venus beträgt 465 Grad Celsius, und es ist nicht bewiesen, dass dort kein Leben existiert! Sie jammern über Wirbelstürme! Auf dem Jupiter tobt seit Millionen Jahren ein gigantischer Wirbelsturm – ihr wisst es alle: der Rote Fleck! Er ist fast doppelt so groß wie unsere Erde! Statt also Geld in die Klimaforschung oder gar den Umbau der Energiesysteme zu stecken – wie es von Wissenschaftlern dieses Instituts vorgeschlagen wurde –, sollte man nicht so selbstsüchtig sein und lieber an die Hilfe für andere Planeten denken.«

»Erstaunlich, dass man Toten erlaubt, an einer so wichtigen Debatte teilzunehmen«, flüsterte das Kaninchen mit gesenktem Kopf. Es sah Alice nicht an, da es Angst hatte, in einen Topf mit ihr geworfen zu werden.

»Ich würde auch gerne wissen, wer einen Räucherfisch zum Tee einlädt«, flüsterte Alice zurück, aus Rücksicht auf das Kaninchen ebenfalls mit gesenktem Kopf. »Fehlt nur noch, dass er sagt, man müsse ein Weltraum-Spendenkonto einrichten.«

In diesem Moment schrie die Präsidentin, deren Mikrophon durch einen Windstoß vom Tisch geweht worden war: »Das Gericht zieht sich zur Beratung zurück.«

Während die Spinne sich mit den Schöffen beriet, gossen drei gescheckte und geschürzte Ponys endlich den Tee ein. Aber so niedlich die drei auch waren, sie stellten sich dermaßen ungeschickt an, dass sie die Hälfte davon verplemperten. Der Tee, der dennoch in die Tassen gelangte, war zudem kalt und ölig, sodass es nicht lange dauerte, bis lautstarke Beschwerden auf die Ponys niederhagelten. Als die Präsidentin mit den Schöffen schließlich wieder in den Kuppelsaal zurückkehrte, lag der Großteil der Tassen und Teller zerdeppert am Boden, denn die Ponys, durch die Kritik in ihrem Selbstwertgefühl gekränkt, hatten kräftig ausgeschlagen. Auch die Zuckerdosen, welche sie von den Tischen gefegt hatten, lagen unten, damit sie – war der Ruf schon ruiniert – den Zucker besser fressen konnten. In kürzester Zeit war ein Chaos ausgebrochen, bei dem schnell keiner mehr wusste, worum es eigentlich ging.

»Ruhe!«, schrie die Spinne, so laut sie konnte. »Das Gericht hat beschlossen, dass die hitzige Alice zusammen mit Molly Mauk, dem gleichmütigen Albatros, um die Erde fliegen und herausfinden soll, ob es sonniger und regniger zur gleichen Zeit werden kann. Ist der Klimawandel an den veränderten Wetterbedingungen rund um den

Planeten schuld, ja oder nein? Und warum gibt es in letzter Zeit öfters besonders strenge Wintereinbrüche in Mitteleuropa, wenn sich doch die ganze Erde erwärmt?«

Alice und der Albatros schauten sich verdutzt an.

»Bist du bereit, Alice, so mutig zu sein, wie dein Name es behauptet?«, fuhr die Spinne fort.

»Ja, wenn ich damit zu einer Einigung beitragen kann ...«

»Ausgezeichnet. Molly Mauk – bist auch du bereit?«

»Ich hätte nichts dagegen, meine Flügel mal wieder auszustrecken, und von mir aus nehme ich auch das kleine Mädchen mit«, antwortete Molly Mauk.

»Na, hör mal – so viel größer als ich bist du aber auch nicht!«, sagte Alice zum Albatros.

»Je kleiner, desto leichter. Du solltest aber trotzdem noch etwas essen, bevor wir starten. Einmal rauf und runter reicht mir – ich habe keine Lust auf unnötige Zwischenlandungen!«

»Gut«, sagte die Präsidentin. »Die Verhandlung wird für ein bis zwei Tage unterbrochen. Start der Exkursion ist in einer halben Stunde von der Rettungsplattform.«

»Frau Präsidentin, ich glaube, wir müssen erst durch einen Computerbildschirm«, gab Alice zu Bedenken.

»Dann in einer Dreiviertelstunde von wo auch immer«, schloss die Präsidentin bestimmt und goss sich mit einer winzigen goldenen Kanne kalten Tee in eine leere Zuckerdose.

Rossby-Wellenreiten

»Ich war schon in Klimamodellen, aber noch nie in einem Datenwind unterwegs«, bemerkte Alice nachdenklich, als sie im Büro von Modellierer Matthias standen.

»Mach dir keine Sorgen, diese Datensätze sind sicher«, beruhigte sie Matthias. »Und Albatrosse sind ausgezeichnete Flieger. Allerdings ...« Matthias warf einen Blick auf Molly Mauk, »werdet ihr die einzigen Lebewesen auf der Erde sein.«

»Um mich braucht ihr euch keine Gedanken zu machen. Ich bin so eine Art fliegende Salatölschüssel. Und Alice war so nett, noch ein paar Krill-Kekse für mich einzustecken. Ich kann es schon gar nicht mehr erwarten, mich in den Jetstream zu werfen.« Sie zuckte mit den Flügeln.

»Molly Mauk hat mir erzählt, dass Albatrosse normalerweise die ganz großen Höhen meiden«, erklärte Alice. »Aber sie hat sich auf die Nordhalbkugel verirrt und das Höhenwellenreiten entdeckt.«

»Ich liebe Stürme! Und auf den Jetstream bin ich gestoßen, als ich die Vogelkundler verwirren wollte, die mir einen Peilsender auf den Rücken geschnallt hatten.«

»Und ich dachte, du seist gleichmütig«, stichelte Alice sanft.

»Och – das denkt man von uns Albatrossen nur, weil wir an Land die Flügel hängen lassen«, antwortete Molly Mauk gelassen.

»Auf dem Polarjet werdet ihr jedenfalls schnell vorankommen, er kann Geschwindigkeiten von über 300 Stundenkilometern erreichen.

Alice, meine Datensätze bestehen aus Satellitenaufnahmen und Wettermessdaten. Es wird sich also anfühlen wie eine Weltreise. Die Luft wird weder kalt noch knapp, und die Fallhöhe ist nur virtuell. Es sind ja nur Informationen.«

»Ich wette, ich hab trotzdem Angst vorm Absturz«, murmelte Alice. »In einem Albtraum kann ich mir auch nicht die Knochen brechen, und dennoch ist es scheußlich zu fallen.«

»Ich trag noch den Gurt vom Peilsender unter den Federn, Alice, an dem kannst du dich festhalten, wenn du dich unwohl fühlst«, warf Molly Mauk ein, die Alice' Gemurmel gehört hatte.

»Um die Frage nach dem verrückt gewordenen Winterwetter in Europa zu beantworten, startet ihr am besten Ende November 2009 im Nordpolarmeer und surft dann mit dem Polarfront-Jetstream über Asien und Amerika zurück nach Europa. Nach Meinung meines Kollegen Vladimir bewirkt der Rückgang des Polareises in der Barents- und Karasee eine Veränderung der Luftdruckmuster, sodass dort häufiger Hochdruckgebiete entstehen, und diese schaufeln kalte Luft aus Sibirien nach Europa[52] – länger als gewöhnlich, wie ihr auf den Bildern sehen werdet. Nach einem halben Tag habt ihr die Erde dann so oft umrundet, dass ihr im Sommer 2010 angekommen seid und dann auch die Frage nach den Extremwetterereignissen beantworten könnt.«

»Ich habe keine Uhr mehr, wie soll ich wissen, welchen Tag wir haben?«, fragte Alice besorgt.

»Das genaue Datum ist nicht wichtig. Wichtig ist, dass du die Bilder mit der Bewegung des Jetstreams in Verbindung bringen kannst«, erklärte Matthias, »der August 2010 ist nur ein Beispiel, was ein verändertes Rossby-Wellenmuster anrichten kann.«

»Was sind das für Wellen?«, fragte Alice.

»Es ist viel einfacher, wenn ich dir das hinterher erkläre. Fliegt erstmal los.« Er stand von seinem Stuhl auf, um den beiden Platz zu machen. »Ihr brecht die Reise ab, wenn es Herbst wird. Dann seit ihr etwa zwei Tage unterwegs gewesen und könnt rechtzeitig zur Verhandlung zurückkehren.«

»Ich habe ein gutes Zeitgefühl«, bemerkte Molly Mauk, »und mit dem Anblick der Jahreszeiten von oben kenne ich mich ebenfalls bestens aus. Allein der Start macht mir Sorgen. Können wir den Datenwind so abpassen, dass wir gleich in einigen Kilometern Höhe einsteigen?«

»Daran habe ich schon gedacht und euch eine digitale Rampe gebaut, von der ihr starten könnt. Denn du kannst ja deine Flügel erst entfalten, wenn du dich durch den Bildschirm gezwängt hast. Und auch Alice kann in Ruhe auf dem Balkon der Rampe warten, bis du startklar bist.«

Molly Mauk zupfte sich ihr Federkleid zurecht. In Wirklichkeit war auch sie etwas nervös.

»Vielen Dank!«, seufzte Alice. »Hoffentlich können wir mit unseren Ergebnissen dann auch die Klimaverhandlungen voranbringen!«

Alice kletterte zuerst durch den Bildschirm. Dann half Matthias dem plumpen Hochseevogel. Auf der anderen Seite des Displays standen Molly Mauk und Alice auf einem feinen Zahlengitter. Es sah ein bisschen wie eine Häkeldecke aus, nur dass es vollkommen starr war. Trotzdem war Alice mulmig zumute, und sie hielt sich an der Brüstung fest, bis die Albatros-Dame ihr Gefieder geordnet hatte. Hinter ihnen lag die graue Mattscheibe des Computers, vor ihnen der helle Wasserdampf der Wolken. Wortlos stieg Alice auf Molly Mauks Rücken und suchte zwischen den Federn vorsichtig nach dem Peilsendergurt. Dann nahm Molly Mauk Anlauf, flog – und sackte wie ein Flugzeug in einer Gewitterturbulenz einige Dutzend Meter nach unten. Alice japste nach Luft.

»Alles gut da oben?«, fragte Molly, nachdem sie in den Segelflug übergegangen war.

»Alles gut«, rief Alice. Aber in Wirklichkeit fand sie es furchtbar. »Können wir uns unterhalten, während wir durch die Wolkendecke stoßen?«, fragte sie, »das lenkt mich von meiner Angst ab.«

Molly kicherte: »Ja, natürlich, wenn der Wind uns nicht die Worte vom Schnabel reißt ...«

»Hast du dir jemals Gedanken darüber gemacht, wie Wind entsteht?«, brüllte Alice, so gut sie konnte, gegen den Luftzug. Doch Molly antwortete nicht. »Ich nie«, setzte Alice ihre Überlegungen fort, »ich habe auch noch nie in meinem Leben von einem Jetstream gehört.«

Plötzlich zeigte sich das Meer zwischen den ersten Wolkenlücken, und schlagartig ließen auch die Turbulenzen nach.

»Schau mal«, rief Alice, »wie schön das ist!«

»Es gibt nichts Schöneres als Wind und Meer«, schwärmte Molly Mauk. »Der Wind ist mein Zuhause. Wir Albatrosse und Sturmschwalben sprechen deshalb auch nie vom ›Boden der Tatsachen‹, sondern vom ›Wind der Wirklichkeit‹... Als ich noch so jung war wie du, habe ich das Leben genommen, wie es ist. Ich war so verträumt, dass ich in die tropischen Kalmen geriet, also jene Zone am Äquator, wo kein Wind herrscht – und dort abstürzte. Ich wurde ohnmächtig vor Schreck, aber der Zufall wollte es, dass ich in die Takelage eines Segelboots fiel und mir einen Flügel brach. Zum Glück erbarmte sich die findige Seglerin meiner und schiente meinen Flügel. Als meine Knochenbrüche verheilt waren, befanden wir uns mit dem Segelboot bereits im Nordatlantik. Und so lebe ich als einer der wenigen meiner Art auf der Nordhalbkugel, und nichts mehr scheint mir selbstverständlich.«

»Und du kannst nie mehr zurück?«

»Ohne Boot? Schwierig. Am Äquator herrscht so gut wie kein horizontaler Wind, und den brauche ich nun mal zum Fliegen.«

»Warum gibt es in den gemäßigten Breiten mehr Wind als am Äquator?«, unterbrach Alice den Albatros.

»Wind entsteht durch Temperaturunterschiede. Am Äquator steigt die warme Luft im Wesentlichen nur auf, weil warme Luft leichter ist als kalte; horizontaler Wind entsteht daher erst ein Stück weiter entfernt vom Äquator.«

»Ach so?«

»Es existiert ein ständiger Luftaustausch vom Äquator hin zu den Polen. Denn wo heiße Luft nach oben steigt, wird kühlere Luft in Bodennähe angesaugt, bis diese wieder warm genug ist, um aufzusteigen ... Je näher die Luft zum Pol kommt, desto stärker beeinflusst auch noch die Erdrotation die Bewegung der Luftmassen – du hast sicher schon mal von der Corioliskraft gehört ... Achtung, festhalten, ich flieg jetzt etwas tiefer .... Durch all diese Vorgänge bildet sich zwischen dem 30. und 60. Breitengrad in etwa 10 Kilometern Höhe ein Starkwindband – auf das wir uns gerade geschwungen haben. Es wird Jetstream oder, hier im Norden, auch Polarfront-Jetstream genannt und bewegt sich, wie die Erde, von West nach Ost. Im Grunde trennt dieses Band die kalte Polarluft von der milden Luft der gemäßigten Breiten.«

»Und was meinte Matthias mit diesen Roastbeef-Wellen?«

»Rossby, meine Liebe! Damit meinte er wellenförmige Ausbuchtungen des Jetstreams zwischen kalter Polar- und warmer Subtropenluft. Die Rossby-Welle beschreibt die Nord-Süd-Auslenkung der Luftmassen: Überall, wo die Nordpolarluft nach Süden drängt, sitzen in der Regel Tiefdruckgebiete, die sich gegen den Uhrzeigersinn drehen. Und überall, wo die subtropische Luft eine nordwärts gerichtete Ausbuchtung erzeugt, sitzt ein Hochdruckgebiet, das sich mit dem Uhrzeigersinn dreht. Bucht und Gegenbucht wechseln sich ab wie Hang und Gegenhang eines mäandrierenden Flusses. Die Rossby-Wellen werden durch die Corioliskraft, aber auch durch Hindernisse wie Gebirge und Kontinentalränder, erzeugt und beeinflusst und bestimmen das Wettergeschehen. Und dadurch, dass die Corioliskraft je nach Höhe und geographischer Breite unterschiedlich wirkt, ist das Wettergeschehen sehr komplex.«

»Genug, mir ist schon ganz schwindelig von deiner Korrosionskraft. Schau mal lieber da unten, das muss das Polareis sein ...«

»Ja, und das sieht nach meiner Erfahrung wirklich weniger aus. Aber mich irritiert noch etwas: Sooft ich in den letzten Jahren hier entlanggesurft bin, lag hier immer ein Tiefdruckgebiet.«

»Können wir nicht mal das Polareis anfliegen? Ich habe noch nie einen Eisbären gesehen!«

»Keine Eiskapaden! Du vergisst, dass wir nur über ein Satellitenbild-Puzzle fliegen ...«

»Na dann – wie sagte Matthias? Immer der NASA nach.«

»Wenn wir uns an den unteren südlichen Rand des Jetstreams halten, müssten wir eine gute Sicht haben.«

»Mit oder ohne Eisbären, Molly, das hier ist die schönste Reise meines Lebens! Ich danke dir, dass du mich mitgenommen hast. Meinst du, du hältst mich mehrere Erdumrundungen aus?«

»Aber ja, du bist doch nur ein bisschen Haut und Knochen.«

»Molly, warum halten die Tiere eigentlich eine Klimakonferenz ab? Sie können doch eh nichts gegen die Menschen und ihren Verbrauch von Kohle und Erdöl tun.«

»Die Konferenz geht auf eine wirklich gute Idee einer einzelnen Biene zurück, die sich mit Immanuel Kant befasste. Immer wieder hörte sie ihre Verwandten sagen: Wir sind so klein, was können wir schon gegen die Erderwärmung tun? Die Biene aber sagte: Der Einzelne kann zwar das Klima nicht retten, aber jeder Einzelne kann verhindern, dass es gerettet wird! Sein Beitrag zur Klimarettung ist zwar nicht hinreichend, aber notwendig![53] Diese logische Fortsetzung des Kategorischen Imperatives überzeugte alle, und so wurde die Klimakonferenz der Tiere ins Leben gerufen. Inzwischen ist die Grundidee durch das Hin und Her von Interessen leider in den Hintergrund geraten. Und das nämliche Bienenvolk, das den berühmten Telegraphenberg-Honig erzeugte, ist mittlerweile auch eingegangen.«

Der Wind machte die Unterhaltung mühselig, also schwiegen sie den längsten Teil der Reise. Kurz nachdem sie die nördlichen Rocky Mountains passiert hatten, lenkte der Jetstream sie kräftig nach Süden. Danach ging es hoch in den grönländischen Norden, den Alice von ihrer Flugzeugreise nach Amerika kannte. Schließlich erreichten sie ein in Schnee gehülltes Nordeuropa.

»Schau dir das an, Molly, so viel Schnee, obwohl wir bereits April haben! Kein Wunder, dass Mensch und Tier nicht an die Erderwärmung glauben, wenn es um diese Jahreszeit noch schneit wie verrückt!«

Sie hatten nun schon so oft die Erde umrundet, dass Alice trotz der schönen Bilder schläfrig wurde. Ihr Kopf sank immer tiefer ins weiche Gefieder des Albatros, und schließlich schlummerte sie ein. Als sie wieder erwachte, befanden sie sich gerade über Italien.

»Ist es schon Frühling?«, fragte sie und rieb sich die Augen.

»Sogar Sommer«, antwortete Molly Mauk. »Nach meiner Schätzung haben wir heute den 30. Juli.«

»Für Ende Juli ist das Wetter in Italien aber ziemlich schlecht!«, bemerkte Alice, »schau dir mal diesen riesigen Tiefdruckwirbel an! In Irland und England sollte man das erwarten, aber in der Toskana …«

»Ja, und ich rieche heiße, feuchte Luft im Südwesten, die mich an zu Hause erinnert.«

Alice lachte. »Das bildest du dir jetzt aber wirklich ein! Satellitenbilder und Daten können nach nichts riechen!«

Molly Mauk ging nicht darauf ein. »Der Jetstream biegt jetzt nach Nordnordost – sieh mal, dort in der Bucht liegt Venedig –, und gleich fliegen wir durch das Wiener Becken zwischen Alpen und Karpaten hindurch. Sieht ganz so aus, als wenn es Richtung Moskau geht. Merkst du, wie die Windgeschwindigkeit sinkt?«

»Molly, schau dir mal diese riesigen Rauchfahnen an – Moskau ist von Waldbränden umzingelt.«

»Und anscheinend ist es nicht nur bei Moskau so heiß. Der Jetstream hat eine breite Schlaufe bis nach Kasachstan gebildet.«

Sie flogen eine Weile schweigend vor sich hin. Nachdem sie die traurigen Reste des Aralsees überquert hatten, bog der Jetstream wieder nach Süden und umsäumte das Tiefdruckgebiet der nächsten Rossby-Welle.

»So weit südlich habe ich den Polarjet noch nie erlebt. Das weiß ich genau, denn ich hatte mich einst in eine kaspische Königsseeschwalbe verliebt«, erzählte Molly. »Ich hatte leider nicht die geringste Chance, sie wiederzusehen.«

»Es waren zwei Königskinder, doch der Wind zwischen ihnen war zu schwach?«

Molly nickte traurig. »Siehst du den Indus zwischen den Wolken? Wir sind jetzt über Nordpakistan. Übrigens liegt hier im Indus-Tal der sprichwörtlich bekannte ›Nabel der Welt‹. Mit etwas Glück siehst du die Flüsse des Westhimalayas, die in den Indus entwässern. Es ist jetzt Ende Juli und Monsunzeit.«

»Ich sehe nicht viel. Die Wolken werden immer dichter.«

Nach ein paar Minuten schrie Molly gegen den Wind: »Wir befinden uns jetzt im Trog einer engen Rossby-Schlaufe über Nordpakistan. Wenn mich nicht alles täuscht, bewegen wir uns seit einiger Zeit im Kreis. Wir sind auf der inneren Seite des Windbands geflogen und immer langsamer geworden. Sieht ganz nach einer stationären Wetterlage aus. Ich versuche jetzt mal, das Windband zu durchqueren, sodass wir uns an seiner Außenseite nach Nordosten aus der Rossby-Welle herausbewegen können.«

»Warum entsteht hier eine Rossby-Welle«, wollte Alice wissen, obwohl es kein nord-süd-orientiertes Gebirge gibt?«

»Es ist komplizierter. Du musst immer den Jetstream als Ganzes betrachten: Es reicht, wenn eine Welle irgendwo auf der Nordhalbkugel festhängt. Der Jetstream verhält sich dann wie eine Flagge, die an einer Stelle auf ein Brett genagelt wurde. Soweit ich weiß, haben PIK-Wissenschaftler einen Mechanismus entdeckt, der die verstärkte Nord-Süd-Ausdehnung der Rossby-Wellen durch ›Quasiresonanz‹ erklären könnte. Diesem Mechanismus, der vermutlich durch eine überdurchschnittliche Erwärmung der nördlichen Breiten angetrieben wird, kommt möglicherweise eine Schlüsselrolle bei der Entstehung von ortsfesten Wetterlagen und damit Extremereignissen zu.«[54|55]

»Das wäre ja interessant zu wissen. Die Erderwärmung beeinflusst die Wellen, und die Wellen beeinflussen das Wetter. Aber wie?«

»Ich stelle mir das wie bei einem Fluss vor: Je flacher die Landschaft und geringer das Gefälle, desto größere Schleifen bildet er, und je steiler das Gefälle, desto schneller und gerader fließt er. Genauso ist es beim Jetstream, nur bezieht sich hier das Gefälle auf die Temperatur: Je steiler der Temperaturgradient, desto schneller ist der Wind und desto straffer das Windband. Bei einem geringen Temperaturgefälle wird der Jetstream langsamer, und Mäander bilden sich aus. Nur dass diese Mäander Rossby-Wellen heißen.«

»Tut mir leid«, seufzte Alice, »ich verstehe zwar, was Rossby-Wellen sein sollen, aber warum sie mal Probleme machen, mal nicht, ist mir ein Rätsel.«

»Normalerweise läuft der Wind in mehreren Wellenbändern um die Erde herum, deren Schwingungen sich ständig verlagern. Sie werden zwar durch Gebirgs- und Kontinentalränder aufgehalten, aber in der Regel nicht so lange, dass es zu ortsfesten Wetterlagen über mehrere Wochen kommt. Wenn aber die Wellen zusätzlich durch diese komische Quasiresonanz verstärkt werden, können sie Wetterlagen verursachen, die Wochen bis Monate andauern und zu schwerwiegenden lokalen Problemen führen. Das Ganze soll sich aus den physikalischen Wellengleichungen ableiten lassen – sagen jedenfalls die PIK-Wissenschaftler. Aber wie ich vorhin schon erklärt habe: Im nördlichen Sattel einer Welle sitzt immer ein Hoch-, im südlichen Tal immer ein Tiefdruckgebiet. Das eine bringt Trockenheit, das andere Regen ...«

»Und in Pakistan ist jetzt auch noch Monsunzeit. Ich habe in der Schule gelernt, dass die Luft im Arabischen Meer Wasser schöpft, das sich dann am Himalaya abregnet.«

»Matthias hat auch noch erwähnt, dass 2010 ein Jahr war, in dem ein El Niño-Event direkt von einem La Niña-Event abgelöst wurde.«

»Da kam offensichtlich viel zusammen.«

»Hoffentlich nur ein ungewöhnlicher Einzelfall.«

Den Rest der Reise verschlief Alice fast völlig. Es war anstrengend, immer nur auf Satellitenbilder zu schauen, auch wenn die Aussicht hin und wieder wunderschön war. Sie wachte auf, als Molly Mauk einen erstaunten Pfiff ausstieß:

»Sieh dir das Indus-Tal an! Wo ist die Infrastruktur? Wo sind die Straßen hin? Halb Pakistan ist Schwemmland!«

»Kannst du noch irgendwelche Dörfer erkennen? Ich sehe nur kleine schwarze Punkte im braunen Wasser – das müssen die einzelnen Häuser sein!«, rief Alice und rieb sich erneut die Augen. »Stell dir die Millionen von Menschen vor, die obdachlos geworden sind! Und die Ernteausfälle! Wovon leben die Menschen und Tiere, die dieses Hochwasser überlebt haben?«

Molly Mauk antwortete nicht.

»Ich bin froh, dass das nur Bilder sind und wir nicht mehr sehen, wenn wir tiefer fliegen«, fuhr Alice fort. »Und dass diese Überschwemmung schon der Vergangenheit angehört ... Molly? Woran denkst du? Warum sagst du nichts?« Sie zupfte sanft am Gefieder des Vogels, doch Molly reagierte immer noch nicht.

Nach einigen Minuten drehte sie den Kopf zu Alice. »Ich denke an Azada, meine geliebte Seeschwalbe. Vielleicht kann ich sie doch wiedersehen, wenn der Jetstream sich von nun an häufiger nach Süden verlagert.«

In den Daten war es Herbst geworden. Alice und Molly hatten genug gesehen und beschlossen, die Reise abzubrechen. Nach einem missglückten Landeversuch, der sie zu einer weiteren Erdumrundung zwang, standen sie wieder sicher auf der Rampe. Kurze Zeit später empfing ein fröhlich-erleichterter Matthias sie in seinem Büro. Bis tief in die Nacht hinein sprachen sie noch über Rossby-Wellen, Wetterextreme und wie Molly Mauk einmal einem Hagelsturm entkam, dafür aber die Chance verpasste, die liebreizende Königsseeschwalbe Azada wiederzusehen.

Alice sagt aus

»Nun, Alice? Sprich! Warum gibt es trotz der Erderwärmung so strenge Winter in Mitteleuropa?« Die Spinne blickte Alice achtfach durchdringend an. Alice wollte gerade lachen, da erinnerte sie sich an die große Macht der Spinne als Vorsitzende des World Wide Web und hielt inne.

»Nun ja, das ist gar nicht einfach zu erklären … ich meine … Darf ich mich einen Moment ausruhen, bevor ich anfange?«

»Hast du nicht die ganze Zeit gesessen? Na gut, fragen wir zuerst den Albatros.«

Alice setzte sich wieder auf den freien Platz neben das weiße Kaninchen, und Molly Mauk wankte mit hängenden Flügeln und windzerzaustem Gefieder nach vorne. Die Albatros-Dame glaubte verstanden zu haben, was in der Arktis vor sich ging, doch es fiel ihr schwer, sich zu konzentrieren, solange in den hinteren Reihen gekichert wurde. Endlich wurde es still im Saal, und sie begann:

»Es ist so: Die Eisfreiheit in der Barents-Kara-See führt zu einer weiteren Aufheizung der Polarregion, denn dunkle Flächen erwärmen sich stärker als helle …«

»Mit Verlaub, werte Vorsitzende«, unterbrach der Amtsschimmel, »wir wollten erfahren, warum es kälter ist. Nun erklärt uns dieser Vogel, warum es wärmer wird.«

Alice merkte, dass sie sofort etwas unternehmen musste, damit sie ihre Chance der Einflussnahme nicht verpassten. Sie dachte an Zeta und die Flussfahrt der Tiere. Wie könnte das alles miteinander zusammenhängen? Plötzlich hatte sie das ganze Gefüge klar vor Augen. Entschlossen hob sie die Hand: »Bitte, verehrte Vorsitzende, wenn ich es jetzt erklären darf?«

Die Spinne nickte wohlwollend. Der Amtsschimmel tat es ihr nach. Er war der offizielle Gestenverstärker der kleinen, aber mächtigen Spinne, seitdem das Mikrofon vom Tisch gefallen war.

Alice begann zu sprechen: »Das Auf und Ab der Wintertemperaturen auf der Nordhalbkugel, sowohl innerhalb eines Winters als auch in aufeinander folgenden Jahren, sowie die Extremwetterereignisse ...«

Der Amtsschimmel gähnte, und seine Goldkronen brachten Alice beinahe aus dem Konzept. »Also«, fuhr Alice fort, »die Wintertemperaturen und Extremwetterereignisse auf der Nordhalbkugel hängen vermutlich mit dem neuartigen Verhalten des Jetstreams zusammen, mit dem der Albatros und ich um die Welt gesegelt sind. Dabei ist es entscheidend, dass die Arktis, die eine besondere Funktion im Klimasystem der Erde hat, sich stärker erwärmt als der Rest. Ich nenne Ihnen ein Beispiel: Durch die geschrumpfte Meereisdecke heizt sich die dunkle Wasseroberfläche noch stärker auf. Dies kann zu einem hartnäckigen Hochdruckgebiet in der Barents-Kara-See führen, wo sonst Tiefdruck herrscht. Bleibt es bestehen, schaufelt es beständig Polarluft nach Nordeuropa. Die Veränderung der Luftdruckgebiete über der Polarregion beeinflusst möglicherweise auch die Gesamtbewegung des Jetstreams. Aber der Zustand des Wetters scheint bistabil, denn die Erwärmung der Meere und die Invasion nordischer Kaltluft sind derzeit Kräfte gleicher Größenordnung, die eng miteinander konkurrieren.[56|52] Deshalb macht das Wetter Bocksprünge.«

Der Amtsschimmel, der schon unruhig mit den Vorderhufen gescharrt hatte, als Alice am Reden gewesen war, unterbrach sie: »Einspruch, Euer Ehren, Bocksprünge sind in der Wissenschaft nicht zugelassen!« Die Präsidentin neigte den Kopf zu ihm hin, um sich zu beraten.

Auch Alice flüsterte etwas in das Kaninchenohr ihres Freundes: »Der Amtsschimmel hat einen bemerkenswerten Ramskopf. Er kommt mir irgendwie bekannt vor.«

»Vielleicht kennst du ihn aus einem Theaterstück von Ratte Rettich. Er spielt dort einen der Apokalyptischen Reiter.«

»Ein Pferd, das einen Reiter spielt? Das wird ja immer absurder! Und seit wann führt Ratte Rettich eigene Theaterstücke auf? Als ich das Impakt-Theater besuchte, saß er noch an der Kasse.«

»Es heißt jetzt nicht mehr Impakt-Theater. Das Motto heißt nun: ›adapt yourself‹ – passe dich an. ›Anpassung-Theater‹ ist der neueste Schrei!«

Unterdessen wandte sich die Präsidentin an die Versammlung: »Bocksprünge sind den Huftieren vorbehalten. Ich bitte nun alle Anwesenden um Meinungen zu dem von Alice Gesagten.«

Alice lächelte.

Doch dann meldete sich Ratte Rettich zu Wort: »Wenn es wahr ist, was das Mädchen sagt, haben die Wissenschaftler nicht rechtzeitig vor dem Klimawandel gewarnt und ihn überhaupt sträflich verharmlost. Jetzt ist es zu spät. Die Erde hat sich bereits um nahezu 1 Grad erwärmt. Zu behaupten, die Erderwärmung sei bei 2 Grad aufzuhalten, ist ohnehin irreführend und ein Verbrechen an Flora, Fauna und Menschheit. Wir verlieren nur kostbare Zeit für die Anpassung.«

»Aber ihr verlasst den holozänen Korridor«, rief Alice in ihrer Verzweiflung. Die Tiere sahen sie verständnislos an. »Und außerdem«, fuhr sie fort, »wisst ihr doch gar nicht, an welche Umweltverhältnisse ihr euch anpassen müsstet, wenn ihr keine Begrenzung anstrebt.«

Nun konnte sich auch das weiße Kaninchen nicht mehr beherrschen. »Das ist doch alles Selffuelfilling Prophecy! Wer sagt denn, dass wir es nicht mehr schaffen können, die Erderwärmung auf 2 Grad zu begrenzen?!«

»Könnte man diesen Jetstream nicht einfach verändern, in dem man Kalt- und Warmluft an entsprechende Stellen injiziert?«, fragte das Thermometerhuhn.

»Ebenso gut kannst du versuchen, ein Gebirge zu bügeln – dieser Vorschlag ist wenig hilfreich!«, empörte sich Alice. »Und überhaupt widersprechen sich hier ständig alle selbst. Erst heißt es, es gibt keinen Klimawandel, doch der Mensch hat nichts damit zu tun. Dann heißt es, es ist alles halb so schlimm, aber weil es zu spät ist, das Klima zu retten, haben sich die Wissenschaftler strafbar gemacht. *Das* ist unwissenschaftlich! Kann ein Einziger hier im Saal beweisen, dass es keinen bedrohlichen Klimawandel gibt?«

»Wir sind *keine* Wissenschaftler, also müssen *wir* nichts beweisen«, entgegnete der Hutmacher.

»Außerdem ist in letzter Zeit immer wieder die Rede von großen Fehlerbalken«, meldete sich ein Holzwurm zu Wort, dem bei diesen Worten das Wasser im Mund zusammenlief.

»Und eine Veränderung von 2 Grad Celsius ist wirklich gering«, sagte der Nacktmull.

»Das kommt immer auf die Umstände an! Wenn ich 40 Grad Fieber habe und es steigt um weitere 2 Grad, dann bin ich tot«, triumphierte

Alice, stolz auf ihren Vergleich. Nicht weit von Alice hörte man die kleine weiße Rose, *Dryas octopetala,* seufzen.

»Das lässt mich völlig kalt«, zischelte die Echse ihrem Sitznachbarn, dem Nacktmull, zu. Auch die anderen Tiere und der Hutmacher diskutierten die Konsequenzen so lebhaft, dass die Hufschläge des Amtsschimmels im Lärm untergingen. Alice beobachtete die Präsidentin. Sie sprach mit dem Tiger, der daraufhin seine Trompete hervorzog und eine Teepause verkündete. Alice sah das Kaninchen an.

»Hast du eine Ahnung«, fragte sie den neuen Freund, »warum die Tiere als Hauptleittragende kein Interesse daran haben, gegen den Klimawandel vorzugehen?«

Das Kaninchen blickte sich vorsichtig um. »Na ja, der Rote Hering zum Beispiel ist mit mehreren Ölsardinen befreundet ... Meine Vermutung ist, dass die hier anwesenden Tiere keine loyalen Vertreter ihrer Art sind, sondern so etwas wie Chef-Lobbyisten. Du darfst nicht vergessen, viele von ihnen sind domestiziert, sonst wären sie nicht hier.«

Als klar wurde, dass es zu früh für den Tee war, weil das Teewasser noch nicht kochte, blies der Tiger die Teepause wieder ab.

»Ich gebe dem Mädchen recht«, begann ein großer, graubrauner Vogel seinen Vortrag. »Mein Name ist Adiabat, und ich bin eine Hindutrappe. Überschwemmungen gehören zwar zu den unverkennbaren Merkmalen des Sommer-Monsuns, doch seit einigen Jahren sind sie stärker und der Monsun viel unberechenbarer geworden.[57] Etliche Vogelarten haben große Anpassungsprobleme. Auch die Landwirtschaft, und mit ihr viele hundert Millionen Menschen, hängen vom Indischen Monsun ab. Ich habe den weiten Weg zu dieser Konferenz auf mich genommen, weil ich gehört habe, dass die Erderwärmung dieses ganze Phänomen verändert. Meine Artgenossen und ich möchten wissen, ob wir etwas dagegen tun können.«

»Das Wetter hängt auch von den Gebirgen ab«, schaltete sich der Papiertiger ein. »Soweit ich weiß, regnen sich am Himalaya eine ganze Menge Wolken ab. Auch ein gewisser Pamirknoten soll dabei eine Rolle spielen. Wie wäre es, wenn ihr erstmal den Knoten löst?«

Nun kam Molly Mauk zu Wort, die mittlerweile ihre Fassung wiedergefunden und geduldig gewartet hatte, bis sie an der Reihe war.

»Meines Erachtens haben die Wissenschaftler schon sehr viele Daten zusammengetragen und aufgrund kluger Berechnungen gute Thesen entwickelt, warum das Wetter rund um den Globus verrücktspielt. Alice und ich haben den Jetstream besegelt; was wir erlebt haben, war keine sanft gerollte Schlange mehr, sondern ein sich wild windender Drache. Und auch auf der Südhalbkugel gibt es viele neue Probleme. Als ich, wie meine Artgenossen, noch in den Südtropen lebte, wurde ich Zeuge eines ungeheuren Wirbelsturms. Dieser Sturm war viele Kilometer breit und schöpfte seine Kraft allein aus dem warmen Ozean. Je wärmer die Meeresoberfläche ist, desto mehr Energie kann ein Taifun auftanken.«

Die Hindutrappe nickte besorgt.

»Die Erwärmung der Meere führt auch zum schnelleren Abschmelzen der Eisschilde und damit zum Anstieg des Meeresspiegels«, ergänzte Alice traurig.

»Ach was«, schnalzte Ratte Rettich, »ein um 1 Grad Celsius erwärmtes Meerwasser kann keine Eisriesen schmelzen.«

»Das ist meiner Meinung nach nicht unmöglich«, sagte das Thermometerhuhn nachdenklich, »aber es sollte uns nicht zu voreiligen Klimaschutzanstrengungen verleiten, bevor nicht der Boden des Südpolarmeeres nach submarinem Vulkanismus als mögliche Ursache für das Abschmelzen abgetastet wurde.«

»Aber das dauert Jahrzehnte«, rief Alice. »Nicht nur, weil das Südpolarmeer riesig ist. Ich war in der Antarktis und weiß, wie gefährlich es ist, sich in fließendem oder schwimmendem Eis zu bewegen.«

Molly Mauk hob den Flügel: »Ich stamme aus der Antarktis und kann nur bestätigen, was Alice erzählt.«

Doch die Ratte, die sich zum Rädelsführer der Skeptiker gemacht hatte, heizte die Stimmung an. Sie sprang auf den Tisch und stemmte die Fäuste in ihre pelzigen Hüften. »Hört nicht auf den Albatros, er ist ein Spion. Weshalb hätte er sonst einen Sender? Und was will er auf der Nordhalbkugel, wenn nicht seinen heimlichen Herrschaftsanspruch anmelden? Er hat bereits begonnen, sein Territorium zu erweitern! Wie heißt er bei Baudelaire? ›Herr des Azurs‹, ›König der Lüfte‹ und ›Fürst der Wolke‹ – um nur drei Beweise zu nennen.«

»Fragen wir unseren neu hinzugekommenen Gast«, sagte die Präsidentin und wandte sich an den grauhaarigen Mann, der gerade die Treppe zur Kuppel heraufgekommen war, »wie er die Rolle der Wissenschaftler sieht.«

Der Mann mit den wirren, grauen Haaren und dem kräftigen Schnauzbart räusperte sich: »Ich denke, dass die Wissenschaftler eine moralische Verantwortung tragen«, sagte er, »die man nicht als politische Einmischung abtun sollte. Wir brauchen dringend eine Gesellschaft für soziale Verantwortung in der Wissenschaft, wenn nicht sogar eine übernationale Rechtsordnung. Wir sollten nie vergessen, dass wir unseren Kindern und Kindeskindern diese Erde noch vererben müssen.«

Ratte Rettich setzte sein fiesestes Grinsen auf und schnippte mit den Krallen. »Jede Zeit hat ihre eigenen Probleme. Sogar Marx war der Ansicht, dass man nichts für die nachkommenden Generationen tun sollte – denn sie haben schließlich auch nichts für uns getan!«

Aber der Mann mit dem Schnauzer ließ sich nicht beirren: »Alle Menschen und Tiere sollten sich ihrer intergenerationellen Verantwortung bewusst werden und leben wie die Monarchfalter ... Und Sonne gibt es genug – warum diese kostenlose Energiequelle nicht nutzen?«

»Ist jetzt Ludwig XIV. wieder auferstanden?«, fragte ein Bücherwurm.

»Verhaftet diesen Anti-Demokraten!«, kreischte die Ratte.

Doch die Präsidentin hieß den Amtsschimmel mit den Hufen auf den Tisch klopfen. »Lasst ihn zu Wort kommen!«, befahl sie mit der gelassenen Ruhe ihres Amtes.

Der alte Mann räusperte sich erneut: »Der Königsweg zur Nachhaltigkeit könnte sein ...«

»Wir leben in einer Demokratie, da interessiert der Königsweg nicht«, schnarrte die Hyäne.

»Der Monarch ist nur ein Beispiel für intergenerationelle Gerechtigkeit«,[53] erklärte der Unbekannte.

Jetzt mussten fast alle Tiere im Kuppelsaal lachen, was in Alice Ohren bizarr und beängstigend klang. Die Präsidentin winkte dem Tiger zu, damit dieser in seine Trompete blies.

»Guter Mann, fahren Sie fort«, rief sie. »Was hat es mit der intergenerationellen Gerechtigkeit auf sich?«

»Der Monarch ist eine in Amerika beheimatete Schmetterlingsart, deren gesamte östliche Population mit mehreren 100 Millionen Tieren auf wenigen Hektar Land in der mexikanischen Sierra Nevada überwintert. Um in ihr Überwinterungsgebiet zu gelangen, haben die Falter bis zu 3600 Kilometer zurückgelegt. Aber sie sind nur die erste Generation des Zyklus, von der keiner mehr bis in den Norden zurückgelangen wird. Dies werden erst die nachfolgenden Generationen tun. Auch die zweite Generation fliegt nur bis in den Süden der Vereinigten Staaten zurück, wo sie ihre Eier ablegt. Kurz, erst die vierte oder fünfte Generation erreicht wieder das Ausgangsgebiet. Das bedeutet, dass jede Population auf der vorangegangenen aufbaut. Würde eine Generation versagen, würde die ganze Gemeinschaft kollabieren. Es gibt also ganz klar ein in der Evolution verankertes Verhalten, welches das Überleben der nachfolgenden Generationen berücksichtigt.«

»Soll das etwa heißen, dass wir jetzt alle zu altruistischen Wanderpredigern mutieren müssen, damit unsere Populationen überleben?«, mokierte sich der Nacktmull. »Da kriegen sie aber ordentlich Ärger mit den Einwanderungsbehörden …«

»Nein, nein, Sie verstehen mich immer noch nicht«, entgegnete der alte Mann. »Der Monarch ist nur ein Denkanstoß, eine Metapher dafür, dass das individuelle Streben nach Glück und der Erhalt einer Art miteinander vereinbart werden könnten. Erst recht, wenn genügend Intelligenz zur Verfügung steht. Der heutige Mensch jedoch stürzt durch seine persönliche Bereicherung auf der Grundlage von fossilen Brennstoffen die Generationen nach ihm ins Elend. Das sollte er überdenken, weiter nichts. Insbesondere wo die Sonne uns doch eine kostengünstige, umweltfreundliche, die Demokratie fördernde Alternative bietet.«

»Die Mazahua-Indianer glauben, die Schmetterlinge seien Geister verlorener Menschenkinder«, sagte die Eidechse. »Aber ob nun ein paar Schmetterlinge mehr oder weniger auf unserer Erde herumtaumeln …«

»Mit Verlaub, verehrte Präsidentin«, unterbrach Ratte Rettich die Eidechse, »meiner Meinung nach ist dieser Fremde, genau wie der Albatros, ein Antidemokrat, und wenn er glaubt, die Kinder dieser Erde ließen sich mit Sonnenlicht retten, ist er ein Völkermörder dazu.«

Alice wurde rot vor Zorn.

»Nun rede dich bloß nicht um Kopf und Kragen«, flüsterte das weiße Kaninchen besorgt.

Doch Alice beachtete ihn nicht. Die Arme in die Hüften gestemmt, trat sie nach vorn: »Der Albatros ist harmlos und duldsam. Warum sonst hätte ihn die Präsidentin für unsere Exkursion auserwählt, wenn ihm nicht der Ruf der Gleichmütigkeit vorausgegangen wäre? Und«, sie wandte sich an ihren größten Gegner, »bei Baudelaire, liebe Ratte, heißt es auch, dass der Albatros sorglos und lachend den Schiffen folgt – und den Spott der Seeleute erduldet. Sieht so jemand mit Anspruch auf die Weltherrschaft aus? Vergessen Sie nicht, meine Damen und Herren«, fuhr Alice fort, »dass Albatrosse Klimaprofiteure wären, denn wenn die Winde zunehmen, brauchen sie weniger Energie und legen an Fett zu. Das ist bewiesen!«

Alle schwiegen. Plötzlich sagte der Rote Hering, von dem alle am wenigsten erwartet hätten, dass er den Albatros verteidigte: »Einem Albatros etwas zuleide tun, bringt Unglück – das weiß nicht nur das Matrosenvolk seit dem berühmten Gedicht ›Der alte Seefahrer‹ von Coleridge, das wissen auch alle Fische.«

Im Saal wurde es lauter. Als der Amtsschimmel mit den Vorderhufen auf den Tisch klopfte, verstummten die Anwesenden, und die Präsidentin, die man kaum mehr erkennen konnte, weil man ihr in der

Zwischenzeit einen großen samtenen Stuhl unter den Leib geschoben hatte, verkündete:

»Ich bin nicht geneigt, den Stand der Klimadiskussion hinter den vom letzten Jahr zurückfallen zu lassen. Aber es wird deutlich, dass es viele Unsicherheiten gibt. Das zeigen auch die immer länger werdenden Fehlerbalken in den Klimaberichten. Da aber schon viele Lebewesen, vor allem Tiere, vom Klimawandel betroffen sind, wird ebenso deutlich, dass die Wissenschaftler zu spät gewarnt, unzulänglich geforscht und die Fakten zu vorsichtig bewertet haben. Statt zu versuchen, den politischen Prozess mitzugestalten, haben sie zögerlich und feige gehandelt. Vermutlich geschah dies, um als unfehlbar dazustehen. Man stelle sich vor, ein Mediziner würde so lange warten, bis der Exitus den fatalen Anstieg der Körpertemperatur bestätigt. Also würde keine fiebersenkenden Maßnahmen ergreifen, weil er nicht ganz sicher sagen kann, ob das lebensbedrohliche Fieber nicht von alleine sinkt. Beweise sind in der Wissenschaft, und auch sonst, ein Ding der Unmöglichkeit. Denn für nichts in der realen Welt, schon gar nicht für die Zukunft, gibt es einen ultimativen Beweis. Deswegen gehören die Wissenschaftler bestraft, und ihre Forschungsgelder werden ab sofort der Anpassung an den Klimawandel zugeführt.«

»Mit Verlaub«, sagte der Amtsschimmel, »das ist nicht sehr viel Geld.«

»Dann«, entschied die Präsidentin trocken, »muss die Gefängnisstrafe eben höher ausfallen!«

»Wir können die Wissenschaftler nicht einsperren«, bemerkte der Hutmacher, »es sind zu viele!«

Doch die Präsidentin ließ sich nicht beirren: »Dann sperren Sie eben den Direktor ein.«

»Das geht nicht«, wandte das weiße Kaninchen ein.

Die Präsidentin zuckte ungehalten mit ihren Spinnenbeinen.

»Und warum nicht, wenn ich fragen darf?«

»Er sitzt schon im Gefängnis«, antwortete das Kaninchen auftrumpfend, »er ist ein Gefangener der Hoffnung!«

»Dann müssen eben das Mädchen und ihr Kaninchen eingesperrt werden«, forderte der Rote Hering. »Das Mädchen war mehrere tausende Jahre lang mit ihrer Forschung vertraut. Sie ist also die älteste Komplizin der Klimawissenschaftler.«

»Und warum das Kaninchen?«, fragte einer der Schöffen.

»Ich habe gesehen, wie das Mädchen das Kaninchen mit einer goldenen Uhr bestochen hat«, hechelte die Hyäne schadenfroh.

»Das ist nicht wahr«, rief Alice empört.

»Du hast auch die Weichselkirschen aufgegessen – man fand das leere Glas vor dem Supercomputer«, sagte der Hutmacher zu Alice.

Plötzlich stand ein Journalist auf. »Verehrte Vorsitzende, ich weiß nicht, ob es hier zur Sache tut, aber vielleicht kann dieses alte englische Gedicht über das Kaninchen bei der Entscheidungsfindung helfen. Ich selbst bin völlig unparteiisch, doch ich finde, dass immer alle Fakten auf den Tisch gehören:

Kaninchen seh'n so niedlich aus,
Doch ihr Betragen ist ein Graus,
So unaussprechlich sind die Sachen,
Die diese kleinen Biester machen,
Dass keine Zeitung dieser Welt
Die Wahrheit über sie enthält
Da sie verlor'ne Seelen haben

Wen wundert's, dass sie Löcher graben?
Denn solch Verdorbenheit kann eben
Fürwahr nur unterirdisch leben!«

»Das ist hinreichend unmissverständlich«, urteilte die Spinne. »Papiertiger, stoßen Sie in Ihre Trompete!«

Der Papiertiger gehorchte und ließ drei klägliche Trompetenlaute ertönen.

Die Präsidentin fuhr fort: »Hiermit verurteile ich das weiße Kaninchen im Namen des Gesetzes zu neun Jahren Haft ohne Bescherung.«

»Und das Mädchen?«, fragte der Rote Hering. »Was ist mit dem Mädchen?«

Alice dämmerte nun, dass der Rote Hering Molly Mauk nur verteidigt hatte, um überzeugender dazustehen, wenn es um ihre Verurteilung ging.

Der Bücherwurm hob sein Schwanzende. »Wenn ich das sagen darf – auch über das Mädchen gibt es ein Gedicht:

Ein Mädchen, genannt Alison Mut,
erklärte noch besser als gut.
Ihre Geschichten, so wahr
sträubten Zerberus' Haar
und brachten das Ölpack in Wut.«

»Aber das bin ich nicht! Ich heiße nicht ›Alison Mut‹. Mut ist zwar mein Nachname, aber ich heiße Alice, nicht Alison. Außerdem hat die oberste Gedichtzeile eine Silbe zu viel, sodass das Gedicht nicht gut klingt!«

»Heißt du Alice?«, fragte die Präsidentin.

»Ja«.

«Heißt du Mut?

Alice antwortete zögerlich »Ja ...«

»Also«, fuhr die Präsidentin fort, »heißt du Alice & Mut! So leid es mir tut, aber wir können ja nicht das Kaninchen einsperren und dich laufen lassen. Gleiches Recht für alle!« Sie blickte zum Papiertiger: »Sperrt sie zu Albert Michelson in den Keller.«

»Moment!«, rief Alice und stellte sich in die Mitte des Saals. Die Eidechse und die Nager hielten den Atem an vor Bewunderung.

»Sie können doch jemanden nicht aufgrund eines Gedichtes verurteilen!«

»Wieso? Wenn man jemanden aufgrund eines Gedichtes verteidigen kann – und das hast du eben beim Albatros getan –, kann man ihn auch aufgrund eines Gedichtes verurteilen«, sagte der Rote Hering frech.

Alice wollte gerade etwas erwidern, da fiel ihr Blick auf die Lederkappe der Ratte. Kreidebleich und wie vom Blitz getroffen stand sie reglos in der Mitte des Saals: Auf dem Kopf von Ratte Rettich saß eine Mütze aus Walrosshaut. Alice wankte auf die Tische zu und übergab sich. Schnell sprangen ein paar Schöffen herbei und warfen ein Bündel Papier auf das Erbrochene.

»Meiner Meinung nach«, mischte sich der alte Mann ein, »gehören sowohl das Mädchen und das Kaninchen als auch Albert Michelson freigelassen.«

Der Amtsschimmel tauschte einen Blick mit der Präsidentin und schnaubte: »Der Antrag wird abgelehnt. Man kann niemanden freilassen, der noch nicht eingesperrt ist.«

»Hättest du gewartet, bis sie im Gefängnis sind ...«, feixte die Hyäne.

»Aber Michelson – warum, Herr Gott noch mal, ist so ein berühmter Wissenschaftler eingesperrt?«, fragte der Mann, der offenbar noch zu retten versuchte, was zu retten ging. Der Papiertiger blätterte in seinen Unterlagen. Endlich zog er ein leeres Blatt aus dem Stapel und hielt es dem Publikum hin.

»Michelson ist im Gefängnis, weil sein Versuch mit dem Interferometer kein positives Ergebnis erbrachte.«

»Nun«, sagte der alte Mann, »ein negatives Ergebnis ist auch ein Ergebnis. Und sein negatives Ergebnis hat zur Weiterentwicklung der Physik geführt! Es war Michelson, der die Physiker auf neue Pfade führte und durch seine wunderbaren Experimente den Weg für die Entwicklung der Relativitätstheorie ebnete. Er entdeckte einen heimtückischen Defekt in der Äthertheorie des Lichts, wie sie damals existierte. Seine Arbeit stimulierte Ideen von Hendrik Antoon Lorentz und FitzGerald, aus denen sich die Spezielle Relativitätstheorie entwickelte. Dies wiederum führte zur Allgemeinen Relativitätstheorie und zur Gravitationstheorie.«

Doch keiner hörte dem Mann mehr zu, seine Worte gingen im allgemeinen Durcheinander unter. Der Tiger und die Hyäne griffen Alice bei den Armen, der Hutmacher hatte das Kaninchen am Nackenfell gepackt und in seinen Hut gestopft, und Molly Mauk sah hilflos zu. Alice und ihr kleiner Freund wurden in den Michelson-Keller gebracht, wo einst einer der wichtigsten Versuche der Physikgeschichte durchgeführt worden war. Im Weggehen hörten sie noch die Hufe des Amtsschimmels trommeln. Kurz darauf gab die Spinne den weiteren Ablauf der Verhandlung bekannt: »Die Angeklagten sind abgeführt.

Doch die Verhandlung ist noch nicht abgeschlossen. Man rufe jetzt diese Spanisch sprechenden Kinder in den Zeugenstand.«

Der Amtsschimmel wieherte und schlug erneut mit seinen Vorderhufen auf den Tisch. Diesmal zerbrach er in zwei Stücke. »El Niño oder La Niña?[58] Es tut mir leid, aber ich habe mir erklären lassen, dass immer nur eins dieser Kinder erscheinen kann. Dieses Jahr ist es La Niña.«

Im Gefängnis mit Michelson

Dicht gefolgt von dem Hutmacher, der das Kaninchen in seinem Zylinder gefangen hielt, führte der Tiger die weinende Alice über graue Holzfußböden staubiger Archive und enge Betonguss-Wendeltreppen in den Keller des Gebäudes, die unzähligen Türen aufgehalten von der devot triumphierenden Hyäne. Schließlich stieß er das Mädchen ohne ein tröstendes Wort in das runde Ziegelsteingewölbe, in dem bereits der berühmte Lichtforscher Albert Abraham Michelson saß. Schnell, und ohne auf ihre lädierten Knie zu achten, sprang sie wieder auf die Beine. Auch das Kaninchen, das unsanft aus dem Hut geschüttelt worden war, ließ nichts anbrennen. Michelson sah erstaunt von seiner Billardpartie auf.

»Hoppla, wer seid ihr denn? Und was macht ihr in meinem Gefängnis?«

Alice wischte sich die Tränen von der Wange. Immerhin saß dieser Mann schon viele Jahre hier, und sie waren gerade erst angekommen.

»Mein Name ist Alice, und das ist das weiße Kaninchen.«

Das Kaninchen schüttelte sich den Staub vom Fell. »Unsinn, ich bin kein Kaninchen. Ich bin ein Schneehase!«, protestierte das Kaninchen, das in der Tat ein Hase war.

»Aber warum ...?« Alice kam nicht weiter, denn der Schneehase unterbrach sie rüde.

»Ich bin aus der Arktis gekommen, um mich hier über den Sachstand des Klimas zu informieren.«

»Aber das hättest du doch auch als Schneehase tun können«, wunderte sich Alice.

»Nein, nein, sie sollten besser nicht denken, dass ich spezielle Interessen verfolge. Als Carrolls Karnickel mit Uhr und Weste war ich ihnen unverdächtig«, konterte der Hase, während er sich die Kostümierung vom Leib streifte.

Michelson zwirbelte sich nachdenklich den Bart. Er verstand kein Wort von dem, was die beiden sprachen.

»Aber warum hast du nicht wenigstens gesagt, dass du gar kein Kaninchen bist, als sie dich verurteilt haben?«

»Glaubst du, ich wäre besser davon gekommen, wenn sie erfahren hätten, dass ich ein Agent bin?«

Alice verzog ärgerlich das Gesicht. »Vielleicht hätten sie *dich* eingesperrt, aber mich laufen lassen! Auf die blöde Idee mit den Gedichten wären sie ohne dich doch gar nicht gekommen!«

»Kinder, bitte, streitet euch doch nicht! Ich bin so froh, einmal Besuch zu haben«, fiel ihnen Michelson ins Wort. »Erklärt mir lieber, um was für eine Idee es ging.«

»Ach«, sagte Alice, »das war wahrscheinlich nur ein Vorwand. Irgendjemand hat so einen dämlichen Limerick heruntergeleiert – und bumm aus, das war's.«

»Einen Limerick?«

»Der angeblich von uns handeln würde«, fügte der Schneehase hinzu.

»Oh, das ist eine hässliche Sache«, nickte Albert Michelson. »Dabei gibt es so vergnügliche Limericks. Ich kann mich noch genau erinnern, kurz vor Weihnachten im Jahre 1923 stand im Punch-Magazin ein Limerick über das Licht:

Als Kind schon war Lucia klar,
Dass sie schneller als Sonnenschein war
Sie begann ihre Reise
Auf relativistische Weise
Und war abends zuvor wieder da.«

»Und was ist aus dieser Lucia geworden?«, fragte Alice. »Ist sie auch ins Gefängnis geworfen worden?«

»Oh nein, sie ist jetzt die schwedische Lichtkönigin«.

»Ich finde das nicht lustig«, sagte Alice traurig. »Und ich verstehe es auch nicht. Man kann nicht schneller als Licht sein.«

»Ich habe das aber angenommen, damals. Zumindest, dass Lichtstrahlen im freien Raum unterschiedlich schnell sein können. Ich ging davon aus, dass ein Lichtstrahl, der sich in derselben Richtung bewegt wie die Erde auf ihrer Umlaufbahn, von einem Ätherwind gebremst wird. Wie ein Schwimmer, der gegen die Strömung schwimmt. Wohingegen Licht quer zum Ätherwind dann schneller hätte sein müssen. Dieses Gefängnis war übrigens mein Versuchsraum. Dort an der Wand liegt noch mein altes Messgerät, das Interferometer ... Doch es gab keinen Gewinner; die Lichtstrahlen waren immer gleich schnell. Ich schickte sie gleichzeitig los, und sie kamen auch gleichzeitig zurück, obwohl ich sie durch Spiegel aufspaltete und verschiedene Wege zum Ziel nehmen ließ. Die Hypothese, dass sich die Erde durch einen Lichtäther bewege und deswegen ein permanenter Ätherwind herrsche, war also falsch. Allerdings habe ich noch lange geglaubt, mein Versuch hätte nur deswegen nicht das erwünschte Ergebnis gebracht, weil der Äther von der Erde mitgerissen würde und hier im Keller lediglich Ätherwindstille herrschte.«

»Und weil sich Ihre Annahme nicht bestätigte, sind Sie hier eingesperrt worden«, ergänzte Alice mitfühlend. »Das ist mindestens so absurd, wie aufgrund eines Limericks eingebuchtet zu werden.«

»Vielleicht dachten sie, es läge an mir. Es ist ja auch schwer zu verstehen, wie sich eine Welle im Nichts ausbreiten kann. Nach der klassischen Wellentheorie des Lichts und der Faraday-Maxwellschen Theorie des elektromagnetischen Feldes war es alles andere als selbstverständlich, dem Raum physikalische Zustände zuzubilligen.« Er seufzte.

Für einen Augenblick herrschte antarktische Stille. Aber was für ein Unterschied zur Antarktis! Das Gewölbe war so klein, dass sie gerade mal so darin schlafen würden können, ohne sich zu stoßen.

Dann fragte Alice Michelson: »Und was haben Sie die ganzen Jahre gemacht, so allein? Haben Sie immer nur Billard gespielt?«

»Ich wusste ja, dass ich die Existenz eines Äthers mit meinem Versuchsaufbau nicht nachweisen würde, also baute ich zum Zeitvertreib ein ›Enferometer‹, um das Böse zu messen. Aber auch hier war das Ergebnis negativ. Daraus schloss ich, dass das Böse nicht messbar ist. Deshalb baute ich aus dem Tisch, auf dem die Apparatur stand, einen Billardtisch. So konnte ich wenigstens mein Spiel präzisieren! Was sonst blieb mir zu tun? Weder meine Staffelei noch meine Geige, noch meine Boxhandschuhe haben sie mir gegönnt ... nur Papier und Bleistift, meine Versuchsapparatur, und wenn ich Glück hatte, bekam ich hin und wieder ein gescheites Physikbuch zu lesen ... Aber jetzt, wo ihr da seid, würde ich mich freuen, wenn wir gemeinsam eine Partie Billard spielen könnten.«

»Wie viele Jahre hat man Ihnen aufgebrummt?«, fragte der Schneehase, der sich nur schwer vorstellen konnte, einen Queue zu bedienen.

Albert Michelson zuckte nur mit den Schultern. »Ich glaube, das wissen sie selbst nicht so genau.«

»Also, ich habe nicht vor, mich lange einsperren zu lassen«, ergriff Alice das Wort. »Wie wird das Gefängnis bewacht?«

»Die Eisentür, durch die ihr gekommen seid, hat bis auf euch jahrelang keiner mehr benutzt. Wie ihr wisst, führt sie ins Treppenhaus des Ost-Turms. Die andere Tür führt zu einem kurzen Flur, dahinter folgt eine weitere Eisentür ins Freie, vor der ständig ein oder zwei Steinböcke auf und ab laufen. Das Essen wird meist von einem Huhn gebracht. Manchmal bringt es aber auch nur einen Becher Wasser, legt mit beleidigter Miene ein Ei und trippelt wieder davon.«

»Das ist völlig absurd. Man sollte es doch wohl schaffen, ein Huhn und zwei Ziegen zu überwältigen«, sagte Alice.

»Es sind kräftige Steinböcke. Ihr könnt es gerne versuchen, aber ich habe keine Lust, mich von ihnen auseinandernehmen zu lassen. Und das Risiko, dass ich nach einem misslungenen Ausbruchsversuch noch schlechter behandelt werde, ist einfach zu groß. Ich bin alt und gebrechlich.«

»Aber zu zweit schaffen wir es vielleicht nicht. Wenn alle sich zusammentun, ist die Wahrscheinlichkeit, dass der Ausbruch gelingt, am größten.«

Michelson machte ein unschlüssiges Gesicht. Sie blickten den Schneehasen an, der sich noch gar nicht dazu geäußert hatte.

»Oh«, fluchte Alice, »ich weiß, was du denkst! Du denkst, ich und Albert sind stark genug, um allein mit den Böcken fertig zu werden!«

»Nein, gar nicht«, entgegnete der Schneehase, aber Alice war sich sicher, ihn unter dem Fell erröten zu sehen, »ich dachte nur an die Klimaverhandlungen vom letzten Jahr. Auch da war immer die Frage, wer geht voran? Wenn alle Tierarten denken, lass die anderen mal machen, und jeder nur der Trittbrettfahrer sein möchte, der nur Vorteile hat ... Ich habe schon lange darüber nachgedacht, was ein guter Anreiz für die einzelnen Arten sein könnte, beim Klimaschutz Pionier zu sein ...«

»Wahrscheinlich muss man erst den Nutzen für die eigene Art erkennen. Wenn du an einem völlig verqualmten Ort lebst, sagen wir, weil alle in deiner Nachbarschaft nasses Holz verbrennen, kannst du die Fenster auch nicht für immer geschlossen halten.«

»Ja, es braucht mehr«, stimmte der Schneehase zu, »es muss so sein, dass selbst der, der in der entgegengesetzten Windrichtung wohnt, etwas davon hat.«

»Er könnte zum Beispiel Planen verkaufen«, schlug Michelson vor, »mit denen das Holz abgedeckt wird. Oder eine andere, neue Technologie entwickeln – dann würde ihm eine Marktführerschaft zuteilwerden, und gleichzeitig ginge es allen besser.«

»Ich will jetzt erstmal hier raus«, murrte Alice. »Und nicht über die Benefits und Co-Benefits von Arten, Volksstämmen oder Regierungen nachdenken. So lange ich hier eingesperrt bin, habe ich ehrlich gesagt keine Lust, über eine Welt nachzudenken, die nicht gerettet werden will!«

In diesem Augenblick sprang die Tür auf, und drei Hühner flatterten herein, von denen eines sofort nach dem Schneehasen pickte. Alice nutzte die Zeit des Tumults, um einen Blick nach draußen zu werfen, und sah zu ihrem Entsetzen, dass der Papiertiger eine Sonnenliege vor dem Gefängnis aufgestellt hatte und sich von der Hyäne Getränke servieren ließ, während die mächtigen Steinböcke mit stacheldrahtumwickelten Hörnern vor der Tür patrouillierten. Verwirrt wich sie zurück und stolperte dabei über ein Huhn, das empört gackernd den Ausgang suchte.

Keine Minute später war der Spuk vorbei, und die drei Gefangenen standen erneut, um drei Eier und drei Becher Wasser bereichert, im trübseligen Licht des verschlossenen Kellergewölbes. Alice setzte sich auf den Boden und weinte, während Michelson, der, dem Tageslicht entwöhnt, nichts außer weißen Himmel zu sehen geglaubt hatte, seine gutmütigen braunen Augen mitfühlend über die kleine Alice wandern ließ. Der Schneehase, als könnte er riechen, wie es um sie stand, schnupperte an ihrer Hand.

»Was soll *ich* denn erst sagen«, versuchte er Alice aufzuheitern, »als Veganer ...«

Da hörte das Mädchen ein Geräusch auf der Turmtreppe. Vorsichtig hob es den Kopf. Ein kleiner Zettel tauchte unter der Tür auf, dann entfernten sich kaum hörbar und eilig die Schritte eines Menschen. Alice stürzte zur Tür und hob den Zettel auf – und ließ ihn sogleich wieder enttäuscht sinken.

»Eine Formel – nichts weiter als eine völlig unverständliche Formel!«

$$ds^2 = \left(1 - \frac{2GM}{r}\right) dt^2 \left(1 - \frac{2GM}{r}\right)^{-1} dr^2 - r^2 d\Omega^2$$

»Zeig mal her.« Albert Michelson beugte sich über das Papier in Alice' Hand. »Das muss die berühmte Schwarzschild-Formel sein, die erste echte Lösung der Einstein'schen Feldgleichungen.«

›Vielleicht ist sie von dem alten Mann, der während des Gerichtsprozesses forderte, dass Wissenschaftler auch Gewissenschaftler sein müssen‹, überlegte Alice.

»Könnten Sie uns denn die Formel erklären?«, fragte der Schneehase.

»Grob gesagt geht es um eine Gravitationsanomalie – kurz, ein Schwarzes Loch.«

Während der Lichtforscher in furchterregender Fachsprache zu erklären begann, was das bedeutete, schaltete Alice ab und ließ ihre Gedanken zu Zeta schweifen.

»Vielleicht kann sie uns beim Ausbruch helfen«, hoffte Alice und dachte noch intensiver an die Katze. Sie wollte gerade aufgeben, da erschienen vor den gelben Ziegelsteinen ein paar ähnlich gelbe Katzenohren. Der Schneehase bemerkte sie als Erster und sprang erschrocken zu Alice auf den Arm. Auch Albert Michelson zuckte heftig zusammen und riss beim Zurückweichen seinen selbstgebauten Billardtisch um.

Alice lächelte. »Darf ich vorstellen? Meine Freundin Zeta, die mathematisch-metaphorische Katze.« Der Schneehase zitterte immer noch, und Alice kraulte ihm zur Beruhigung das schon leicht sandfarben nachgewachsene Fell.

Es dauerte eine kleine Weile, bis sich die Herzschläge der Gefängnisinsassen wieder auf Normalniveau eingependelt hatten. Michelson war entzückt, als er erfuhr, dass er sich mit der Katze des berühmten Mathematikers Bernhard Riemann unterhielt. Sogleich diskutierten sie die Bedeutung des Raumbegriffs in der Geschichte der Physik.

»Der Raum galt noch lange nach Bernhard Riemann als starr«, erklärte Zeta, »Riemann war seiner Zeit einfach zu weit voraus. Und dann kam ja noch die Lorentz'sche Elektrodynamik. Erst durch die Widersprüche in den Theorien verschiedener Geistesgrößen gelang es Einstein um 1905, das Gesetz der konstanten Lichtgeschwindigkeit mit den Erkenntnissen der Elektrodynamik zu verbinden und damit die Untrennbarkeit von Raum und Zeit zu belegen.«

»Ich verstehe kein Wort«, bekannte Alice.

»Ich glaube, es ist wie mit der Zeit in den Computermodellen«, half ihr diesmal der Schneehase weiter, »auch da gab es keine wahre Zeit, sondern nur eine Ortszeit. Und so ist es auch bei Einstein: Jede Zeit kann in den verschiedenen Inertialsystemen als Eigenzeit angesehen werden.«

»Wir arbeiteten damals vor allem mit induktiven Methoden«, entschuldigte sich Michelson, »in die höchst abstrakten Welten der logischen Deduktion haben sich nur wenige vorgewagt. Das ist der besondere Verdienst Einsteins.«

»Beim Klimagerichtshof tauchte ein Mann mit wirrem Haar und Schnurrbart auf, der für Ihre Freilassung plädierte«, wandte sich Alice an Michelson. »Er behauptete, Sie hätten den Grundstein für Einsteins Theorien gelegt.«

Der gutmütige Lichtmeister bekam feuchte Augen.

»Wahre Geistesgrößen wissen, dass ihr Ruhm geteilter Ruhm ist«, erläuterte er. »Nur die Mittelmäßigen neiden einander den Fortschritt. Sie glauben beharrlich, einer allein könne ohne die Leistung seiner Vorgänger emporwachsen.«

Zeta pflichtete ihm bei. »Im 21. Jahrhundert will man sich immer noch nicht ganz daran gewöhnen, dass sinnliche Erfahrbarkeit nicht die Richterin über wissenschaftliche Theorien sein kann – wie das Problem der Erderwärmung wieder einmal zeigt. Ihr seid hier eingesperrt, weil es schwerfällt zu akzeptieren, dass sowohl messerscharfe Logik als auch eine kühne Phantasie nötig sind, um weiter in den Erkenntnisraum vorzudringen. Viele Menschen glauben immer noch, Naturgesetze seien beweisbar und Wissenschaftler, die keine sinnlich erfahrbaren Beweise vorlegen, Spinner oder Versager. Die, im Übrigen, wenn es politisch opportun ist, gerne als Verbrecher abgestempelt werden.«

Dann fuhren Zeta und Michelson damit fort, über Riemanns Krümmungstensor, nicht-lineare Koordinatentransformationen und Gravitationsgesetze zu schwadronieren. Alice und der Schneehase blieben still, während das Mädchen den kleinen Säuger weiterhin kraulte.

»Ich glaube übrigens nicht«, schnurrte Zeta cellohaft dunkel, »dass es Schwarzschild persönlich war, der euch die Formel zugespielt hat. Meiner Meinung nach kann die Formel nur von einem Physiker sein, der sich nicht nur mit den Innen- und Außenräumen von Schwarzen Löchern, sondern auch mit Weißen Löchern, also den dazu äquivalenten gespiegelten Räumen auskennt. Die Verbindung zwischen den beiden Gravitationsanomalien wird Einstein-Rosen-Brücke genannt, und das gesamte Objekt ›Wurmloch‹. Möglicherweise ist durch dieses Wurmloch sogar eine Zeitreise vorstellbar, denn ein Wurmloch ist eine Abkürzung durch die Raumzeit.«

Albert Michelsons Augen leuchteten, bis sie wie die eines Fieberkranken glänzten, so gut tat ihm die Unterhaltung mit Zeta. Alice hörte ihnen nicht mehr zu. »Schau an«, sagte sie zum Schneehasen, »du hast, seitdem wir in diesem Raum sind, dein Winterfell schon fast vollständig gewechselt. Ich staune wirklich, wie schnell das geht! Auf deinem Rücken sind nur noch wenige weiße Tupfen zu sehen.«

Der Schneehase drehte den Kopf zur Seite und versuchte, seinen Rücken zu betrachten.

»Ich werde es dir im Spiegel zeigen«, frohlockte Alice. Mit dem

Hasen im Arm und dem Zettel in der Hand bückte sie sich zu Boden, wo die Spiegel von Michelsons Interferometer lagen, und hielt ihm einen davon vor das Fellgesicht. Aber auch Alice und das kleine Stück Papier mit der Formel spiegelten sich.

»Pass auf, Alice«, rief die Katze Zeta, »wenn du die Lösung des Schwarzen Loches spiegelst, könntest du möglicherweise ein Wurmloch erzeugen. Wer weiß, wo du dann landest!«

Doch es war zu spät. Die Ohren des Hasen zogen sich in die Länge und wurden dünn wie Spagetti. Noch bevor Zeta den Satz beendet hatte, waren er und Alice in den unvorstellbar tiefen Schlund eines Wurmlochs gesaugt worden.

In der Lösungsabteilung

Als Alice die Einstein-Rosen-Brücke durch das Weiße Loch wieder verließ, hatte sie grauenhafte Kopfschmerzen. Ihre Schuhe drückten, und ihr Kleid spannte. Doch damit nicht genug: In ihrem Herzen breitete sich die Kälte einer bösen Vorahnung aus. Sie senkte den Blick und betrachtete den kleinen Schneehasen, den sie an die Brust gedrückt hielt. Seine Augen waren geschlossen, das Köpfchen hing ergeben in ihrer Armbeuge. Wie viele Jahre mochten vergangen sein? Da spürte sie, dass der kleine Körper keine Wärme mehr ausströmte und langsam steif wurde. Wie einsam sie plötzlich war! Jetzt erst fiel ihr auf, dass sie den Hasen nie nach seinem Namen gefragt hatte! Wie traurig es war, einen toten Freund in den Armen zu halten, dessen Namen man nicht kannte! Wie trostlos, unbarmherzig und sinnlos kam ihr nun ihr Abenteuer vor!

Sie wusste nicht einmal: War ihr Körper gealtert oder nur ihr Herz? Oder war ihr Herz, das sich eingeschnürt anfühlte, größer geworden? Alice war erwachsen geworden, und im Versammlungssaal über ihrem Kopf, wo Tiere, Menschen und Pflanzen über den Klimawandel gestritten hatten, war alles still. Gerade als sie die engen Schuhe abstreifen wollte, flog die Tür zum lichtdurchfluteten Westflügel auf. Ein sonnengebräunter Mann mit langen grauen Haaren und olivfarbigem Teint schlurfte gähnend den Gang entlang.

»Noch'n Kaffee«, murmelte er und schüttete lösliches Pulver in seinen vom exzessiven Kaffeegenuss braun gefärbten Becher. Plötzlich wandte er sich Alice zu, und sie bemerkte, dass er die Tasten des Heißwasserautomaten mit geschlossenen Augen bedienen könnte.

»Auch einen?«

Alice nickte. Ihr war jetzt jedes Getränk recht.

»Sie seh'n etwas ramponiert aus«, fuhr der Mann fort. Alice war nicht einmal gekränkt. Erstens sah sie tatsächlich derangiert aus, zweitens erschien ihr der langhaarige Mittfünfziger selbst nicht gerade sehr gepflegt. Hemd und Hose sahen zwar wie maßgeschneidert, aber speckig und verschlissen aus, und an den Füßen trug er dunkelrote Filzpantoffeln, die sich an den Seiten auflösten.

›Es gibt aerobe, anaerobe und garderobe Bakterien‹, dachte Alice. ›Dieser nette Herr ist sicherlich die ökologische Nische für die Letzteren. Wenn ich selbst nicht so zerlumpt aussähe, würde ich jetzt bestimmt weglaufen. Aber er ist sympathisch, und das ist alles, was zählt!‹

»Legen Sie doch Ihren Stoffhasen ab und gesellen sich zu uns!« Der Langhaarige grinste.

Alice wusste, wie lächerlich sie wirkte, aber das war besser, als über die Wahrheit sprechen zu müssen, und sie sah nur freundliche Gesichter im Raum nebenan. Also legte sie den toten Hasen behutsam auf einen der Clubsessel.

Im Westflügel herrschte ganz offensichtlich gute Stimmung: Kuchenteller und Kaffeetassen waren bunt über die Tische verstreut, und auf dem vorderen Tisch lagen Stapel mit Zeitschriften, in denen alle Kreuzworträtsel bis ins letzte Eck ausgefüllt waren. Um die Tische herum saßen ein halbes Dutzend Männer und Frauen.

»Ham wa gerade gelöst«, bemerkte der Langhaarige mit vollem Mund, und zeigte auf ein mit Kuchenkrümeln übersätes Rätsel.

»Im Kollektiv?«, fragte Alice, die nicht wusste, was sie sonst erwidern sollte.

»Im Kollektiv. Wir sind schließlich die Lösungsabteilung.«

»Lösung von was?«, fragte Alice, nun etwas müde.

»Na ja«, schaltete sich ein weiterer Wissenschaftler mit schütterem Haar ein, »ursprünglich haben wir uns mit nachhaltigen Lösungsstrategien zur Vermeidung eines menschgemachten Klimawandels befasst – aber da wir das Klimaproblem nun abgehakt haben ...«

»Sie haben ... was?« Alice blieb der Mund offen stehen. Doch keiner beachtete sie, denn eine Frau mit einem bunt gemusterten Kleid hatte mit kräftiger Stimme zu sprechen begonnen:

»Typisch Jochen. Du tust ja mal wieder so, als hätten wir das Problem persönlich gelöst. Aber ohne die Armen dieser Welt und ein paar verrückte Freaks, wie die Elektrofuzzis in der Automobilbranche, wäre es nie zur großen Transformation der Weltwirtschaft gekommen ...«

»Typisch Sozialwissenschaftlerin! Du willst doch nicht etwa sagen, dass die Welt durch Verhaltensänderungen gerettet wurde?«

»Nun, von der neuen Technologie ging ein wichtiger Impuls für das Bewusstsein aus, dass wir durch erneuerbare Energien autark sein können. Die Menschen haben sich in dem Moment von der dunklen Energie der Diktatur zur hellen Energie der Selbstbestimmung gewandt, wo das Angebot sichtbar und erschwinglich auch für die Ärmeren unter ihnen wurde. Natürlich bedurfte es zunächst der Legislative. Ohne gesetzliche Vorgaben zur CO_2-Vermeidung wäre sicherlich keine solche Dynamik entstanden. Aber als beispielsweise die Elektromobilisierung eine kritische Masse von Menschen erreicht hatte, funktionierte sie wie ein Rückschlagventil: Es gab kein Zurück mehr! Die Rettung des Planeten war in greifbare Nähe gerückt. Man brauchte nicht mehr ohnmächtig und verschämt wegzusehen.«

»Dein philosophisches Talent in allen Ehren, Solaia, aber meiner Meinung nach waren es einzig und allein die marktwirtschaftlichen Instrumente wie CO_2-Steuer und Emissionshandel, die zum gesellschaftlichen Umbruch geführt haben … Peter, reich mir doch mal bitte ein Stück Apfelkuchen rüber.«

Der ausgesprochen stille Mann schob gleich die ganze Torte über den Tisch, sodass sich auch Alice ein Stück angeln konnte.

»Du bist ja immer noch ein Vollblutökonom«, antwortete Solaia zu Jochen gewandt. »Die Elektrifizierung auf dem Land durch Erneuerbare wie in China, Indien, Brasilien – und natürlich die Aufforstung der Wälder –, das waren die Schlüssel zur Weltrettung – schau dir nur die letzten Studien von Stör und Fibelwein an.«

»Du hast die Rolle von CCS vergessen«, warf ein bärtiger Mann um die sechzig ein, »und den internationalen Klimaschutzfond.«

»Na ja«, sagte ein vergleichsweise junger Mann, der als Einziger ein Jackett trug, »an dem, was Solaia sagt, ist schon was dran. Seit ich mich nicht mehr mit Anpassung an den Klimawandel beschäftige, habe ich viel Zeit, die Literatur zur Geschichte der Erderwärmung zu studieren. Die Experten sind sich inzwischen einig, dass die Titanic der Neuzeit nur deswegen nicht sank, weil ein paar kluge Köpfe der Crew erkannten, dass sie nicht nur einem Eisberg auszuweichen hatten, sondern dass ihnen die Passage zwischen zwei Eisbergen gelingen musste: Klimawandel und Armut. Erst als auch der elementare Energiebedarf aller einfachen Menschen durch erneuerbare Energien abgedeckt werden konnte –, zum Beispiel durch fotoaktive Folien auf den Dächern oder an den Hauswänden –, war der Durchbruch geschafft.

»Es ist wirklich eine Ironie der Geschichte, dass die Welt gerade durch diejenige Errungenschaft gerettet wurde, die sie fast zerstört hätte, also den technischen Fortschritt, der überhaupt erst durch die massive Nutzung fossiler Brennstoffe in Gang kam«, kommentierte der Langhaarige, seinen Restkaffee in der Tasse schwenkend.

»Es war tatsächlich ein sehr komplexes Problem«, sagte eine ältere feingliedrige Dame, die neu hinzugekommen war. »Ich glaube ja immer noch, dass sowohl Papst Franziskus als auch die Emanzipation der Frau in den arabischen Ländern tragende Rollen spielten.«

»Wisst ihr noch, wie wir uns die Köpfe zerbrochen haben, was der richtige Energiemix zu welchem Zeitpunkt sei?«, fragte der Bärtige in die Runde. »Und wie viele Jahre es dauerte, bis die Nuklearenergie ganz aus den Szenarien verschwand? Was haben wir gerechnet!« Er lachte, und man konnte heraushören, wie froh er war, dass diese Zeit hinter ihnen lag.

»Ihr habt zwanzigtausend Abschätzungen vorgenommen, welcher Energiemix in welcher Phase der Großen Transformation adäquat gewesen wäre«, fügte die Dame hinzu. »Und dann – zack!, kam das Pariser Klimaschutzabkommen, und die Wirtschaft geriet unter enormen Handlungsdruck!«

»Ich bin zwar nur Physiker«, sagte der bescheiden wirkende Mann namens Peter, »aber ich glaube nicht, dass der soziale Kipp-Punkt erreicht wurde, weil der Papst dazu aufgerufen hat, Armut und Erderwärmung gleichzeitig zu bekämpfen. Ich denke, es waren mehrere, voneinander unabhängige Ereignisse, die zufällig zusammenwirkten: Die Reaktorkatastrophe von Fukushima führte zum Ausstieg aus der Atomenergie in Deutschland und motivierte noch mehr Bürger, Sonnenstrom ins deutsche Netz einzuspeisen – es gab einen Solarboom.

Der dann noch mal größer wurde, als die Chinesen den deutschen Markt mit billigen Photovoltaik-Anlagen stürmten und es noch einfacher machten, Solarzellen auf dem eigenen Dach zu installieren. Das veränderte bereits die Energiemärkte. Aber erst als die großen Flüchtlingswellen nach Europa schwappten, fingen die Menschen an zu verstehen, dass die Weltgemeinschaft in einem engen, schwankenden Boot sitzt, und man sich gegen die Verzweifelten nicht einfach abschotten kann. Schlagartig wurden die Zusammenhänge zwischen Bereicherungswirtschaft durch Öl, Waffenhandel und Umweltkrisen sichtbar. Und zwar zu einem Zeitpunkt, an dem schon eine kritische Menge von Bürgern an den fossilen Brennstoffen als Energielieferanten zweifelte. Die Zeit war reif für ein internationales Klimaschutzabkommen, das auch die Finanzkapitalisten zum Umdenken zwang.«

Solaia kicherte: »Ja, die Zeit war reif, das meinte auch unser Direktor. Er hatte ein Gespür für diese Dinge. Er empfahl den Leuten, frühzeitig zu ›divestieren‹, also ihr Geld nicht mehr in die Zerstörung der Umwelt durch fossile Geschäfte anzulegen. Und er sprach schon von Umweltflüchtlingen, bevor diese sich massenhaft in Bewegung setzten.«

Jochen hob die Augenbrauen. »Das war aber lange, bevor die Leute ihre Autos nicht mehr flüssig betankten. Willst Du jetzt auch noch behaupten, es gab eine Klimaschutzbewegung von unten und die Leute hätten angefangen, sich für die Spur ihres Geldes zu interessieren, ohne dass die Politik sie zum Klimaschutz nötigte?«

»Hm. Das müsste man sich mal genauer anschauen«, entgegnete Solaia nachdenklich. »Jedenfalls erinnere ich mich in dem Zusammenhang daran, dass John Schellnhuber in einem Gespräch über das Engagement des Bürgers einmal sagte, der Mensch sei schizophren:

Er könne mit der linken Hand das Falsche und mit der rechten Hand zugleich das Richtige machen.«

»Du solltest ihn kennenlernen«, sagte der Langhaarige zu Alice. »Seit er nicht mehr die Welt retten muss, erfindet er die Mathematik neu. Keiner bis auf drei oder vier Experten versteht, was er da ausheckt. Eine bemerkenswerte Persönlichkeit.«

»Ich kann unmöglich so zu ihm gehen. Ich meine, in diesem verschmutzten und eingelaufenen Kleid«, erwiderte Alice.

»Ach, das macht gar nix. Seine Augen sind klein wie Kaffeebohnen. Sollte mich wundern, wenn er noch viel sieht. Er sitzt wie immer in Schwarzschilds Büro. Du weißt doch, der mit den Schwarzen Löchern.«

»Manchmal denke ich, seine Augen sind selbst Schwarze Löcher«, bemerkte Solaia, »so gut wie er die Entwicklung der Gesellschaft vorausgeahnt hat.«

»Ja, aber wenn die Staatsminister mit ihrer Entourage hier reinrauschten, wollten sie lieber mit dem Chefökonomen sprechen«, sagte der Mann mit den langen Haaren. »Noch'n Kaffee, Alice?«

Doch Alice' Gedanken waren bereits anderswo.

›Wenn der Direktor sich mit Schwarzen Löchern auskennt, kann ich ihm von meiner Reise erzählen‹, dachte Alice. ›Und vielleicht bringt er mich sogar in meine eigene Zeit zurück.‹ Sie verabschiedete sich höflich, nahm den toten Schneehasen vom Sessel und ging mit ihm vor die Tür des Instituts. Denn bevor sie den Direktor aufsuchte, sollte ihr Freund ein anständiges Grab im artenreichen Trockenrasen hinter dem Institut erhalten.

Die Welt in den Händen

Auf der Glastafel vor Professor Schellnhubers Büro erkannte Alice die Formel von Karl Schwarzschild wieder. Doch sie hütete sich, den Zettel aus der Tasche zu holen, der sie an diesem Tag hierher gebracht hatte. Vorsichtig klopfte sie an die kirschholzfarbene Tür, etwas bang, was für einen Menschen sie vor sich haben würde. Professor Schellnhuber war um die neunzig Jahre alt und hatte das Gesicht eines Mannes, der sowohl unter Menschen als auch in der Wüste gelebt hatte: erfahren, weise und verschlossen. Doch die kleinen, wie tiefe Brunnen wirkenden Augen blickten sie gutmütig an. Inzwischen hatte sie gelernt, dass man mit Menschen am leichtesten ins Gespräch kommt, wenn man sie fragt, womit sie sich beschäftigen. Auch Professor Schellnhuber wusste das, und so prallten ihre Fragen aufeinander. Sie mussten beide lachen.

»Bitte, sprechen Sie zuerst«, sagte Alice höflich, »meine Geschichte ist so kompliziert, dass es mir schwerfällt, das Ende vom Anfang zu unterscheiden.«

»Ich beschäftige mich mit sehr vielen Dingen. Haben Sie eine bestimmte Frage an mich?«

»Ja, die hätte ich schon: Ich wüsste gerne, worüber Sie forschen, jetzt, wo die Erderwärmung niemanden mehr bedroht.«

»Nun, ich kann mich jetzt endlich mit der Regenbogenmathematik befassen, die ich fünfzig Jahre lang vernachlässigt habe.«

»Das klingt sehr schön«, antwortete Alice.

»Aber um das zu hören, sind Sie doch sicher nicht zu mir gekommen, oder?«

Alice zögerte. Würde ihr der Professor Glauben schenken? Sie sah ihm ins Gesicht und konnte es nicht lesen.

»Nur zu! Nichts Menschliches ist mir fremd«, ermunterte sie der Professor.

Seine warme, kaum gealterte Stimme bot eine offene Tür an, und Alice trat hindurch. Als sie die Schwelle erst einmal überschritten hatte, erzählte sie eine halbe Stunde von ihren Erlebnissen, ohne anzuhalten.

Als sie geendet hatte, sagte der Professor: »Ich verstehe. Sie möchten natürlich zurück zu Ihrer Familie, doch Sie vermuten, dass Sie zweimal durch ein Loch in eine andere Zeit gereist sind, vielleicht sogar zu einem anderen Planeten.«

Alice nickte bestürzt. Obwohl sie es dem Professor selbst so erklärt hatte, war es doch erschreckend, dies aus einem anderen Munde zu hören.

»Ich kann Ihnen nicht erklären, warum Ihre Zeitreisen so ortsfest waren. Vielleicht waren es unvollständige Reisen, bei denen Sie nie auf der anderen Seite der Brücke angekommen sind, sondern wieder zurückkamen. Aber eins weiß ich sicher, Sie sind von diesem Planeten ...«

Alice lächelte dankbar. Sie empfand diese Worte plötzlich als tröstend. Als wenn es schon fast die ganze Miete wäre, von der Erde zu sein.

»Dafür gibt es eine einfache und eine komplizierte Erklärung«, fuhr er fort. »Die einfache Erklärung ist: Sie sprechen meine Sprache. Die komplizierte Erklärung ist jedoch viel interessanter und folgt einer Idee, die ich in den 2010er-Jahren hatte: Jedes außerirdische intelligente Lebewesen muss außergalaktisch sein. Also sind Sie entweder von dieser Erde oder aus einer anderen Galaxie.«

»Ich bin von dieser Erde«, antwortete Alice. »Das spüre ich so deutlich wie nie zuvor. Vor ein paar Tagen habe ich mich noch in der Schule gelangweilt. Jetzt freue ich mich schon, wenn ich einen netten Menschen treffe, und ein einziger Grashalm gibt mir das Gefühl von Heimat.«

Sie schwiegen. Durch das Fenster sah man einen Kleiber, der kopfüber den Stamm einer Lärche hinabkletterte, und Meisen, die in den Zweigen der benachbarten Eibe hin und her huschten, vorbei an den giftigen roten Beeren.

»Aber«, sagte Alice nachdenklich, »*warum* kann ich nicht außerirdisch sein? Immerhin bin ich durch Raum und Zeit gereist.«

»Wir haben nun schon etwa 100 Jahre lang ins All hinein gehorcht und keine Signale von anderen Zivilisationen empfangen. Was bedeutet das? Sind wir allein in unserer Galaxie, und wenn ja, warum? Dies war meine Ausgangsfrage. Es gibt mindestens 5 Milliarden erdähnliche Planeten in der Milchstraße mit dem für das Leben passenden Abstand zu einer Sonne. Doch das allein genügt nicht. Auf diesen Planeten müsste sich auch mehrzelliges Leben entwickeln, das schließlich eine technische Zivilisation hervorbringt und damit die Voraussetzung für das Senden von elektromagnetischen Signalen schafft. Wie oft und in welchen Zeitabschnitten geschieht dies?« Er schwieg eine Weile, aber Alice fiel keine Antwort ein. So fuhr er fort: »Unsere industrielle Revolution ist durch zwei Dinge möglich geworden: Zum einen durch die Entwicklung der Landwirtschaft. Sie war nur durch einen geologisch-astrophysikalischen Sonderfall möglich.

Denn ohne die Eiszeiten und ihre Zwischenwarmzeiten, also ohne das Auftauchen und Verschwinden des Eises, das die Gesteine zermalmte, hätte es keine fruchtbaren Böden gegeben und der Mensch sich nicht so entwickelt, wie wir ihn heute kennen. Zum anderen die immense Ansammlung von chemisch reduziertem Kohlenstoff über einen Zeitraum von vielen Millionen Jahren, lange vor der Erfindung des Ackerbaus. Dieser fossile Brennstoff lieferte die zusätzliche Energie, durch die sich der Mensch weitgehend von der täglich aufwendigen Nahrungsbeschaffung emanzipieren konnte. Dies war gewissermaßen ein geochemischer Glücksfall.«

»Das sind aber eine Menge glücklicher Voraussetzungen!«

»Die man alle in mathematischen Wahrscheinlichkeiten ausdrücken kann, ja ... Nehmen wir allein die verschiedenen Faktoren bei der Entstehung der Eiszeiten: Die Anordnung der Landmassen um den klimasensiblen 60. Breitengrad herum, die passenden Erdparameter, die sogenannten Milanković-Zyklen. Am faszinierendsten war dabei das stabile Einpendeln einer so mächtigen Dynamik fern vom Gleichgewicht.«

»Heißt das, unser Wohlergehen auf der Erde ist einer Kette von Zufällen zu verdanken?«, fragte Alice.

»Die Dichte technischer Zivilisationen in einem beliebig großen Raum-Zeit-Segment ist sehr gering.« Alice verstand kein Wort, bis Professor Schellnhuber fortfuhr: »Im Durchschnitt entsteht in unserer riesigen Milchstraße allerhöchstens eine solche Zivilisation im Jahrtausend.«[31]

»Das ist eigentlich mehr Wissen, als man ertragen kann«, sagte Alice und rutschte ein Stück tiefer in ihren Stuhl. »Angesichts dieses Glücksfalls, dass wir leben, denken, fühlen und lieben können, dürften wir eigentlich keinen Tag schlechte Laune haben ... Aber ... woher wissen Sie das alles?«

»Es begann mit der Entschlüsselung der Eiszeitzyklen durch unsere Wissenschaftler. Und wir bemühten uns, die neuen Einsichten in das bestehende Wissen zu integrieren, also interdisziplinär, ja, vernetzt zu arbeiten. Das ist uns tatsächlich gelungen. Schauen Sie mal hier ...«, er stand auf und holte eine Glaskugel aus dem Regal. »Dies ist eine der Kugeln, die unsere Modelle visualisieren kann, gewissermaßen ein intelligenter Globus. Er zeigt Ihnen erdsystemare und soziale Zusammenhänge. Zuerst brauchen Sie eine Frage. Dann, je nachdem, wie tief Sie hineinschauen, eröffnen sich verschiedene Ebenen des Wissens.«

Alice schwieg den Direktor im Ruhestand ratlos an.

»Eine Frage könnte zum Beispiel sein: Wie sähe die weltweite Sicherheitslage aus, wenn das Klimaproblem nicht gelöst worden wäre? Schauen Sie in die Kugel!«

»Ich sehe nur eine Wolkendecke.«

»Dann entspannen Sie die Augen, bis Sie die nächste Ebene erkennen. Aber lassen Sie sich Zeit. Es dauert eine Weile, bis man den Kniff heraushat.«

Alice starrte auf das Glas. »Ich erkenne nichts.«

»Probieren Sie es mit dem legendären Schlafzimmerblick.«

»Oh ja! Jetzt sehe ich Grönland! Ja, ziemlich sicher. Es besitzt nur noch kleine Eisflecken, aber unverkennbar ... die Form. Die Ozeanströme, sie verschieben sich. Und der Golfstrom hat sich eindeutig nach Süden verlagert. Oje. Da unten. Das Amazonasbecken ... sieht so aus, als tobe dort ein Staubsturm. Das kann doch nicht sein, jetzt kann ich sogar unter den Staubschleier sehen, Häuser. Oh. Mir wird schwindelig … was sind das für schwarze Flecken, was kann das sein …?«

»Ganz ruhig bleiben, Sie stehen sicher mit beiden Beinen auf dem Boden. Sobald der Schwindel nachlässt, schauen Sie eine Ebene tiefer.«

»Ich erkenne Menschen! Zwei Gruppen von Menschen, sie gehen aufeinander los … Jetzt wird es Nacht, und ich erkenne nichts mehr. Ich drehe die Kugel mal vorsichtig … Was ist das? Dort in China und in Indien?«

Schellnhuber beugte sich ebenfalls über die Kugel. »Das sind Menschen, die in langen Schlangen vor der Nahrungsmittelausgabe anstehen … Hier sehen Sie es«, er tippte mit dem Finger auf die Kugel. »Durch den verstärkten El Niño gerät der asiatische Monsun aus den Fugen. Nicht nur in Brasilien, auch in China und Indien würden Hungersnöte ausbrechen.«

Nun heftete Alice ihren Blick auf Australien. Die Gemütsregungen wanderten wie Wolkenschatten über ihr Gesicht, aber sie sprach nicht mehr. Schließlich riss sie sich aus ihrer Trance und sagte: »In Australien haben nur die Aborigines überlebt!«

»Kommen Sie zu mir zurück, Frau Mut, es ist nur ein Modell. Ich habe einen Neffen in Australien, der dort mit seiner ungarischen Ehefrau eine Algenfarm betreibt.«

Alice zuckte zusammen. »Ja, natürlich. Es ist nur ein Modell. Wie faszinierend.« Aber Alice klang betrübt. »Herr Schellnhuber, könnten Sie mir helfen, wieder in mein Leben zurückzureisen? Sie kennen sich doch aus mit Schwarzschild.«

»Ich fürchte, da würde Ihnen nicht einmal Karl Schwarzschild selbst weiterhelfen. Sie könnten das Kaninchenloch aufsuchen, durch das Sie hergekommen sind, oder die Schwarzschild-Lösung, die ein Schwarzes Loch beschreibt, ein zweites Mal spiegeln – aber ich würde Ihnen davon abraten. Das Risiko ist nicht exakt kalkulierbar, doch die Wahrscheinlichkeit, dass Sie im Kosmos verloren gehen, dürfte sehr hoch sein.«

Alice schluckte und wandte ihr Gesicht ab. In ihrem Brustkorb wütete ein Schmerz, so stark, dass er von Messerstichen zu stammen schien. Nie wieder würde sie die Chance haben, ihren Bruder, ihre Eltern und ihre Freunde wiederzusehen. Kurz bevor sie zu zerbersten drohte, brach sie in Tränen aus. Professor Schellnhuber legte den Arm um sie und drückte sie fest. Dann blickte er auf die Kugel. »Sie sind in einer guten Welt gelandet. Und Sie sind eine kluge Frau, die unschätzbar wertvolle Erfahrungen gemacht hat. Ich weiß, es kann Sie nicht trösten, aber ich schenke Ihnen diese Glaskugel. Ich bin sicher, sie ist bei Ihnen in den richtigen Händen. Und natürlich werde ich Ihnen dabei helfen, dass Sie sich hier zurechtfinden.«

»Es ist furchtbar. Ich meine, danke.« Alice versuchte die Tränen zurückzuhalten, aber es gelang ihr nicht. »Was«, fragte sie unter erneutem Schluchzen, »kann die Glaskugel noch für Fragen beantworten, die der Menschheit helfen könnten?«

»Oh, da gäbe es viele. Zum Beispiel: Was würde ein Super-Pan-Virus anrichten, der aus einem Biolabor entwischte. Wie wirken neue chemische Verbindungen auf unsere Erde? Aber natürlich kann sie auch weniger schreckliche Fragen beantworten.«

Alice schaute in unerreichbare Ferne. Der Professor streckte seinen Arm nach ihr aus, aber erreichte sie nicht mehr. Sie dachte nur noch an Zuhause und dass sie für immer von denen getrennt sein würde, die sie liebte. Es war wie ein schrecklicher Albtraum ...

In diesem Moment erwachte sie. In der Hand hielt sie etwas Rundes. Aber es war nicht mehr die Glaskugel, es war ein schöner roter Pausenapfel, und Alice sah direkt in das Gesicht ihres Lehrers.

»Nun, wer rettete das Klima dieses Planeten, Alice?«

»Ich glaube, es war eine Katze, Herr Sandbinder – eine mathematisch-metaphorische Katze!«

Anmerkungen

Hinab ins Kaninchenloch

S. 11 ▶ **Telegraphenberg**

»Telegraphenberg« ist der Name eines 94 Meter hohen Hügels im Süden Potsdams. Auf ihm befindet sich unter anderem der Albert Einstein-Wissenschaftspark mit diversen stark naturwissenschaftlich orientierten Forschungseinrichtungen, wie zum Beispiel dem Potsdam-Institut für Klimafolgenforschung. Insbesondere die alten Königlichen Observatorien und der berühmte Einsteinturm sind von wissenschaftshistorischem und architektonischem Interesse. Namensgeber für den Telegraphenberg war ein im Jahr 1832 errichteter, 6 Meter hoher Zeigertelegraf, der bis 1848 militärische Nachrichten von Berlin nach Koblenz übertrug. Heutzutage befindet sich auf dem Berg ein Nachbau des historischen Telegrafenmastes.

S. 11 ▶ **Johannes Hartmann und die interstellare Materie**

Johannes Franz Hartmann (1865–1936) war ein deutscher Astronom, der 1904 am Großen Refraktor auf dem Telegraphenberg in Potsdam die interstellare Materie entdeckte. Dies gelang mithilfe der Spektralanalyse des Doppelsterns Delta Orionis. Die beiden umeinander tanzenden Sterne weisen eine durch ihre Bahnbewegung bedingte periodische Verschiebung ihrer Spektrallinien auf. Doch Hartmann entdeckte auch ein unverrücktes Linienpaar des Elementes Kalzium bei einer Wellenlänge von 393,4 nm. Dieses konnte nicht von den sich bewegenden Sternen, sondern musste von einer ruhenden Materie zwischen dem Doppelstern und der Erde stammen – also einer interstellaren Gaswolke, die unter anderem Kalzium enthält.

S. 11 ► **Karl Schwarzschild**

Karl Schwarzschild (1873–1916) war ein herausragender deutscher Wissenschaftler und von 1901–1916 Direktor des Astrophysikalischen Observatoriums in Potsdam. Er war sowohl als praktischer Astronom als auch als theoretischer Physiker tätig. Er arbeitete unter anderem an Strahlungsgleichungen für Atmosphären, gab der Arrhenius'schen Theorie der Kometenschweife die exakte Grundlage und fand die ersten nichttrivialen Lösungen der Einstein'schen Feldgleichungen (Allgemeine Relativitätstheorie), woraus sich auf die Existenz Schwarzer Löcher schließen ließ. Er starb im Alter von 42 Jahren, kurz nach der Publikation der »Schwarzschild-Lösung« (siehe auch: S. 211 und Anmerkungen S. 264) an den Folgen einer Krankheit, die er sich im Ersten Weltkrieg zugezogen hatte.

• Siehe zum Beispiel: R. T. Pierrehumbert, »Infrared radiation and planetary temperature«, AIP Conf. Proc., Bd. 1401, Nr. 1, S. 232–244, 2011.

S. 11 ► **Albert Abraham Michelson**

Albert Abraham Michelsons (1852–1931) legendärer erfolgreich-erfolgloser Versuch, mit dem er 1881 im Keller des heutigen Klimaforschungsinstitutes – dem damaligen »Königlichen Astrophysikalischen Observatorium« – die Ausbreitung elektromagnetischer Wellen in einem Lichtäther nachweisen wollte, wird im Kapitel »Im Gefängnis mit Michelson« näher beschrieben. Auf die wissenschaftliche Bedeutung dieses Versuches wird ein Kapitel zuvor eingegangen. Bis auf die Michelson zugeschriebene Allegorie von den zwei Schwimmern (s. Anmerk. S. 263) sind alle in den Fantasieszenen geschilderten Handlungen und Worte Michelsons erfunden. Auch das »Enferometer« gibt es nicht, und natürlich wurde er für das Misslingen seines Versuches nicht ins Gefängnis gesperrt. Billard und Geige soll Michelson allerdings tatsächlich gespielt haben. Zu seinen Ehren taufte der Direktor des Potsdam-Instituts für Klimafolgenforschung das Gebäude »Michelson-Haus« (zumal der Name Schwarzschild schon für ein anderes Haus vergeben war). In den Physikbüchern und in Amerika ist der Versuch unter dem Namen Michelson-Morley-Experiment bekannt, da Michelson bald darauf in seine Heimat USA zurückkehrte, wo er 1887 den Versuch zusammen mit Edward Morley und einer verbesserten Apparatur wiederholte. 1907 erhielt der in Polen geborene Michelson, der bei Hermann von Helmholtz in Deutschland studiert hatte, den Nobelpreis für Physik.

S. 12 ▸ **Hans Joachim Schellnhuber**

Hans Joachim »John« Schellnhuber (geb. 1950) studierte Mathematik und Physik an der Universität Regensburg. Er habilitierte 1985 mit einer Arbeit über die elektronischen Eigenschaften von quasi-periodischen Strukturen und Fraktalen. 1991 gründete er das Potsdam-Institut für Klimafolgenforschung, kurz PIK, das er bis heute leitet (s. nächste Anmerkung). Er ist Professor für Theoretische Physik an der Universität Potsdam und Externer Professor am Santa Fe-Institut für Komplexe Systeme (USA). Schellnhuber ist Mitglied der renommiertesten wissenschaftlichen Akademien der Welt (wie zum Beispiel der Pontifikal-Akademie). Neben seinen umfangreichen Forschungsarbeiten zu Systemdynamik, Klimawandel und Nachhaltigkeit hat er zahlreiche Entscheidungsträger beraten (Angela Merkel, Manuel Barroso, Papst Franziskus u. a.). Im Laufe seiner wissenschaftlichen Karriere machte er wichtige Beiträge zur Klimadebatte wie die Formulierung der 2°C-Leitplanke, die Einführung des sogenannten Ampel-Diagramms in die IPCC-Berichte oder die Analyse von Kipp-Elementen im planetarischen System. Viele seiner in den öffentlichen Diskurs eingebrachten Begriffe wie »Große Transformation«, »Diktatur des Jetzt« gingen in den allgemeinen Sprachgebrauch ein. 2012 entstand unter seiner Leitung der Bericht »Turn Down the Heat« für die Weltbank, der mehr als eine Milliarde Menschen erreichte. Im Juni 2015 stellte er zusammen mit zwei der höchsten kirchlichen Würdeträger die Enzyklika *LAUDATO SI'* von Papst Franziskus vor.

• Leseempfehlung: H. J. Schellnhuber, »Selbstverbrennung. Die fatale Dreiecksbeziehung zwischen Klima, Mensch und Kohlenstoff«, C. Bertelsmann-Verlag, München 2015.

• World Bank, »Turn Down the Heat. Why a 4°C Warmer World must be avoided.« A report for the World Bank by the Potsdam Institute for Climate Impact Research and Climate Analytics. Washington DC, 2012.

S. 12 ▸ **Das Potsdam-Institut für Klimafolgenforschung (PIK)**

Das Potsdam-Institut für Klimafolgenforschung (PIK) wurde 1992 gegründet und beschäftigt heute rund 320 Mitarbeiter. Am Standort auf dem Telegraphenberg befinden sich die vier historischen Institutsgebäude, ein kleeblattförmiger Neubau und der Hochleistungsrechner des PIK, mit dem die Forscher ihre Modellrechnungen durchführen.

Das Institut gliedert sich in vier Forschungsbereiche: Erdsystemanalyse, Klimawirkung und Vulnerabilität, Nachhaltige Lösungsstrategien sowie Transdisziplinäre Konzepte & Methoden. In allen Bereichen arbeiten Natur- und Sozialwissenschaftler zusammen, um insbesondere die ökologischen, ökonomischen und sozialen Folgen der Erderwärmung abzuschätzen. Dies geschieht vor allem mittels Datenanalyse und Computermodellierung. Ein Großteil dieses Buches beschäftigt sich mit der Art von Modellrechnungen, die am PIK durchgeführt werden. Sie bilden die Grundlage für die Exploration von Optionen und Strategien für eine zukunftsfähige Entwicklung von Mensch und Natur.

Die Forscher veröffentlichen ihre Ergebnisse in internationalen Fachzeitschriften und halten Vorträge und Vorlesungen für Spezialisten ebenso wie für die breite Öffentlichkeit. Auf viele Ergebnisse wird in allgemein verständlicher Form auch in den Pressemitteilungen hingewiesen (www.pik-potsdam.de/news). Die Wissenschaftler beraten Entscheidungsträger sowohl im In- als auch im Ausland. Neben der Bundesregierung, der EU-Kommission und einer Reihe anderer nationaler Regierungen greifen auch internationale Organisationen wie die Weltbank auf die Kompetenzen des Instituts zurück.

Das PIK ist Mitglied der Leibniz-Gemeinschaft, seine Grundfinanzierung von zirka 14 Millionen Euro im Jahr stammt je zur Hälfte vom Bund und vom Land Brandenburg. Hinzu kommt noch einmal eine ähnliche Summe an Drittmitteln, welche das Institut im Wettbewerb mit anderen Einrichtungen einwirbt.

• www.pik-potsdam.de

Bei den Klimaforschern

S. 17 ▶ **Charles David Keeling**

Amerikanischer Naturwissenschaftler (1928–2005). Die sogenannte »Keeling-Kurve« stellt eine Ikone der Klimawissenschaft, ähnlich wie der Wostok-Eiskern, dar. Die bedeutende Messstation befindet sich auf dem Nordhang des Mauna Loa-Vulkans in Hawaii, 3350 Meter über dem Meeresspiegel. 2013 wurde dort zum ersten Mal eine atmosphärische CO_2-Konzentration von mehr als 400 ppm gemessen. Ein Rekord für die letzten 2 Millionen, wenn nicht sogar 20 Millionen Jahre.

• Pressemitteilung der Global Monitoring Division NOAA: »CO_2 at NOAA's Mauna Loa Observatory reaches new milestone: Tops 400 ppm« http://www.esrl.noaa.gov/gmd/news/pdfs/7074.pdf

In der Modellwelt

S. 22 ▶ **»Milanković-Verfassung«**

Der Begriff »Milanković-Verfassung« spielt auf die sogenannten Milanković-Zyklen an: Die Eiszeiten entwickeln sich im Takt »astrophysikalischer Melodien«, die durch die Veränderung der Erdbahn, der Erdachsenneigung und der Erdachsenorientierung relativ zur Umlaufebene um die

Sonne erzeugt werden. Diese Veränderungen bestimmten weitgehend die irdischen Umweltbedingungen in den letzten 2 Millionen Jahren. Der serbische Mathematiker Milutin Milanković (1879–1958) entwickelte die entsprechende Theorie in den ersten Dekaden des 20. Jahrhunderts.

• Siehe auch H. J. Schellnhuber: »Selbstverbrennung. Die fatale Dreiecksbeziehung zwischen Klima, Mensch und Kohlenstoff«, C. Bertelsmann , München 2015, S. 48 f, und dortige Literaturangaben.

Unterwegs in der Eiszeit

S. 30 ▶ **Eisbohrkerne**

Spurenmaterial (wie Staub) und eingeschlossene Luft in Eisbohrkernen erlauben sowohl eine Altersdatierung der Substanzen als auch eine Analyse der fossilen Atmosphäre. Über die temperaturabhängige Fraktionierung verschiedener Sauerstoff-Isotope sowie den Gehalt an klimawirksamen Gasen (wie zum Beispiel Methan und Kohlendioxid) erhält man so mittlerweile ein annähernd zuverlässiges Bild über das Klima der vergangenen Jahrtausende.

• Wissenschaftliche Literatur: R. J. Petit, D. Raynaud, I. Basile, J. Chappellaz, C. Ritz, M. Delmotte, M. Legrand, C. Lorius & L. Pe, »Climate and atmospheric history of the past 420,000 years from the Vostok ice core, Antarctica«, Nature, Bd. 399, S. 413–429, 1999, sowie Community members EPICA, »Eight glacial cycles from an Antarctic ice core«, Nature, Bd. 429, Nr. 6992, S. 623–628, 2004.

• Leseempfehlung für Laien: S. Rahmstorf, H. J. Schellnhuber, »Der Klimawandel«, C. H. Beck-Verlag, 7. Auflage, München 2012.

S. 31 ▸ **Die Auswirkungen der letzten Eiszeit auf Potsdam**

In Wirklichkeit endeten die Gletscher der letzten Eiszeit auf der Höhe des heutigen Potsdam, das heißt, sie waren maximal 250 Meter dick und nicht wie in dieser Geschichte 2 bis 3 Kilometer.

Das fliegende Schwein

S. 38 ▸ **EMICs**

EMICs (Earth System Models of Intermediate Complexity) bevölkern den mittel-detaillierten Bereich in einem sehr weiten Spektrum von Klimamodellen verschiedener Komplexität. Am einen Ende finden wir feinstgesponnene Klimamodelle, mit denen die dreidimensionalen Bewegungen in der Atmosphäre und im Ozean bei möglichst hoher Auflösung berechnet werden. Am anderen Ende stehen die stark vereinfachten konzeptionellen Modelle. Diese große Spannbreite von Modellen wird im Buch durch das fliegende Schwein sowie durch die beiden Schwestern Ultra Simplicia und Ultra Sophistica repräsentiert.
Das erste internationale Arbeitstreffen zur Entwicklung von EMICs fand 1999 am Potsdam-Institut für Klimafolgenforschung statt. EMICs enthalten einerseits die wichtigsten Komponenten, die für die Betrachtung langer Zeitskalen benötigt werden (z. B. Eisschildmodelle), benutzen andererseits aber Vereinfachungen und geschickte Parametrisierungen der kritischen Prozesse im Erdsystem, um Simulationen zu beschleunigen. Die geringere Komplexität des in diesem Buch beschriebenen Eiszeitmodells kommt u. a. durch das dort herrschende »Durchschnittswetter« zum Ausdruck. Zu Alice' Enttäuschung gibt es dort also weder schöne Sommertage noch Sonnenuntergänge.

- Buchempfehlung für Studenten: K. McGuffie, & A. Henderson-Sellers »The Climate Modelling Primer«, Wiley Blackwell 2014.

S. 41 ▶ **Eddy Beaufort**

Als Eddies bezeichnet man Wirbel, wie sie im Ozean oder in der Atmosphäre auftreten. Die Stärke eines atmosphärischen Wirbels drückt sich durch die Windgeschwindigkeit aus, mit der die Luftmassen um das Zentrum rotieren. Windstärken werden über die Beaufortskala (Bft) kategorisiert. Nach dem Erfinder Sir Francis Beaufort benannt, teilt die Skala Windgeschwindigkeiten in 13 Stärken ein, von Windstärke 0 – wenn kein Wind weht – bis Windstärke 12, was Orkanstärke mit Windgeschwindigkeiten von über 117 km/h entspricht.

S. 44 ▶ **Thermodynamik**

Die Thermodynamik ist ein Teilgebiet der klassischen Physik und beschäftigt sich mit der Umwandlung von Wärme in andere Energieformen wie Arbeit (und natürlich auch zurück). Elegant lässt sie sich in vier Grundprinzipien – die Hauptsätze der Thermodynamik – zusammenfassen, welche die Änderungen in den Zustandsgrößen eines Systems (wie innere Energie, Entropie oder Enthalpie) bestimmen.

S. 44 ▶ **Das Ende der Eiszeit ...**

... ist dramatischer als ihr Anfang, obwohl dieser auch nicht gerade sanft abläuft. Die Vereisung wird ausgelöst, wenn das Verhältnis zwischen der Sonneneinstrahlung in hohen nördlichen Breiten (s. Milanković-Zyklen Anmerk. S. 235) und dem CO_2-Gehalt der Luft kritische Schwellen überschreitet. Dann setzen allerlei Rückkopplungen im Erdsystem ein, welche die Abkühlung vorantreiben: Verminderung von Verdunstung und Niederschlag, Austrocknung der Kontinente, Freilegung der Küstenstreifen, Erhöhung des Staubeintrags in die Ozeane, wodurch es zu verstärkten Algenblüten und Entfernung von CO_2 aus der Atmosphäre kommt. Auch die Erhöhung der Albedo durch Vegetationsrückgang lässt die Temperatur weiter absinken. Und: Kälteres Meerwasser kann mehr Kohlendioxid aufnehmen, wodurch die Abwärtsspirale so richtig in Fahrt kommt. Wieder aufwärts mit den Temperaturen geht es viel rascher. In der Regel wird der Erwärmungsprozess von der Sonne ausgelöst, die den geographischen Gürtel um 65° nördlicher Breite wieder stärker bescheint. Aber dann müssen alle anderen oben erwähnten Prozesse in grob umgekehrter Richtung zu arbeiten beginnen – Wasserverdunstung, Wiederbegrünung großer Flächen, Staubreduktion, Albedo-Minderung, CO_2-Ausgasung der Ozeane usw. Sicherlich spielen noch andere Vorgänge eine Rolle, welche die Wissenschaft noch nicht identifiziert hat. All die relevanten Prozesse sowie ihr Zusammenwirken zu quantifizieren, bleibt die große Herausforderung für die Eiszeitforschung.

S. 45 ▸ **Albedo**

Die Albedo ist ein Maß für das Rückstrahlverhalten einer Oberfläche. Dabei gilt: Dunkle Oberflächen reflektieren weniger (und absorbieren mehr) Sonnenstrahlen als helle und erwärmen sich daher stärker. Im Falle der Eisprinzessin kommt der sogenannte Eis-Albedo-Effekt zum Tragen: Eine dicke Schnee- oder Eisoberfläche hat einen hohen Albedo-Wert und strahlt nahezu alle einfallenden Sonnenstrahlen wieder zurück. Wird es wärmer, schmilzt ein Teil dieser Eisbedeckung. Die unterliegenden Gewässer oder Böden haben eine dunklere Oberfläche und können daher mehr Sonnenstrahlen absorbieren. Die Folge ist eine erhöhte Wärmeaufnahme, die wiederum zu einem verstärkten Abschmelzen von Schnee und Eis führt. Daraus ergibt sich ein Kreislauf, der sich selbst verstärkt. Durch diese positive Rückkopplung wird klar: »Je kälter es ist, desto größer und schöner wird es (also das Kleid der Eisprinzessin). Und je schöner und größer es ist, desto kälter wird es« (S. 28).

S. 47 ▸ **Heinrich-Events**

Bei den Heinrich-Ereignissen (benannt nach dem deutschen Meeresgeologen Hartmut Heinrich) handelt es sich um (nach paläoklimatischen Maßstäben) kurze Intermezzi von ca. 750 Jahren während einer

Eiszeit, die durch den Kollaps großer Eismassen in der nördlichen Hemisphäre und dessen Folgen für das Klima gekennzeichnet sind. Man geht davon aus, dass aufgrund innerer Verwerfungen des mehrere Tausend Meter dicken Eispanzers des Nordamerikanischen Kontinental-Eises große Bruchstücke abbrachen und über den Nordatlantik trieben. In der Alice-Geschichte schubst der gute alte Heinrich Eisbrocken ins Meer und bringt somit die Zirkulation der Ozeanströmung durcheinander. Dazu muss man wissen, dass die Dichte von Wasser (und damit sein Sink- bzw. Auftriebsverhalten) vor allem durch Temperatur und Salzgehalt bestimmt wird. Wird durch Eisschmelze massenhaft Süßwasser in die nördlichen Meere eingebracht, dann wird die Wasserdichte dort verringert, das Absinken verhindert und somit die natürliche Ozeanzirkulation gestört, wie etwa der Nordatlantikstrom. Dieser transportiert gigantische Mengen an Wärme von der heißen Golfregion vor der Küste Zentralamerikas nach Europa. Messungen von Sedimentdaten deuten darauf hin, dass infolge von Heinrich-Ereignissen der Nordatlantikstrom zeitweise zum Erliegen kam. Aufgrund der wegbleibenden Wärme führte dies zu Kälteeinbrüchen, vor allem in mittleren Breiten.

Vom Eis zum Mais

S. 54 ▸ **LPJ und LPJmL**

Das Lund-Potsdam-Jena-Modell (kurz: LPJ) wurde um das Jahr 2000 von Forschern aus den im Namen erscheinenden Städten geschaffen. Das Computermodell beschreibt, wie sich die Vegetationsgemeinschaften und Böden der Erde unter dem Klimawandel verändern. Dafür werden alle relevanten Wachstums- und Wettbewerbsprozesse der Pflanzen sowie die damit verknüpften Flüsse von Wasser und Kohlenstoff explizit simuliert. Das geschieht in 60.000 Gitterzellen, welche die ganze Modelloberfläche unseres Planeten überdecken.

Neben den eher langfristigen Effekten des Klimawandels wirken verschiedene Formen der menschlichen Landnutzung rasch und direkt auf die Vegetation ein. Dies berücksichtigt eine vor wenigen Jahren am PIK entwickelte Modellerweiterung namens LPJmL, wobei »mL« für den englischen Begriff »managed land« steht. LPJmL ist somit das umfassendste und modernste Simulationswerkzeug, das heute weltweit zur Untersuchung der terrestrischen Biosphäre zur Verfügung steht.

Im Regenwald

S. 57 ▸ **Tyndall-Falter**

Der in diesem Buch erfundene Tyndall-Schmetterling ist eine kleine Hommage an den großen Physiker John Tyndall (1820–1895). Der irische Physiker war ein herausragender Pionier unter den Erforschern des Treibhauseffekts. Ab 1859 begann er, die thermo-optischen Wirkungen der wichtigsten Atmosphärengase zu erforschen. Mit neuartigen Instrumenten untersuchte Tyndall insbesondere Wasserstoff, Sauerstoff, Stickstoff, Wasserdampf, Kohlendioxid und das von ihm selbst als dreiatomiges Molekül identifizierte Ozon (O3). Dabei zeigten sich gewaltige Unterschiede bei der Fähigkeit der »völlig farblosen und unsichtbaren Gase und Dämpfe«, Wärme aufzunehmen und wieder abzustrahlen. Er stellte fest, dass beispielsweise Sauerstoff und Stickstoff praktisch kein Hindernis für Infrarotstrahlung darstellten, dass dagegen Kohlendioxid und Ozon, vor allem aber Wasserdampf, die Wärme absorbierten. Mit diesen Resultaten konnte er bereits wichtige Schlussfolgerungen für relevante Aspekte des planetarischen Treibhauseffektes ziehen.

• Siehe H. J. Schellnhuber: »Selbstverbrennung. Die fatale Dreiecksbeziehung zwischen Klima, Mensch und Kohlenstoff«, C. Bertelsmann, München 2015, und dortige Literaturangaben.

S. 70 ▸ **(LPJmL) MAgPIE**

Genau genommen befindet sich Alice nun im Modell MAgPIE («Model of Agricultural Production and its Impact on the Environment«). Dies ist ein globales Landnutzungsmodell mit einer räumlichen Auflösung von circa 50 × 50 km. Es wird mit dem globalen, dynamischen Vegetationsmodell LPJmL gekoppelt. MAgPIE berücksichtigt regionale Wirtschaftsbedingungen, wie z. B. Nachfrage nach Agrargütern, technologische Entwicklungen oder Produktionskosten, aber auch räumlich explizite Daten zu potentiellen Ernteerträgen, Land- und Wasserverfügbarkeit (aus LPJmL). Basierend auf diesen Daten berechnet das Modell spezifische Landnutzungsmuster, effektive Erträge und Gesamtkosten der Agrarproduktion für jede geographische Gitterzelle auf der Landoberfläche. Zukünftige Trends der Nahrungsmittelnachfrage werden auf der Basis von regionaler Bevölkerungsentwicklung, Einkommensentwicklung sowie Veränderung von Ernährungsmustern berechnet.

S. 71 ▸ **Pyrozän**

Begriff der Autorin, Zeitalter der Verbrennung fossiler Energieträger.

S. 71 ▸ **Pyronoia**

Begriff der Autorin, abgeleitet von Paranoia und Pyromanie.

S. 72 ▸ **Urus, Tanus und Peridexion**

Urus ist ein stierähnliches Fabeltier mit Sägehörnern aus der frühchristlichen Naturlehre. Wie auch die Bäume Tanus und Peridexion finden sie Erwähnung im *Physiologus* (2. bis 4. Jahrhundert n. Chr.), einem erstmals in griechischer Sprache erschienen Buch aus 48 Kapiteln, in denen Pflanzen, Tiere und Steine auf mythologische bzw. anekdotische Weise vorgestellt und mit der christlichen Lehre in Verbindung gebracht werden. Urus Hörner stehen in dieser Lehre für die beiden Testamente. Tanus, der Baum der Wollust, ist in der Lage, Urus einzuwickeln und zu töten. Der Baum Peridexion wird als Gott gedeutet, während sein Holz für Jesus steht und sein Schatten für den Heiligen Geist. Die Tauben in seinen Ästen symbolisieren die Christen. Wenn sie sich von dem Baum entfernen, sind sie nicht mehr vor der Schlange sicher, die Angst vor dem Schatten des Baumes hat.

In der Bibliothek der Wahrheit

S. 84 ▸ **»Paradise lost« von John Milton**

Das verlorene Paradies ist ein episches Gedicht aus ungereimten Versen des englischen Lyrikers John Milton (1608–1674). Es handelt vom Plan Satans und den gefallenen Engeln, sich an Gottes irdischen Lieblingsgeschöpfen zu rächen. Tatsächlich gelingt es dem Teufel, Eva dazu zu verführen, vom Baum der Erkenntnis zu essen. Nach dem Sündenfall beauftragt Gott einen seiner Erzengel, Adam und Eva aus dem Garten Eden zu vertreiben. Der Engel soll ihnen aber auch die Möglichkeit in Aussicht stellen, das Paradies wiederzugewinnen.

Dem wissbegierigen Leser sei hier die gut lesbare Ausgabe von Oxford University Press ans Herz gelegt, die mit einem interessanten Kommentar von Philip Pullman ausgestattet ist. Im Zentrum seiner Einführung stehen die folgenden Sätze: »Innocence is not wisdom, and wisdom cannot be innocent, and if we are going to do any good in the world we have to leave childhood behind.« In diesem Buch tausche ich den Baum der Erkenntnis gegen den des industriellen Fortschritts und setze die Nutzung fossiler Brennstoffe mit dem Sündenfall gleich. Nur durch die Übernahme der vollen Verantwortung für die gegenwärtige Entwicklung kann die Menschheit kindliche Unschuld – und ungewollte Schuld – hinter sich lassen und den Kampf um die Rückgewinnung des natürlichen Paradieses aufnehmen.

S. 85 ▶ **Gazgûl**

Anspielung auf die Nazgûls in *Der Herr der Ringe*, von J. R. R. Tolkien.

S. 88 ▶ **Treibhausgase**

Treibhausgase sind Bestandteile der Atmosphäre mit der Eigenschaft, kurzwellige Sonnenstrahlung (optischer Bereich mit Frequenzen zwischen etwa 400 Terahertz [rot] und etwa 750 Terahertz [violett]) weitgehend passieren zu lassen, nicht jedoch die längerwellige Rückstrahlung (infraroter Bereich mit Frequenzen zwischen etwa 20 und 70 Terahertz), die durch Umwandlung des Sonnenlichts in Wärme auf der Erdoberfläche entsteht. Die Treibhausgase »behindern« die Infrarotstrahlen beim Durchqueren der Lufthülle in Richtung Weltall, indem sie diese Wellen unter geeigneten Umständen absorbieren und anschließend – mit häufig veränderter Wellenlänge und in alle Richtungen – wieder aussenden. Bleibt der Anteil der Treibhausgase in der Atmosphäre konstant, stellt sich ein Strahlungsgleichgewicht ein. Dieses ist für die mittlere Erdtemperatur verantwortlich. Steigt der Anteil der Treibhausgase, stellt sich ein neues Gleichgewicht ein, die Erdmitteltemperatur erhöht sich.

S. 88 ▶ **Hans Christian Andersen**

Hans Christian Andersen (1805–1875) war ein dänischer Schriftsteller, der durch seine Märchen weltberühmt wurde.

S. 89 ▶ **Tolkienheit**

Wortspiel der Autorin, bei dem sie den Begriff »Tollkühnheit« mit dem Namen des berühmten Schriftstellers John Ronald Reuel Tolkien (1892–1973) zusammenbringt. Tolkien war ein englischer Schriftsteller, Philologe und Universitätsprofessor, dessen Bücher *Der kleine Hobbit* und *Der Herr der Ringe* weltbekannt sind.

S. 92 ▸ **»Die Zeit ist reif, von mancherlei zu reden …«**

Das Originalzitat aus Lewis Carrolls *Through the Looking Glass,* das für dieses Buch umgedichtet wurde, lautet: »›The time has come‹, the Walrus said,/›To talk of many things:/Of shoes – and ships – and sealing-wax/Of cabbages – and kings –/And why the sea is boiling hot –/And whether pigs have wings‹.«

S. 93 ▸ **REMIND**

Das REMIND-Modell ist ein gekoppeltes Energie-Ökonomie-Klima-Modell. Es gehört zu der Gruppe der sogenannten Integrierten Bewertungsmodelle (englisch: Integrated Assessment Modells: IAMs). IAMs sind zunehmend genutzte Werkzeuge zur Beurteilung von Klimaschutzstrategien. Um politikrelevante Einsichten zu erlangen, beschreiben sie in komprimierter Form die komplexen Zusammenhänge zwischen jenen natürlichen, sozialen und ökonomischen Faktoren, die den zukünftigen Klimawandel beeinflussen, sowie jenen, welche die Effektivität von Klimapolitik bestimmen. REMIND simuliert für 11 Weltregionen Investitionspfade, Technologiemischungen und Energieverbrauchsmuster, welche es ermöglichen, Klimapolitikziele und -maßnahmen (z. B. Temperaturlimits oder CO_2-Steuern) wohlfahrtsoptimal umzusetzen. Emissionen von CO_2 und anderen Treibhausgasen stellen dabei die Hauptverknüpfung des Energie/Ökonomie-Moduls mit dem Klimamodul her. In diesem Buch wird nur das sogenannte Business as usual-Szenario von REMIND erwähnt.

S. 95 ▸ **IPCC**

Der »Weltklimarat« IPCC (Intergovernmental Panel on Climate Change) wurde 1988 von den Vereinten Nationen gegründet. Er gibt alle 6–7 Jahre Berichte zum Zustand des Erdklimas heraus, die auf einem komplizierten Sichtungsverfahren der wissenschaftlichen Literatur basieren. Diese zwischenstaatliche Institution wurde ins Leben gerufen, um für politische Entscheidungsträger den Stand der einschlägigen Forschung zusammenzufassen. Die »Rechtmäßigkeit der wissenschaftlichen Inhalte« von IPCC-Berichten erkennen Regierungen durch die Verabschiedung der Zusammenfassung für politische Entscheidungsträger an. Die Organisation wurde 2007 mit dem Friedensnobelpreis ausgezeichnet.

S. 95 ► **Club of Rome**

Der Club of Rome ist eine nichtkommerzielle Vereinigung von zumeist bekannten Persönlichkeiten des öffentlichen Lebens, die 1972 durch den Bericht *Die Grenzen des Wachstums* (Dennis Meadows u.a.) bekannt wurde. Ihr Ziel ist die gemeinsame Sorge um und die Verantwortung für die Zukunft der Menschheit.

S. 96 ► **450 ppm (Codewort)**

»ppm« steht für »parts per million« und benennt, wie viele Millionstel einer gemischten Gesamteinheit zu einer bestimmten Teilsubstanz gehören. Im Zusammenhang mit der Erdatmosphäre ist in der Regel davon die Rede, wie viele Millionstel des Gesamtvolumens vom CO_2 eingenommen werden. Wenn der Wert von 450 längerfristig überschritten werden sollte, dürfte es unmöglich werden, die globale Erderwärmung auf weniger als 2°C zu begrenzen.

Impakt-Theater

S. 97 ► **Theodor Sturm: Der Deichbruch**

Hier wurde aus »Storm« »Sturm« gemacht. Theodor Storm (1817–1888) ist ein deutscher Dichter und Novellist, dessen Werke in viele Sprachen übersetzt wurden. *Der Schimmelreiter*, im Todesjahr des Autors erschienen, ist eine düstere Novelle über erbittert konkurrierende Männer, in der es insbesondere um Aberglauben, Gottesfurcht und die Verbesserung der Deiche zum Schutz gegen die Nordsee geht.

S. 97 ▶ **Popperkorn**

Der Ausdruck spielt auf den österreichischen Philosophen Karl Popper (1902–1994) an.

S. 97 ▶ **»Der Mensch verlässt das Holozän«**

Anspielung auf den Buchtitel: *Der Mensch erscheint im Holozän* des Schweizer Schriftstellers Max Frisch.

S. 98 ▶ **»Wenn die Welt kippt«**

As the World tipped ist eine grandiose Theaterproduktion des Wired Aerial Theatres aus dem Jahre 2011, geschrieben und inszeniert von Nigel Jamieson, einem der weltweit führenden Dramaturgen von Open Air-Spektakeln (wie zum Beispiel der Olympiade in Sydney).

- http://www.tippingpoint.org.uk/as-the-world-tipped/

S. 99 ▶ **Herr Euler, der Nachtfalke**

Der kluge Vogel ist nach dem schweizerischen Gelehrten Leonhard Euler (1707–1783) benannt. Letzterer gilt als Begründer der modernen Mathematik (siehe auch »Eulersche Zahl« weiter unten).
Nachtfalken gehören zur der Familie der Nachtschwalben. In Deutschland ist diese Vogelfamilie durch den Ziegenmelker (*Caprimulgus europaeus*) vertreten. Aufgrund seines Aussehens und seiner nachtaktiven Lebensweise hat man den Vogel früher den Eulen zugeordnet.

S. 99 ▶ **Gräfin Gauß von Wetterstein**

Auf die Idee, die Glockenkurve der Gauß'schen Normalverteilung mit dem Rock einer tyrannischen Schlossherrin zu vergleichen, brachte mich Lars Gustafsson, als er im Herbst 2012 Gastkünstler am PIK war und bei einer Lesung aus seinem Gedicht *Frau Gauß, unsere gescheite Putzfrau* zitierte.
Das Besondere am Kleid der Gräfin im vorliegenden Buch ist, dass seine

Silhouette der Normalverteilung der mittleren Erdtemperatur folgt. Das heißt die Anzahl besonders warmer oder besonders kalter Jahre ist relativ gering, und am häufigsten wird man Jahresmitteltemperaturen messen, die nahe beim Durchschnittswert aller Jahre liegen.

Dies gilt natürlich nicht mehr, wenn sich dieser Mittelwert aufgrund des Klimawandels hin zu höheren Temperaturen verschiebt. Im einfachsten Fall würde man so öfter extreme Wärme beobachten und seltener extreme Kälte. Die Form der Normalverteilung bliebe aber gleich und somit auch die Silhouette des Kleides. Zum Ärger der Gräfin ist dies jedoch nicht der Fall. Denn neben einem verstärkten Auftreten von Hitzewellen kommt es auch immer wieder zu extremen Kälteeinbrüchen, wovon insbesondere der Osten der USA, aber auch Europa betroffen sind. Die Verteilung erfährt also nicht nur eine Verschiebung des Mittelwertes, sondern zusätzlich eine Deformation: Sie wird breiter und asymmetrisch und damit für Gräfin Gauß zu einem modischen Desaster.

Für interessierte Leser sei noch hinzugefügt, dass die Gauß'sche Normalverteilung ihren Namen Johann Carl-Friedrich Gauß verdankt, einem begnadeten Physiker, Mathematiker und Astronomen des frühen 19. Jahrhunderts, dessen Entdeckungen die Grundlagen der modernen Ausgleichsrechnung und der mathematischen Statistik legten.

S. 99 ► **Bernhard Riemann**

Bernhard Riemann (1826–1866) war, gemessen an seiner kurzen Lebensspanne, möglicherweise der bedeutendste und kreativste Mathematiker aller Zeiten. Der Sohn eines norddeutschen Pastors vollendete zum einen die nicht-euklidische Geometrie, mit deren Hilfe Einstein seine Vorstellungen von der gekrümmten Raum-Zeit-Welt formulierte. Riemann revolutionierte zum anderen die Funktionentheorie, häufig unter Zuhilfenahme kühner bildlicher Vorstellungen. Der Einfluss seiner Gedanken auf die moderne theoretische Physik ist auch heute noch ungebrochen.

S. 99 ▶ **Die Katze Zeta und die Zeta-Funktion**

Die von Bernhard Riemann aufs Tiefste erforschte Zeta-Funktion ist gewissermaßen die Königin der analytischen Zusammenhänge: *Alle* Funktionen, die bestimmte allgemeine Eigenschaften besitzen, lassen sich nämlich in der Zeta-Funktion wiederfinden (Universalitätssatz von Woronin)! Zeta hängt jedoch auch auf höchst subtile Weise mit der Verteilung der Primzahlen zusammen. Dieser Zusammenhang verdichtet sich in der berühmten Riemann'schen Vermutung über die Lage der Nullstellen der Zeta-Funktion in der komplexen Zahlenebene. Die Vermutung wurde mithilfe von Computern bereits in Billionen von Einzelfällen bestätigt, aber noch nicht allgemein bewiesen. Damit stellt sie das größte ungelöste Rätsel der zeitgenössischen Mathematik dar.

S. 102 ▶ **Eulersche Zahl**

Die Eulersche Zahl ***e*** ist eine der bedeutendsten Zahlen in der Mathematik. Es gibt viele Möglichkeiten, sie zu berechnen, aber keine von ihnen führt je zu einer exakten Lösung: ***e*** ist irrational, kann also nicht als Bruch zweier natürlicher Zahlen dargestellt werden. Der Wert von ***e*** ist aber auf Milliarden von Nachkommastellen bekannt, beginnend mit 2,718281828459045...

Die natürliche Exponentialfunktion zur Basis ***e*** spielt in der Analysis eine zentrale Rolle und findet unzählige Anwendungen in der Physik, Chemie, Technik, Wirtschaft und vielen weiteren Fachgebieten. Sie ist die einzige bekannte Funktion, die mit ihrer eigenen Ableitung und ihrem Integral identisch ist.

Die Eulersche Identität $e^{\pi \cdot i} + 1 = 0$ ist nur eine der vielen tiefgreifenden und überraschenden Erkenntnisse zur Eulerschen Zahl. Sie stellt einen fundamentalen Zusammenhang zwischen den fünf bedeutendsten Zahlen der Mathematik her, in einer Gleichung von reiner mathematischer Schönheit. Seit ihrer Entdeckung sind Wissenschaftler fasziniert von der Zahl ***e*** und ihren Eigenschaften – einige davon sind wahrhaft *transzendent.*

S. 106 ▸ **Hofstadter Schmetterling**

Douglas Hofstadter, der Sohn des amerikanischen Physik-Nobelpreisträgers Robert Hofstadter, beschäftigte sich in seiner 1975 abgeschlossenen Doktorarbeit mit dem Verhalten von Elektronen in Kristallgittern, welche von einem Magnetfeld durchdrungen sind. Dabei spielt das Größenverhältnis zwischen Gitterzelle und Feld eine entscheidende, ausgesprochen subtile Rolle, die tief in das Gebiet der Zahlentheorie hineinführt. Hofstadter fand heraus, dass das Elektronenspektrum – also die Menge aller Energiezustände, welche die Teilchen besetzen können – die Form eines Fraktals annimmt, wenn die Stärke des Magnetfelds durchvariiert wird.

Das Spektrum hat konkret die Gestalt eines (geometrisch angeordneten) Schmetterlingsschwarms, wo sich in jedem Individuum verkleinerte Kopien des Kollektivs wiederfinden. Das heißt, das Gebilde ist »selbstähnlich«. Interessanterweise beschrieb Hofstadter diese Struktur 1974 an der Universität Regensburg, Deutschland, auf einem Tischcomputer, den er sich mit dem damaligen Physik-Diplomanden H. J. Schellnhuber teilte. Der rein theoretisch abgeleitete Hofstadter Schmetterling wurde 2013 experimentell mithilfe von Strukturen bestätigt, die auf dem zweidimensionalen »Wundermaterial« Graphen basieren.

S. 107 ▸ **C4-Pflanzen**

C4-Pflanzen nutzen einen Stoffwechselpfad, um Kohlenstoffdioxid für die Photosynthese zunächst räumlich vorzufixieren und erst dann, wie C3-Pflanzen, im Calvin-Zyklus zu Kohlenhydraten aufzubauen.

- Quelle: Wikipedia

S. 108 ▶ **»Die klimatischen Veränderungen wirken wie eine Zentrifuge auf die Gemeinschaft«**

• Siehe: Müller-Jung, J., »Vom Klima zerrüttet«, in der FAZ vom 10. 1. 2012 und die dortigen Referenzen.

Die Katze Zeta

S. 115 ▶ **BAU**

Akronym für den englischen Ausdruck »business as usual«. Damit ist eine unbegrenzte Fortsetzung der herkömmlichen Wirtschaftsweise gemeint.

S. 116 ▶ **Katze Zeta und Bernhard Riemann**

s. Anmerk. S. 248

S. 118 ▶ **Cheshire Cat**

Die Cheshire Cat aus Lewis Carrolls *Alice im Wunderland* ist im Deutschen unter dem Namen »Grinsekatze« bekannt.

S. 119 ▶ **Hysterese**

Hysterese tritt in vielen natürlichen und technischen Systemen auf, deren Zustand nicht nur von äußeren Einflussgrößen, sondern auch von bereits eingenommenen Systemzuständen abhängt. Das Verhalten solcher Systeme ist also abhängig von der Vorgeschichte des Systems (Pfadabhängigkeit), eine Eigenschaft, die auch als Erinnerungseffekt (memory effect) bezeichnet wird.

Im Klimasystem tritt Hysterese zumeist im Zusammenhang mit bestimmten Kipp-Punkten auf. So etwa bei der thermohalinen Zirkulation im Atlantischen Ozean. Auf der Basis grundlegender physikalischer Einsichten und detaillierter Modellrechnungen wird erwartet, dass es bei Zunahme des Süßwasserzuflusses in den Nordatlantik, etwa durch Abschmelzen des grönländischen Eisschilds, zu einer deutlichen Abschwächung der Ozeanzirkulation kommen würde, verbunden mit ausgeprägten regionalen Klima- und Meeresspiegelveränderungen. Anschließend müsste der Süßwasserzufluss sogar deutlich unter den heutigen Wert reduziert werden, um die Zirkulation wieder in Gang zu bringen. Das ozeanische Transportband »erinnert« sich also an das vorherige Überschreiten eines Kipp-Punktes.

S. 121 ▶ **»Wer unruhig ist, vollbringt nichts. Wer nichts vollbringt, ist unruhig.«**
Der Ausspruch ist angelehnt an eine Lebensweisheit des chinesischen Schriftstellers Feng Meng Long (1574–1645).

Auf nach Grönland!

S. 132 ▶ **Das Grönlandeis-Modell**
Der Großherzog von Albedo arbeitet für SICOPOLIS (SImulation COde for POLythermal Ice Sheets), ein dreidimensionales, thermomechanisches Eismodell, das ursprünglich von Ralf Greve im Jahr 1995 an der Technischen Universität Darmstadt entwickelt wurde. SICOPOLIS basiert auf einer vereinfachten Beschreibung der Eisflächendynamik, was durch verkürzte Rechenzeiten die Ausführung von Langzeitprojektionen ermöglicht. Mithilfe dieses Modells können große Kontinentaleismassen wie die Antarktis und der Grönländische Eisschild simuliert werden. Wenngleich in den letzten Jahren die Methoden zur Simulation von Eisflächen erweitert wurden, ist es aufgrund seiner Schnelligkeit und Einfachheit ein geeignetes Werkzeug für gekoppelte Simulationen mit EMICs, um glaziale und interglaziale Zyklen untersuchen zu können.

• Siehe auch: R. Greve & H. Blatter, »Dynamics of Ice Sheets and Glaciers«, Springer, 2009.

S. 129 ▸ **Anziehungskraft des Eises**

• Siehe: J. X. Mitrovica, M. E. Tamisiea, J. L. Davis & G. A. Milne, »Recent mass balance of polar ice sheets inferred from patterns of global sea-level change«, Nature, Bd. 409, Nr. 6823, Seiten 1026–1029, 2001.

In der Antarktis

S. 134 ff ▸ **Das Antarktismodell**

Das Modell, in das Alice hier hineinpurzelte, ist das Parallel Ice Sheet Model (PISM). Es wird gemeinsam an der University of Alaska, Fairbanks, und dem Potsdam-Institut für Klimafolgenforschung entwickelt. PIK-Wissenschaftler untersuchen mit PISM die vergangene und zukünftige Entwicklung des antarktischen Eisschildes. Eine der zentralen Fragen ist dabei, welche dynamischen Prozesse für den derzeitigen Eisverlust in der Antarktis verantwortlich sind und wie sie sich auf den zukünftigen Meeresspiegelanstieg auswirken können.

Mit einem Volumen von 58 Metern Meeresspiegeläquivalent bildet der antarktische Eisschild die größte zusammenhängende Eismasse der Erde – fast zehnmal so groß wie der Eispanzer auf Grönland. Im Gegensatz zu Grönland wird in der Antarktis momentan kaum ein Schmelzen an der Oberfläche des Eisschildes beobachtet, weil dort viel kältere Temperaturen vorherrschen. Ihr Schicksal wird maßgeblich von den Schmelzprozessen an der Unterseite mitbestimmt. Der Eisschild ist von sogenannten Schelfeistafeln umgeben, (teils riesigen) schwimmenden Eismassen, die mit dem Inlandeis verbunden sind. Sie stehen in direkter Wechselwirkung mit dem Ozean: Erwärmt sich das Ozeanwasser, kann dies das Schmelzen an der Unterseite der Schelfe verstärken und letztlich zu Eisverlust aus dem Inland führen.

Da die Prozesse in Bodennähe von solch großer Bedeutung sind, kann das Modellgitter in PISM so gewählt werden, dass diese besonders gut aufgelöst sind. Die Gitterzellen werden dann zum Boden hin immer feiner. Da Alice Körpergröße sich der jeweiligen Gitterauflösung anpasst, schrumpft sie bei ihrem Tauchgang in der Antarktis erheblich zusammen – zu ihrer großen Überraschung!

S. 138 ▸ **Alfred Wegener**

Alfred Lothar Wegener (1880–1930) war ein vielseitig begabter deutscher Physiker, Astronom und Meteorologe. Mit seiner erstmals 1912 vorgelegten Theorie der Kontinentalverschiebung, für die er im Laufe seines Lebens unablässig Indizien sammelte, gilt er als Vater der Plattentektonik. Diese befasst sich mit der Entstehung der Kontinente und Ozeane sowie der Bewegung fester, zur Erdkruste gehörender Gesteinsplatten auf dem tieferen und heißeren Erdmantel (Kontinentaldrift). Wie die Klimawissenschaftler auf dem Telegraphenberg in den 1990er- und 2000er-Jahren von ihren ortsansässigen Kollegen der Geologie und Polar- und Meeresforschung wurde auch Wegener für seine Theorie von Geologen zunächst angefeindet. Ernst genommen wurde Wegener vor allem von Geophysikern, aber zum Beispiel auch von dem auf dem Telegraphenberg als Direktor tätigen Geodäten Friedrich Robert Helmert. Wegener war auch ein Pionier der Polarforschung. Er starb während seiner vierten Grönlandexpedition. Nach ihm benannt ist das Alfred-Wegener-Institut für Polar- und Meeresforschung mit seinem Hauptsitz in Bremerhaven.

S. 139 ▸ **Courant, Friedrichs, Lewy**

Die Courant-Friedrichs-Lewy-Bedingung ist nach den Mathematikern Richard Courant, Kurt Friedrichs und Hans Lewy benannt, welche diese Bedingung 1928 in der Fachzeitschrift *Mathematische Annalen* formulierten. Sie legt fest, dass die zeitliche und die räumliche Auflösung eines Modells während der Berechnung aneinandergekoppelt sein müssen. Das heißt, je kleiner die räumliche Auflösung wird, desto kleiner muss auch der Zeitschritt werden, damit das Modell korrekte Ergebnisse liefert.

Genaugenommen beschreibt dies eine notwendige Stabilitätsbedingung zur numerischen Lösung einer partiellen Differentialgleichung.

S. 144 ▸ **Hysterese** siehe Anmerkungen S. 251

S. 147 ▸ **Svante Arrhenius**

Svante Arrhenius (1859–1927), schwedischer Forscher, Nobelpreisträger und Begründer der Physikalischen Chemie, war der Erste, der die Folgen eines veränderten CO_2-Gehaltes in der Atmosphäre durchrechnete. Bereits 1896 publizierte er »Über den Einfluss des atmosphärischen Kohlensäuregehaltes auf die Temperatur der Erdoberfläche«. Er erkannte, dass die CO_2-bezogenen Aktivitäten der Menschheit eine geologische Größenordnung annehmen könnten. Allerdings war der erhöhte Volumenanteil von Kohlendioxid in der Erdatmosphäre durch die industrielle Verbrennung von Kohle damals noch gering und stieg nur um etwa ein Tausendstel pro Jahr. Und Arrhenius ging fälschlicherweise davon aus, dass der Großteil der CO_2-Emissionen ohnehin vom Ozean aufgenommen würde. Der Wissenschaftler dachte bereits damals über die Entstehung der Eiszeiten und über die sogenannte Wasserdampfrückkopplung nach. Pionierarbeiten von Fourier zur »chaleur obscure« und von Tyndall zur Infrarotabsorption bestimmter Gase führte er zusammen und unternahm eine quantitative Gesamtabschätzung für die Erde, indem er die Planetenoberfläche zwischen 70° nördlicher und 60° südlicher Breite in kleine Segmente zerlegte und die Strahlungsbilanz auf jedem Teilstück für Tag und Nacht, alle vier Jahreszeiten und verschiedene CO_2-Konzentrationen der Lufthülle berechnete. Seine Kalkulationen führten zu der berühmten Faustregel für den Treibhauseffekt: »Wenn das atmosphärische CO_2 auf geometrische Weise wächst, dann nimmt die Erdtemperatur auf arithmetische Weise zu.« Anders ausgedrückt: Die Erdtemperatur nimmt nur logarithmisch mit der Erhöhung des atmosphärischen Kohlendioxids zu. Diese Beziehung wird noch heute in der Klimamodellierung verwendet. Arrhenius berechnete insbesondere die Auswirkung einer Verdopplung von CO_2 und kam 1896 auf einen Wert zwischen 5 und 6 °C, den er 1906 auf 2,1 °C reduzierte. Damit lag er nahe bei den Abschätzungen, die man gegenwärtig mit den aufwendigsten Computersimulationsmodellen erzielt!

Die Einsichten Arrhenius' verschwanden in der Versenkung, als im Jahr 1900 Knut Ångström in den deutschen Annalen der Physik einen Aufsatz »Über die Bedeutung des Wasserdampfes und der Kohlensäure bei der Absorption der Erdatmosphäre« veröffentlichte, worin er Arrhenius' Treibhaustheorie – zu Unrecht – infrage stellte.

• Siehe H.J. Schellnhuber, »Selbstverbrennung – Die fatale Dreiecksbeziehung zwischen Klima, Mensch und Kohlenstoff«, C.Bertelsmann-Verlag, 2015, und dortige Referenzen.

S. 149 ▸ **Max Plankton**

Wortspiel, das sich einerseits auf das Plankton (die in Gewässern treibenden oder schwimmenden Mikroorganismen wie Kieselalgen und Dinoflagellaten) und andererseits auf den berühmten deutschen Physiker Max Planck (1858–1947) bezieht. Planck schuf im Jahr 1900 mit seiner Strahlungsformel die entscheidende Grundlage der Quantentheorie. Diese besagt, dass Lichtwellen fester Frequenz nur ganz bestimmte Energiewerte annehmen können.

Zwischen den Dingen

S. 162 ▸ **»Alles Zukunftserraten ist wie gemalter Braten«**

... ist ein Zitat aus dem Werk des Dichters Joachim Ringelnatz.

S. 162 ▸ **Netzwerkanalyse und Klima**

Um Klimarisiken abschätzen zu können, muss man verstehen, wie Veränderungen wie Temperatur, Regen oder Wind an einem Ort der Erde mit Veränderungen an anderen, oft weit entfernten Orten zusammenhängen. PIK-Wissenschaftler aus dem Forschungsbereich »Transdisziplinäre Systeme und Methoden« versuchen, mit neuartigen Methoden die Schnittstellen für Wechselwirkungen im Wettergeschehen zu identifizieren. Zum Beispiel folgt auf erhöhten Lufthochdruck im Ostpazifik oft ein tieferer Luftdruck im Gebiet des indischen Monsuns. Schaut man aber genauer hin, so zeigt sich, dass viele vermeintliche Interaktionen zwischen zwei Regionen einfach von einem anderen, dritten Faktor verursacht werden, etwa vom Sonnenzyklus. Deshalb werden neue statistische Verfahren eingesetzt, um solche trügerischen Zusammenhänge aufzudecken und indirekte Verbindungspfade zu suchen. Schritt für Schritt kann so ein Netzwerk rekonstruiert werden, das den zugrundeliegenden kausalen Zusammenhängen näher kommt. Die Methode deckt auf, wo Störungen im Klimasystem die größten überregionalen Effekte haben, und auf welchen Pfaden sie verbreitet werden.

• Quelle: PIK-Pressemitteilung vom 7.10.2015 »Zufall oder Zusammenhang: Wechselwirkungen im Klimasystem«

Eine verrückte Teegesellschaft

S. 164 ▸ **Mandelbrot, Satelliten, Seepferdchentäler, Antennen**
Diese Begriffe spielen auf populäre Fraktale an. Der Mathematiker und Chaosforscher Benoît B. Mandelbrot (geboren 1924 in Warschau, gestorben 2010 in Cambridge, Massachusetts) beschrieb die sogenannte Mandelbrot-Menge und gilt als Vater der fraktalen Geometrie, die von Objekten von »gebrochener« Dimension handelt. Die nach Mandelbrot benannte Menge, oft salopp als »Apfelmännchen« bezeichnet, ist eine Struktur in der komplexen Zahlenebene und wurde zu einer Ikone der frühen Chaosforschung.

S. 168 ▶ **»Wer möchte ein Marmeladenbrot?«**
… ist ein Zitat aus Lewis Carrolls *Alice im Wunderland.*

S. 167 ff ▶ **Die Konferenz und ihre Teilnehmer**
Die meisten hier genannten Tiere und Pflanzen, wie zum Beispiel das Thermometerhuhn, *Leipoa ocellata* (Australien), den Nacktmull *Heterocephalus glaber* (Ostafrika) und die Blume *Dryas octopetala* (Rosaceae, Alpen), gibt es wirklich. Nur der sogenannte geräucherte Rote Hering, der Amtsschimmel und der Papiertiger haben kein tierisches Äquivalent auf Erden. »Red Herring« ist im Englischen ein Ausdruck für eine falsche Fährte. Der Begriff stammt ursprünglich aus der Fuchsjagd, bei der man einen geräucherten Hering zum Legen einer falschen Spur benutzte. Der Amtsschimmel ist, ähnlich wie im Englischen das »Red Tape Horse«, Ausdruck für einen sturen Bürokraten, und auch bei dem Papiertiger handelt es sich um einen Schreibtischtäter …

S. 172 ▶ **»Etwas Unmögliches zu glauben, ist nur eine Sache der Übung. Ich habe in jungen Jahren teilweise bis zu sechs unmögliche Dinge schon vor dem Frühstück geglaubt.«**
Auch hier handelt es sich um einen von Lewis Carroll übernommenen Ausspruch. Er lässt in dem Buch *Through the Looking Glass* (im Deutschen bekannt als *Alice hinter den Spiegeln*) die Weiße Königin sagen: »Why, sometimes I've believed as many as six impossible things before breakfast.«

S. 172 ▶ **»Kein Regentropfen fühlte sich jemals für eine Überschwemmung verantwortlich.«**
Dieser Satz ist angelehnt an einen Ausspruch Voltaires, in dem er nach der einen Flocke fragt, die eine Schneelawine auslöst.

S. 178 ► **Vladimir Petoukhov**

Vladimir Petoukhov, Physiker und Klimaforscher, wurde am 27.08.1946 in Kischinjow (heute Moldawien, früher UDSSR) geboren. Er forschte von 1996 bis 2011 am PIK und ist auch nach seiner Pensionierung noch als Gastwissenschaftler dort tätig.

S. 178 ► **Barents-Kara-See**

Die Barents- und die Karasee sind Randmeere des Arktischen Ozeans. Die Barentssee befindet sich nördlich von Norwegen, die Karasee nördlich von Russland.

S. 183 ► **Immanuel Kants Kategorischer Imperativ**

Immanuel Kant (1724–1804) war der König der deutschen Philosophen. Er führte den »Kategorischen Imperativ« in seiner *Grundlegung zur Metaphysik der Sitten* (1785) ein und entwickelte ihn in der *Kritik der praktischen Vernunft* (1788) weiter. Daraus ergaben sich verschiedene Formulierungen des Prinzips, von dem hier nur eine genannt sei: »Handle so, daß die Maxime deines Willens jederzeit zugleich als Grundlage einer allgemeinen Gesetzgebung gelten könne.«

S. 187 ► **El Niño und La Niña**

»El Niño« (spanisch: »Das Christkind« und »Der Junge«) und »La Niña« (»Das Mädchen«) sind die beiden Gegenspieler in einer mächtigen Schaukelbewegung, die das Ozean-Atmosphärensystem im tropischen Pazifikraum prägt. Das Gesamtphänomen wird im Englischen als »El Niño-Southern Oscillation (ENSO)« bezeichnet.

Unter Normalbedingungen wird der östliche Teil des äquatorialen Stillen Ozeans (insbesondere vor der Küste Südamerikas) von starkem Hochdruck bestimmt, weshalb über dem Meer die Passatwinde kräftig gen Westen blasen. Diese Winde sorgen mit dafür, dass sich sehr warmes Wasser im westlichen tropischen Pazifik (vor den indonesischen Inseln) staut und nicht nach Osten abfließen kann. Über diesem »warm pool« bildet sich atmosphärischer Tiefdruck aus, wodurch die Luft aufsteigt und in großer Höhe nach Osten strömt, um dann vor den Küsten von Peru und Chile abzusinken. Damit schließt sich ein selbst-stabilisierender Kreis, der sich »Walker-Zirkulation« nennt.

Alle 2–7 Jahre wird jedoch dieser pazifische Routinebetrieb gestört – aus noch nicht geklärten Gründen, die aber wohl mit der Physik kooperativer Phänomene zusammenhängen (Ludescher et al. 2013). Oft schwappen zunächst submarine Wogen (»Kelvin-Wellen«) nach Osten, die Passatwinde ändern sporadisch ihre Richtung, und die Temperatur der südamerikanischen Gewässer steigt episodisch. Schließlich kippt die Walker-Zirkulation komplett um, sodass nun Tiefdruck im Ost- und Hochdruck im Westpazifik herrscht. Die jetzt kräftig gen Osten blasenden bodennahen Winde sorgen für eine Entleerung des »warm pool«, sodass gewaltige Mengen warmen Wassers vor den tropischen Küsten Südamerikas auflaufen: El Niño ist da, so getauft von peruanischen Fischern, die zumeist gegen Weihnachten dieses Naturschauspiel beobachteten. Welches ihnen im Übrigen ihren Fischfang verdarb, weil dadurch das Emporwallen von kaltem, nährstoffreichem Tiefenwasser jäh unterbrochen wurde.

Diese ganze »Anomalie« im Klimasystem kann wenige Monate andauern oder auch zwei Jahre. Statt allerdings irgendwann sanft in den Normalbetrieb zurückzugleiten, schlägt das Zirkulationspendel in der Regel erst heftig in die Gegenrichtung aus: Das warme Wasser schwappt von den Gestaden Südamerikas wieder gen Indonesien, die Passatwinde blasen besonders stark aus Osten, und über dem tropischen Westpazifik bildet sich ein übermäßiges Tiefdruckgebiet aus. Was zu Sturzregen über Australien und Indonesien führt und zu Kälte über weiten Teilen des amerikanischen Kontinents. Das ist La Niña.

Aufgrund ihrer Natur können beide Phänomene logischerweise nie gleichzeitig auftreten, so wie die beiden Kinder El Niño und La Niña in der Geschichte, die nur einzeln vor dem Klimagericht erscheinen können.

Neuste Modellrechnungen zeigen, dass unter dem Einfluss des Klimawandels extreme El Niño- und La Niña-Ereignisse an Häufigkeit zunehmen werden. Bei einem ungebremsten Klimawandel würde sich bis zum Ende dieses Jahrhunderts die Anzahl rabiater El Niño- und La Niña-Ausprägungen nahezu verdoppeln.

- Siehe z. B.: W. Cai et al. »ENSO and greenhouse warming«, *Nature Climate Change*, Bd. 5, Seiten 849–859, 2015.
- Leseempfehlung für Studenten: S. George Philander, »El Niño, La Niña, and the Southern Oscillation«, Academic Press, 1990.

Alice sagt aus

S. 189 ▶ **Albedo-Effekte in der Arktis**

In der Arktis kommt ein fataler Rückkopplungs-Mechanismus zum Tragen: Die Selbstverstärkung der Eisschmelze durch die höhere Energieaufnahme dunkler Flächen. Durch die Erderwärmung schrumpft die Eisbedeckung im Arktischen Ozean – ein größerer Anteil der dunklen Meeresoberfläche liegt frei. Diese offenen Wasserflächen nehmen mehr Wärme auf als Eisflächen und verstärken den regionalen Temperaturanstieg. Tatsächlich erwärmt sich die Arktis gegenwärtig in etwa doppelt so schnell wie die gesamte Erde im Mittel. Eine eisfreie Barents-Kara-See führt tendenziell dazu, dass über dieser Region häufiger Hochdruckgebiete entstehen, die kalte Polarluft nach Europa schaufeln und dort für eisige Winter sorgen. Die globale Erwärmung kann regional also auch zu einer Abkühlung führen.

S. 195 ▶ **Charles Baudelaire**

Charles-Pierre Baudelaire (1821–1867) ist einer der bedeutendsten französischen Lyriker und gilt als Wegbereiter der literarischen Moderne in Europa.

S. 195 ▸ **»Wir brauchen dringend eine Gesellschaft für soziale Verantwortung in der Wissenschaft, wenn nicht sogar eine übernationale Rechtsordnung.«**

Diese Forderungen stammen von Albert Einstein. Siehe: *Albert Einstein – Mein Weltbild*, herausgegeben von Carl Seelig, diverse Verlage.

S. 196 ▸ **Marx-Zitat**

Das Zitat: »Why should I do anything for posterity? What has posterity ever done for me?« wird dem amerikanischen Komiker Julius Henry »Groucho« Marx (1890–1977) von den »Marx Brothers« zugeschrieben.

S. 196 ▸ **Ludwig XIV. von Frankreich**

… wurde auch der »Sonnenkönig« genannt.

S. 198 ▸ **»Der alte Seefahrer« (»The Rime of the Ancient Mariner«)**

Das Gedicht aus dem Jahre 1798 stammt von dem englischen Lyriker Samuel Taylor Coleridge (1772–1834).

S. 200 ▸ **»Kaninchen sehn so niedlich aus …«**

»The Rabbit« ist ein anonymes englisches Gedicht aus dem Jahr 1925. Aus dem Englischen übersetzt von Nora Molkenthin (PIK).

• Siehe: Francis & Vera Meynell (Harmondsworth: Penguin Books Limited, 1938): I, 267–68. PR 1175 W43 University of Victoria.

S. 201 ▸ **»Ein Mädchen, genannt Alison Mut, …«**

Die Verse stammen von Hans Joachim Schellnhuber. Es ist seine eigene Übersetzung des Limericks, den er zum Geburtstag der Klimaforscherin Ann Henderson-Sellers schrieb. »A girl named Ann Henderson-Sellers / belongs to the true story-tellers / Her explanations, so sound / would convince Baskervilles' Hound / and frustrate all those fossil goodfellas.«

S. 203 ▸ **Gravitationstheorie**

Der Text folgt einer Tischrede von Albert Einstein auf Michelson aus dem Januar 1931: »It was you who led the physicists into new paths, and through your marvellous experimental work paved the way for the development of the theory of relativity. You uncovered an insidious defect in the ether theory of light, as it then existed, and stimulated the ideas of H. A. Lorentz and FitzGerald, out of which the special theory of relativity developed. These in turn pointed the way to the general theory of relativity, and to the theory of gravitation.«

• Aus: Dorothy Michelson Livingston, »The Master of Light – A Biography of Albert A. Michelson«, Charles Scribner's Sons, New York 1973.

S. 204 ▸ **El Niño und La Niña,** s. Anmerkungen S. 259

Im Gefängnis mit Michelson

S. 207 ▸ **»Als Kind schon war Lucia klar …«**

Der Limerick »There was a young lady named Bright / whose speed was far faster than light: / She set out one day / In a relative way / And returned home the previous night« stammt von Arthur H. P. Buller und wurde im Dezember 1923 im Punch-Magazin veröffentlicht. Die fabelhafte deutsche Übersetzung stammt vom PIK-Wissenschaftler Peter-Paul Pichler.

S. 207 ▸ **Michelsons Erklärung seines Versuchs**

Die Michelson-Figur in diesem Buch greift auf eine Allegorie zurück, die vom Vorbild des berühmten Forschers selbst stammen soll. In *The Master of Light, A Biography of Albert A. Michelson* von Dorothy Michelson Livingston (erschienen bei Charles Scribner's Sons, New York 1973, hier S. 77 Mitte) heißt es: »As he [Michelson] later explained to his children:

Two beams of light race against each other, like two swimmers, one struggling upstream and back, while the other, covering the same distance, just crosses the river and returns. The second swimmer will always win, *if there is any current in the river.*«

S. 208 ► **Michael Faraday**

Der Engländer Michael Faraday (1791–1867) war einer der größten Experimentalphysiker aller Zeiten. Seine genialen Laborversuche enthüllten, wie Elektrizität, Magnetismus und Licht zusammenwirken.

S. 208 ► **James Maxwell**

Der Schotte James Clerk Maxwell (1831–1879) vereinheitlichte das gesamte Wissen seiner Zeit über elektromagnetische Phänomene, das nicht zuletzt den Faraday'schen Experimenten entsprang, in einem Satz von Differentialgleichungen (»Maxwell'sche Gleichungen«). Er vermutete bereits, dass sich Licht in Form elektromagnetischer Wellen in einem ruhenden Äther ausbreitet, womit er prägenden Einfluss auf die Arbeiten von Lorentz (siehe nächste Seite) nahm.

S. 211 ► **Schwarzschild-Formel**

Die Schwarzschild-Formel ist benannt nach dem Astrophysiker Karl Schwarzschild (s. S. 232) und stellt die erste exakte Lösung von Einsteins nicht-linearen Feldgleichungen dar. Karl Schwarzschild fand sie 1916, nur ein Jahr nach der Veröffentlichung von Einsteins Allgemeiner Relativitätstheorie. Die Schwarzschild-Lösung beschreibt ein »Schwarzes Loch«, eine astronomische Gravitationsanomalie. Ein Schwarzes Loch bildet, verbunden mit seinem Spiegelbild, dem »Weißen Loch«, eine sogenannte Einstein-Rosen-Brücke, auch als Wurmloch bezeichnet, und ist in der Science-Fiction-Literatur als Mittel der Wahl für Zeitreisen bekannt.

S. 212 ▶ **Hendrik Lorentz**

Hendrik Antoon Lorentz (1853–1928) war ein niederländischer Mathematiker und Physiker, der entscheidende Beiträge zur Erklärung elektromagnetischer Phänomene leistete. Er ging fest von der Vorstellung eines ruhenden »Äthers« aus (vgl. Michelson und Maxwell), in den alle Gegenstände eingebettet sind und in welchem sich die Lichtwellen ausbreiten. Obwohl diese Vorstellung im Gegensatz zu Albert Einsteins Relativitätsprinzip steht, bildet die »Lorentz-Transformation« einen Eckstein im Einstein'schen Theorie-Gebäude, wo Ort und Zeit ineinander transformiert werden können.

In der Lösungsabteilung

S. 219 ▶ **CCS**

CCS ist die Abkürzung für »Carbon Capture and Storage«. Die CCS-Technologie separiert CO_2, das bei der Verbrennung fossiler Brennstoffe oder Biomasse entsteht, von anderen Abgasen des Verbrennungsprozesses, komprimiert und verpresst es in den Untergrund, z. B. in leere Gaskavernen oder saline Aquifere. Die Technologie ist in der Ölindustrie und an Pilotkraftwerken erprobt worden, bisher aber nicht im großen Stil zum Einsatz gekommen, insbesondere wegen Bedenken über die Verpressung von CO_2 (Lecken, seismische Aktivität, Sicherheit der CO_2-Reservoire). Das Einbringen von CO_2 in den Ozean ist ebenfalls diskutiert worden, wegen der Gefahr der Ozeanversauerung aber zum Glück nicht weiterverfolgt worden. In Kombination mit der Nutzung von Biomasse führt CCS zur Nettoentnahme von CO_2 aus der Atmosphäre, da das von den Pflanzen durch Photosynthese aufgenommene Kohlendioxid nicht mehr in die Luft zurückgeführt, sondern in den Untergrund verpresst wird. Diese Kopplung von Bioenergie mit CCS (BECCS) spielt in vielen Klimaschutzszenarien eine wichtige Rolle, um ambitionierte Klimaschutzziele zu erreichen, da auf diese Weise verbliebene CO_2-Emissionen im Transportsektor vermieden und in der Vergangenheit aufgetretene Emissionen kompensiert werden können. Dem Einsatz der BECCS-Technologie stehen zahlreiche Bedenken zur Nachhaltigkeit einer großskaligen Nutzung von Bioenergie gegenüber.

S. 221 ▶ **divestieren**

Von »divestieren« (Divestment, zu Deutsch: Kapitalabzug) spricht man insbesondere dann, wenn gefordert wird, schon getätigte Investitionen (zum Beispiel in Form von Aktienkäufen) wieder rückgängig zu machen. In der jüngeren Geschichte gab es schon mehrmals gesellschaftliche Bewegungen, die zum Boykott von Institutionen oder ganzen Wirtschaftszweigen aufriefen. Ein prominentes Beispiel ist die internationale Kampagne gegen Geldanlagen in Südafrika während der Zeit der verschärften Rassentrennungspolitik.

Vor wenigen Jahren hat sich nun eine vor allem von Studenten in der anglo-amerikanischen Welt vorangetriebene Bewegung formiert, die Investoren dazu drängt, ihr Kapital aus fossilwirtschaftlichen Unternehmen abzuziehen. Diese Kampagne ist erstaunlich erfolgreich und wird von Wirtschaftsanalysten zunehmend als Risikofaktor für die konventionellen Energiekonzerne angesehen.

Die Welt in den Händen

S. 227 ▶ **Die Glaskugel**

Die Glaskugel, die Professor Schellnhuber Alice zeigt, spielt auf ein Modell an, an dem die Potsdamer Forscher tatsächlich seit einiger Zeit arbeiten: das neue Erdsystemmodell POEM (Potsdam Earth Model). Es soll zwei wichtige Brücken schlagen: Zum einen kann es die Kluft zwischen klassischen EMICs und komplexen Modellen überwinden, indem es die Möglichkeit schafft, Modellkomponenten unterschiedlicher Komplexität flexibel zu koppeln. Zum anderen ist geplant, dass POEM in Zukunft auch die Makrodynamik menschlicher Gesellschaften abbilden und damit u.a. die Auswirkungen des Klimawandels auf die menschliche Zivilisation besser beschreiben kann als klassische Modellierungsansätze.

Bibliographie

1 H. J. Schellnhuber, »›Earth system‹ analysis and the second Copernican revolution«, *Nature,* Bd. 402, S. C19–C23, 1999.

2 A. Ganopolski und R. Calov, »The role of orbital forcing, carbon dioxide and regolith in 100 kyr glacial cycles«, *Clim. Past,* Bd. 7, Nr. 4, S. 1415–1425, 2011.

3 A. Ganopolski, R. Winkelmann und H. J. Schellnhuber, »Critical insolation-CO_2 relation for diagnosing past and future glacial inception«, *Nature,* Bd. 529, Nr. 7585, S. 200–203, 2016.

4 S. Franck, A. Block, W. von Bloh, C. Bounama, H. J. Schellnhuber und Y. Svirezhev, »Reduction of biosphere life span as a consequence of geodynamics«, *Tellus, Ser. B Chem. Phys. Meteorol.,* Bd. 52, Nr. 1, S. 94–107, 2000.

5 M. Claussen, L. Mysak, A. Weaver, M. Crucifix, T. Fichefet, M. F. Loutre, S. Weber, J. Alcamo, V. Alexeev, A. Berger, R. Calov, A. Ganopolski, H. Goosse, G. Lohmann, F. Lunkeit, I. Mokhov, V. Petoukhov, P. Stone und Z. Wang, »Earth system models of intermediate complexity: Closing the gap in the spectrum of climate system models«, *Clim. Dyn.,* Bd. 18, Nr. 7, S. 579–586, 2002.

6 A. Ganopolski und R. Calov, »Simulation of glacial cycles with an Earth system model«, in *Climate Change,* A. Berger, F. Mesinger und D. Sijacki, Eds. Springer-Verlag, Wien, S. 49–55, 2012.

7 S. Rahmstorf, »Ocean circulation and climate during the past 120,000 years«, *Nature,* Bd. 419, Nr. 6903, S. 207–214, 2002.

8 A. Ganopolski und S. Rahmstorf, »Rapid changes of glacial climate simulated in a coupled climate model«, *Nature,* Bd. 409, Nr. 6817, S. 153–158, 2001.

9 A. Bondeau, P. C. Smith, S. Zaehle, S. Schaphoff, W. Lucht, W. Cramer, D. Gerten, H. Lotze-Campen, C. Müller, M. Reichstein und B. Smith, »Modelling the role of agriculture for the 20th century global terrestrial carbon balance«, *Glob. Chang. Biol.*, Bd. 13, Nr. 3, S. 679–706, 2007.

10 S. Sitch, B. Smith, C. Prentice, A. Arneth, A. Bondeau, W. Cramer, O. Kaplan, S. Levis, W. Lucht, M. T. Sykes, K. Thonicke und S. Venevsky, »Evaluation of ecosystem dynamics, plant geography and terrestrial carbon cycling in the LPJ dynamic global vegetation model«, *Glob. Chang. Biol.*, Bd. 9, Nr. 2, S. 161–185, 2003.

11 S. Mathesius, M. Hofmann, K. Caldeira und H. J. Schellnhuber, »Long-term response of oceans to carbon dioxide removal from the atmosphere«, *Nat. Clim. Chang.*, Bd. 5, S. 1107–1113, 2015.

12 D. C. Zemp, C.-F. Schleussner, H. M. J. Barbosa, R. J. van der Ent, J. F. Donges, J. Heinke, G. Sampaio de Oliveira und A. Rammig, »On the importance of cascading moisture recycling in South America«, *Atmos. Chem. Phys.*, Bd. 14, S. 13337–13359, 2014.

13 A. Rammig, T. Jupp, K. Thonicke, B. Tietjen, J. Heinke, S. Ostberg, W. Lucht, W. Cramer und P. Cox, »Estimating the risk of Amazonian forest dieback«, *New Phytol.*, Bd. 187, Nr. 3, S. 694–706, 2010.

14 S. Ostberg, W. Lucht, S. Schaphoff und D. Gerten, »Critical impacts of global warming on land ecosystems«, *Earth Syst. Dyn.*, Bd. 4, Nr. 2, S. 347–357, 2013.

15 T. M. Lenton, H. Held, E. Kriegler, J. W. Hall, W. Lucht, S. Rahmstorf und H. J. Schellnhuber, »Tipping elements in the Earth's climate system.«, *Proc. Natl. Acad. Sci.*, Bd. 105, Nr. 6, S. 1786–1793, 2008.

16 E. Koscielny-Bunde, A. Bunde, S. Havlin, H. Roman, Y. Goldreich und H. J. Schellnhuber, »Indication of a universal persistence law governing atmospheric variability«, *Phys. Rev. Lett.*, Bd. 81, Nr. 3, S. 729–732, 1998.

17 A. Popp, F. Humpenöder, I. Weindl, B. L. Bodirsky, M. Bonsch, H. Lotze-Campen, C. Müller, A. Biewald, S. Rolinski, M. Stevanovic und J. P. Dietrich, »Land-use protection for climate change mitigation«, *Nat. Clim. Chang.*, Bd. 4, Nr. 12, S. 1095–1098, 2014.

18 H. Lotze-Campen, C. Müller, A. Bondeau, S. Rost, A. Popp und W. Lucht, »Global food demand, productivity growth, and the scarcity of land and water resources: a spatially explicit mathematical programming approach«, *Agric. Econ.*, Bd. 39, S. 325–338, 2008.

19 A. Popp, J. P. Dietrich, H. Lotze-Campen, D. Klein, N. Bauer, M. Krause, T. Beringer, D. Gerten und O. Edenhofer, »The economic potential of bioenergy for climate change mitigation with special attention given to implications for the land system«, *Environ. Res. Lett.*, Bd. 6, Nr. 3, 034017, 2011.

20 N. Bauer, O. Edenhofer und M. Leimbach, »Low-stabilisation scenarios and technologies for carbon capture and sequestration«, *Energy Procedia*, Bd. 1, Nr. 1, S. 4031–4038, 2009.

21 M. Leimbach, N. Bauer, L. Baumstark und O. Edenhofer, »Mitigation costs in a globalized world: Climate policy analysis with REMIND-R«, *Environ. Model. Assess.*, Bd. 15, Nr. 3, S. 155–173, 2010.

22 N. Bauer, I. Mouratiadou, G. Luderer, L. Baumstark, R. J. Brecha, O. Edenhofer und E. Kriegler, »Global fossil energy markets and climate change mitigation – an analysis with REMIND«, *Clim. Change*, online first, 2013.

23 T. F. Stocker, D. Qin, G.-K. Plattner, L. V. Alexander, S. K. Allen, N. L. Bindoff, F. M. Bréon, J. A. Church, U. Cubasch, S. Emori, P. Forster, P. Friedlingstein, N. Gillett, J. M. Gregory, D. L. Hartmann, E. Jansen, B. Kirtman, R. Knutti, P. Krishna Kumar, J. Lemke, J. Marotzke, V. Masson-Delmotte, G. A. Meehl, I. I. Mokhov, S. Piao, D. Ramaswamy, M. Randall, M. Rhein, M. Rojas, C. Sabine, D. Shindell, L. D. Talley, D. Vaughan und S.-P. Xie, »Technical Summary«, in *Climate Change 2013: The Physical Science Basis. Contribution of Working Group I to the Fifth Assessment Report of the Intergovernmental Panel on Climate Change*, S. 33–115, 2013.

24 E. Kriegler, J. W. Hall, H. Held, R. Dawson und H. J. Schellnhuber, »Imprecise probability assessment of tipping points in the climate system«, *Proc. Natl. Acad. Sci.*, Bd. 106, Nr. 13, S. 5041–5046, 2009.

25 H. J. Schellnhuber, K. Frieler und P. Kabat, »The elephant, the blind, and the intersectoral intercomparison of climate impacts«, *Proc. Natl. Acad. Sci.*, Bd. 111, Nr. 9, S. 3225–3227, 2014.

26 Potsdam Institute for Climate Impact Research and Climate Analytics, *Turn Down the Heat: Why a 4 °C Warmer World Must be Avoided.* Weltbank, Washington DC, 2012.

27 D. Coumou, A. Robinson und S. Rahmstorf, »Global increase in record-breaking monthly-mean temperatures«, *Clim. Change*, Bd. 118, Nr. 3–4, S. 771–782, 2013.

28 S. Rahmstorf und D. Coumou, »Increase of extreme events in a warming world«, *Proc. Natl. Acad. Sci. U.S.A.*, Bd. 108, Nr. 44, S. 17905–17909, 2011.

29 K. Zickfeld, B. Knopf, V. Petoukhov und H. J. Schellnhuber, »Is the Indian summer monsoon stable against global change?«, *Geophys. Res. Lett.*, Bd. 32, L15707, 2005.

30 G. Luderer, R. C. Pietzcker, C. Bertram, E. Kriegler, M. Meinshausen und O. Edenhofer, »Economic mitigation challenges: how further delay closes the door for achieving climate targets«, *Environ. Res. Lett.*, Bd. 8, 034033, 2013.

31 H. J. Schellnhuber, *Selbstverbrennung – Die fatale Dreiecksbeziehung zwischen Klima, Mensch und Kohlenstoff,* C. Bertelsmann Verlag, München, 2015.

32 H. J. Schellnhuber, »The Scope of the Challenge«, in *Earth System Analysis: Integrating Science for Sustainability*, H. J. Schellnhuber und V. Wenzel, Eds. Springer, 1998, S. 3–195.

33 D. Klein, G. Luderer, E. Kriegler, J. Strefler, N. Bauer, M. Leimbach, A. Popp, J. P. Dietrich, F. Humpenöder, H. Lotze-Campen und O. Edenhofer, »The value of bioenergy in low stabilization scenarios: an assessment using REMIND-MAgPIE«, *Clim. Change*, Bd. 123, Nr. 3–4, S. 705–718, 2014.

34 A. Robinson, R. Calov und A. Ganopolski, »Multistability and critical thresholds of the Greenland ice sheet«, *Nat. Clim. Chang.*, Bd. 2, Nr. 6, S. 429–432, 2012.

35 E. Bauer und A. Ganopolski, »Sensitivity simulations with direct shortwave radiative forcing by aeolian dust during glacial cycles«, *Clim. Past*, Bd. 10, Nr. 4, S. 1333–1348, 2014.

36 A. Levermann, R. Winkelmann, S. Nowicki, J. L. Fastook, K. Frieler, R. Greve, H. H. Hellmer, M. A. Martin, M. Meinshausen, M. Mengel, A. J. Payne, D. Pollard, T. Sato, R. Timmermann, W. L. Wang und R. A. Bindschadler, »Projecting Antarctic ice discharge using response functions from SeaRISE ice-sheet models«, *Earth Syst. Dyn.*, Bd. 5, Nr. 2, S. 271–293, 2014.

37 K. Frieler, P. U. Clark, F. He, C. Buizert, R. Reese, S. R. M. Ligtenberg, M. R. van den Broeke, R. Winkelmann und A. Levermann, »Consistent evidence of increasing Antarctic accumulation with warming«, *Nat. Clim. Chang.*, Bd. 5, Nr. 4, S. 348–352, 2015.

38 R. Winkelmann, A. Levermann, M. A. Martin und K. Frieler, »Increased future ice discharge from Antarctica owing to higher snowfall.«, *Nature*, Bd. 492, Nr. 7428, S. 239–242, 2012.

39 S. Rahmstorf, »A semi-empirical approach to projecting future sea-level rise«, *Science*, Bd. 315, Nr. 5810, S. 368–370, 2007.

40 R. Winkelmann, A. Levermann, A. Ridgwell und K. Caldeira, »Combustion of available fossil fuel resources sufficient to eliminate the Antarctic Ice Sheet«, *Sci. Adv.*, Bd. 1, e150058, 2015.

41 A. Ganopolski, R. Calov und M. Claussen, »Simulation of the last glacial cycle with a coupled climate ice-sheet model of intermediate complexity«, *Clim. Past Discuss.*, Bd. 5, Nr. 5, S. 2269–2309, 2009.

42 J. Feldmann und A. Levermann, »Collapse of the West Antarctic Ice Sheet after local destabilization of the Amundsen Basin«, *Proc. Natl. Acad. Sci.*, Bd. 112, Nr. 46, S. 14191–14196, 2015.

43 G. Foster und S. Rahmstorf, »Global temperature evolution 1979–2010«, *Environ. Res. Lett.*, Bd. 6, 044022, 2011.

44 P. J. Menck, J. Heitzig, N. Marwan und J. Kurths, »How basin stability complements the linear-stability paradigm«, *Nat. Phys.*, Bd. 9, Nr. 2, S. 89–92, 2013.

45 J. Heitzig und T. Kittel, »Topology of sustainable management in dynamical Earth system models with desirable states«, *Earth Syst. Dyn. Discuss.*, Bd. 6, Nr. 1, S. 435–488, 2015.

46 J. F. Donges, Y. Zou, N. Marwan und J. Kurths, »The backbone of the climate network«, *EPL*, Bd. 87, 48007, 2009.

47 J. Runge, V. Petoukhov, J. F. Donges, J. Hlinka, N. Jajcay, M. Vejmelka, D. Hartman, N. Marwan, M. Palus und J. Kurths, »Identifying causal gateways and mediators in complex spatio-temporal systems«, *Nat. Commun.*, Bd. 6, 8902, S. 1–10, 2015.

48 J. Runge, J. Heitzig, V. Petoukhov und J. Kurths, »Escaping the curse of dimensionality in estimating multivariate transfer entropy«, *Phys. Rev. Lett.*, Bd. 108, 258701, 2012.

49 P. Menck, J. Heitzig, J. Kurths und H. J. Schellnhuber, »How dead ends undermine power grid stability«, *Nat Commun*, Bd. 5, 3969, 2014.

50 J. F. Donges, H. C. H. Schultz, N. Marwan, Y. Zou und J. Kurths, »Investigating the topology of interacting networks: Theory and application to coupled climate subnetworks«, *Eur. Phys. J. B*, Bd. 84, Nr. 4, S. 635–651, 2011.

51 J. Lehmann, D. Coumou und K. Frieler, »Increased record-breaking precipitation events under global warming«, *Clim. Change*, Bd. 132, Nr. 4, S. 501–515, 2015.

52 V. Petoukhov und V. A. Semenov, »A link between reduced Barents-Kara sea ice and cold winter extremes over northern continents«, *J. Geophys. Res. Atmos.*, Bd. 115, D21111, 2010.

53 H. J. Schellnhuber, *Climate Change, the Monarch Butterfly, and Intergenerational Contracting,* Oekom Verlag, München, 2014.

54 D. Coumou, V. Petoukhov, S. Rahmstorf, S. Petri und H. J. Schellnhuber, »Quasi-resonant circulation regimes and hemispheric synchronization of extreme weather in boreal summer«, *Proc. Natl. Acad. Sci.*, 2014.

55 V. Petoukhov, S. Rahmstorf, S. Petri und H. J. Schellnhuber, »Quasiresonant amplification of planetary waves and recent Northern Hemisphere weather extremes«, *Proc. Natl. Acad. Sci.*, Bd. 110, Nr. 14, S. 5336–5341, 2013.

56 J. Cohen, J. A. Screen, J. C. Furtado, M. Barlow, D. Whittleston, D. Coumou, J. Francis, K. Dethloff, D. Entekhabi, J. Overland und J. Jones, »Recent Arctic amplification and extreme mid-latitude weather«, *Nat. Geosci.*, Bd. 7, Nr. 9, S. 627–637, 2014.

57 A. Levermann, J. Schewe, V. Petoukhov und H. Held, »Basic mechanism for abrupt monsoon transitions«, *Proc. Natl. Acad. Sci.*, Bd. 106, Nr. 49, S. 20572–20577, 2009.

58 J. Ludescher, A. Gozolchiani, M. I. Bogachev, A. Bunde, S. Havlin und H. J. Schellnhuber, »Improved El Nino forecasting by cooperativity detection«, *Proc. Natl. Acad. Sci. U.S.A.*, Bd. 110, Nr. 47, S. 19172–19173, 2013.

Danksagung

Ob kleine oder große Hilfe, ich danke mit alphabetischen Grüßen! Aber einige wenige Personen, die meine Arbeit besonders inspirierten oder motivierten, möchte ich doch herausstellen: Ich danke Hans Joachim Schellnhuber für den jahrelangen Einblick in sein faszinierendes wissenschaftliches und nicht-wissenschaftliches Denken. Für den Verlauf der Geschichte interessante Ideen entwickelte ich auch zusammen mit Jonathan Donges, Maria Martin, Ricarda Winkelmann, Norbert Marwan und Nora Molkenthin. Und natürlich hat Lewis Carroll, der Mathematiker aus Oxford und Autor von *Alice im Wunderland* dieses Buch inspiriert!

Boyan Beronov danke ich für das feinsinnige Lektorat der ersten Fassung und Margitt Lehbert für die interessanten Rückwirkungen ihrer englischen Übersetzung auf das deutsche Manuskript. Peter-Paul Pichler sei für seine geniale Übersetzung des bekannten Limericks über die Lichtgeschwindigkeit gedankt!

Mein herzlicher Dank gilt außerdem: Torsten Albrecht, Eva Bauer, Nicolas Bauer, Anna Beronova, Lena Boysen, Werner von Bloh, Reinhard Calov, Dim Coumou, Ottmar Edenhofer, Georg Feulner, Andrey Ganopolski, Ernst-August Gussmann, Ines Heger, Jobst Heitzig, Matthias Hofmann, Jonathan Horstmann, Jonas Jägermeyr, Elmar Kriegler, Jürgen Kurths, Jürgen Kropp, Jascha Lehmann, Anders Levermann, Hermann Lotze-Campen, Marian Leimbach, Wolfgang Lucht,

Gunnar Luderer, Peter Menck, Marcel Meistring, Vladimir Petoukov, Stefan Petri, Stefan Rahmstorf, Alex Robinson, Ronja Reese, Boris Sakschewski, Carl-Friedrich Schleußner, Jacob Schewe, Alison Schlums, Ulrike Sylla, Kirsten Thonicke, Frank Wechsung, Hermann Zanier sowie den Teilnehmern des Gedicht-Übersetzungs-Wettbewerbs im Sommer 2013 am PIK.

Margret Boysen, November 2015